여성의 자기서사 자기표현

이주미

제이앤씨
Publishing Company

책머리에

예술에 있어서나 생에 있어서나, 모든 일의 처음은 서툴고 허약하며 시끄러우면서도 실속이 없을 수 있다. 그러나 처음은 다음, 그 다음, 보다 완성되고 세련되어진 어느 상태에 도달하기 위해 반드시 거쳐야 할 관문이다. 대개 처음은 숭고한 희생을 치르는 것만으로도 의의를 지닌다. 최초의 서양화가이자 문사였던 나혜석의 안타까운 생애, 최초의 신무용수 최승희의 식민지 예술인으로서의 고뇌를 엿보면서 든 생각이다.

이 책이 여성 예술인들의 다양하고 구체적인 자기서사 자기표현 양상을 살피기에 앞서 바리데기 신화를 음미하고 있는 것은 바리데기가 한국 여성의 기원이자 누적이라고 생각되었기 때문이다. 접촉성, 즉흥성을 기반으로 하여 전승되어 온 바리데기 신화는 여성적 담론이 생성되고 유포되는 방식을 보여주는, 여성의 자기서사 자기표현의 메타포이다. 특히 바리데기가 생명수를 구하러 떠난 구약노정에는 논리적으로 설명되기 어려운 여성의 경험, 감정, 소망이 형상적으로 드러나 있어 여성적 원리에 대한 풍부한 암시를 얻을 수 있다.

이 책에는 현대판 바리데기라 할 수 있는 위안부 여성의 이야기 두 편이 실려 있다. 공선옥의 동화『상수리나무집 사람들』과 변영주의 다큐멘터리 영화『숨결』등을 분석하고 있는 글이 그것이다. 위안부 문제는 국가간의 권력관계, 여성에 대한 성적 착취구조 등을 먼저 이해하지 않으면 안 되는 문제라 동화의 소재로 채택하기 어려우나 공선옥은 동심의 세계와 친화적인 생태철학을 배경으로 어린이에게 식민지 여성의 아픈 경험을 이야기해주고 있다. 반면에 변영주는 가공과 변형을 배제한 기록 영화에 위안부 여성의 생생한 육성을 담아냄으로써 역사 기록이 누락한 여성의 역사를 복원하고 있다. 이 두 종류의 텍스트는 공통적으로 역사의 왜곡과 사회의 편견에 강력하게 대항한다.

이 책에는 또 다른 바리데기 신화가 실려 있다. 전래되어 온 신화를 재해석한 김선우의 성인동화 『바리공주』가 그것이다. 동일성의 공간논리를 벗어나는 순간부터 펼쳐지는 바리데기의 구약노정에는 중심과 주변이라는 이분법적 개념이나 인과성은 더 이상 유지되지 않고 다양성만 존재한다. 그래서 그곳은 생태적 유토피아와 속성상 닮았다. 『바리공주』는 아비나 왕을 정점으로 하는 관습적 질서에 구애받지 않고 등장인물의 관계를 평등하게 배치함으로써 생태적 원리를 구현하려 한다. 구약의 여정 위에서 바리데기는 새로운 사물과 접촉하고 새롭게 배치되며 예기치 못한 사건에 직면하게 되는데, 이는 대인관계적인 여성의 경험을 충실히 반영한 것이다.

샤먼들에 의해 구송되는 신화는 구술자의 내면의 소리, 그것도 영성과 영감에 의해 선택된 말들로 구성되어 있어 고백적인 여성의 언술방식과 유사하다. 이 책에서 여성 에세이를 살피게 된 이유는 그 때문이다. 연희에 참여하는 모든 이들의 요구를 반영하고 연희에서 소외되는 이가 없도록 배려하다보면 이야기의 핵심이 간단명료하게 정리되지 못하고, 사소하고 주변적인 소재를 함부로 버리지 못하여 모호하고 어눌한 표현이 된다. 이러한 사실을 염두에 두어 이 책에서는 신경숙을 비롯한 여성 소설가들의 작품세계도 아울러 살피고 있다.

책 속에 언급된 예술작품과 문학작품 중에는 비록 처음의 것이라 할지라도 높은 수준을 보인 것들이 더러 있는데, 필자가 아는 것이 부족하여 너무 가볍게 소개하고 만 것이 아닌가 하는 아쉬움이 남는다. 어려운 출판 사정에도 불구하고 책의 출간을 도와주신 제이앤씨 윤석원 사장님과 윤석현 부장님, 그리고 이혜영 주임님께 깊이 감사드린다.

2009년 4월
저자 이주미

여성의 자기서사 자기표현

목 차

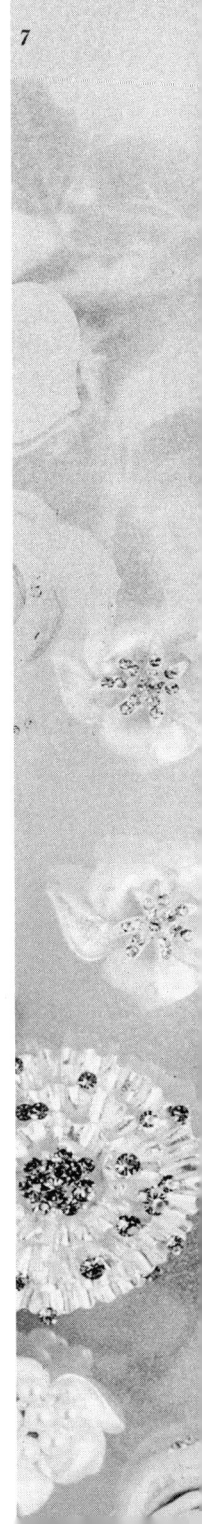

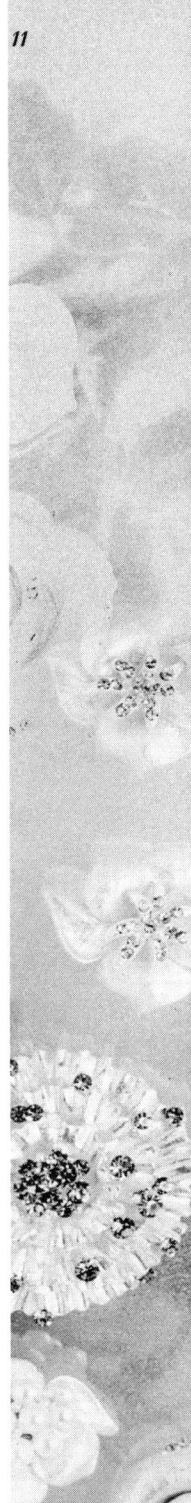

여성의
자기서사 자기표현

여성의 자기서사 자기표현

바리데기 구약노정의 성격과
여성의 자기서사

▌1. 보수와 혁신의 서사, 바리데기 신화

신화는 사회통합 원리로서의 보수성과 사회변화의 동력으로서의 혁신성을 동시에 지닌다. 신화에는 전승집단의 구체적 경험과 욕망이 삼투되어 있으나 그것은 보편적 언술로 위장되어 표현된다. 예컨대 바리데기 텍스트는 그 심층에 지배 이데올로기에 반하는 신념과 사유가 내장되어 있으나 표면적으로는 효 이데올로기가 표방되고 있다. 신화의 질긴 생명력은 이처럼 혁신과 보수의 성격을 한 몸에 지니는 생존전략에서 비롯된다 하겠다.

황천 길목의 인로왕이자 샤먼들의 대모인 바리데기는 여성의 집단적 정체의식을 살펴볼 수 있는 텍스트로 기능한다. 이는 바리데기의 태생과 성장의 조건이 여성적 삶의 질곡을 충실히 반영하고 있기 때문일 뿐만 아니라, '세속적 시간의 파기와 원형적 시간의 통합'[1]이라는 신화의 형식 자체가 이미 여성적 언술 방식과 친화적이기 때문이다. 특히 구연 방식으로 이루어지는 즉흥적 연희는 언어의 통제를 완화시키는 효과를 가져오므로, 연희자는 텍스트를 구술하는 동안 비연속적이고 파편화된 기억과 욕망의 출몰을 경험한다. 이에 따라 규범적인 재현체계가 해체되고, 주인공의 연대기적 사건에 대한 진술도 순조롭게 이루어질 수 없다. 주지하는 바와 같이 사회의 질서와 총체성을 지향하는 삶에서 비롯된 연대기가 남성적 언술 방식이라면, 파편화된 일상이라는 삶의 조건에서 일회적이고, 파편화되고, 비연속적인 형태로 이루어지는 언술 방식은 여성적이다.[2] 더욱이 바리데기 신화는 여성 주인공이 전면에 내세워져 있어 여성의 자기서사 양식을 뚜렷하게 보여주는 텍스트라 할 수 있다.

바리데기 신화의 이본은 현재 약 47편[3]이 채록되어 있는데, 이 이본들을 대상으로 한 연구는 대체로 줄거리를 주요 사건에 따라 분절하고 그 결과로서 바리데기의 영웅적 특성을 강조하고 있다는 점에서[4] 다분히 남성적 언술 방식에 의존하고 있다고 볼 수 있다. 그런가 하면 무가 권에 대한 연구, 각 이본의 변이양상 등에 대한 고찰도 활발히 이루어지기는 했으나 그것은 고증과 통계화의 범주를 크게 넘어서지는 못하였다. 신화의 연행 및 전승이 가지는 심층적 의미를 포착하기 위해서는 무엇보다도 텍스트의 서사 전략과 그 효과에 대한 탐색이 우선되어야 한다. 이를 위해 이 글에서는 바리데기 신화의 구약노정을 중심으로 여성적 서사의 특징 및 그것의 생성과 유포의 방식을 살펴보고자 한다. 연구의 자료로는 경상도 동해안 지역본을 대상으로 하게 될 터인데,[5] 그 이유는 이 지역본이 다른 지역본에 비해 여성적 노동, 결혼, 출산 등에 대한 화소의 비중이 크다는 점, 그리고 연행으로서의 대중적 성격이

상대적으로 강조되어 있다는 점 때문이다.

▌2. 구약노정의 이접성

바리데기 신화는 부모에게서 버림받은 딸이 득병한 아버지를 살리기 위해 서역으로 구약여행을 떠났다가 고행 끝에 약수를 얻어온다는 이야기이다.[6] 이 텍스트에서 바리데기와 인연을 맺게 되는 주요 인물은 오구대왕 내외, 비럭공덕 할아비와 할미, 동수자(무장승)이다. 이들과의 인연을 따라 바리데기는 궁궐, 산중, 서천서역국으로 공간이동을 하게 되고 이야기는 바리데기의 동선을 따라 전개된다. 효행으로 봉합되는 이 이야기의 결미에서 '딸'이 지닌 부정적 자질은 긍정적 자질로 변화한다. 그런데 문제는 이러한 명징한 주제의식과 전형적인 영웅신화 플롯이 강조될수록 바리데기 텍스트의 여성적 서사로서의 특장이 가려질 우려가 있다는 점이다. 다른 신화의 주인공에 비해 볼 때 바리데기가 갖는 변별적 자질은 구약 체험을 한다는 점에서 찾을 수 있는데, 바리데기의 구약노정을 단순히 '공간이동'으로 보고 그 곳에 지뢰처럼 배설되어 있는 문제들을 바리데기가 해결하는 것을 통과의례를 거친 것으로 간주한다면 이는 이 신화를 남성적 영웅신화의 변이형이나 아류에 머물고 말게 할 것이다.[7] 이 경우 구약노정은 바리데기의 신격화를 완성하기 위한 형식적인 절차에 불과한 것이 된다.

그러나 세속이라는 동일성의 공간논리를 벗어나는 순간부터 펼쳐지는 구약노정은 사물과 사물 사이의 흐름이라는 독특한 시간논리 위에서 전개된다. 동일자의 원리가 지배하는 궁궐에서 일곱 번째 딸로 태어난 바리데기는 '딸'이라 호명됨과 동시에 다양한 잠재성을 억압당한다.

그리고 '딸'이라는 부정적 자질에 의해 경험하게 되는 억압과 배제, 주변성의 극단적인 사건으로 바리데기는 산중에 유기되고 만다. 이 때 산 속에서 인연을 맺게 되는 비럭공덕 할아비와 할미는 단지 양육자일 따름이므로 바리데기의 자질 변화에는 별다른 영향을 미치지 못한다. 이 본에 따라 바리데기의 양육자가 인격적 주체로 한정되지 않고 동물[8]이나 선녀나 산신, 수궁용왕 등으로 묘사되어 있다는 점은 양육자의 역할이 보조적 역할에 머물고 있음을 의미한다. 심지어 어떤 이본에서는 이 부분이 '어떤 양육자가 공주를 키웠다'고 간단히 언급되기도 한다. 텍스트의 핵심은 바로 바리데기가 병든 오구대왕을 위해 구약여행을 떠난다는 데 있는데, 구약노정에서 바리데기가 맞이하는 사건은 대체로 다음과 같은 화소들로 요약된다.

> a) **길 안내를 받다.** : 약수를 구하러 가는 도중에 바리데기는 몇 가지 주어진 과제를 해결하는데, 대표적인 것이 빨래를 해주거나, 밭을 갈아주거나, 마고할미 이를 잡아주는 것이다.
> b) **지옥에 갇힌다.** : 지옥을 지나가거나 갇혀있는 동안 바리데기는 죄인들을 구제한다.
> c) **동수자(무장승)를 만나 약수 얻는 대가를 지불한다.** : 약수를 얻기 위해 바리데기가 동수자에게 지불하는 대가는 일정 기간 일을 해주고 아들들을 낳아주는 것이다.

서천서역국에서 펼쳐지는 이 구약노정은 정태적 공간으로의 정착을 지연시키는 일종의 경계지점의 상황이다. 이접성을 특징으로 하는 이 경계면[9]에서 바리데기는 새로운 사물과 접촉하고 새롭게 배치되며 예기치 못한 사건들과 마주침으로써 새로운 역할과 임무를 부여받는다. 무엇보다도 이 구약노정의 중요한 특징은 사물의 가치를 재단하는 절대적 척도가 제거되어 있다는 점이다. 동일성에 기초한 세속적 공간 속에서는 합리성을 앞세운 다수적 척도나 초월적 지위를 가지고 있는 절대자의 절대규범에 의해 사물의 가치가 분별된다. 바리데기가 버려진 이유 또한 단지 왕위 계승을 위해 아들을 얻고자 한 동일자의 기획이 어긋났기 때문이다. 그런데 구약노정 위에서는 절대적 중심이 제거되어 모든 사물이 동등한 가치를 지니므로, 세속의 '딸'로서 천대받았던 바리데기도 여기서는 중립적 가치를 지닌 존재가 된다.

　a)에서 바리데기가 길 안내를 받는 과정은 그 대가로서 치르게 되는 강도 높은 노동 수행과 나란히 전개된다. 경상도 동해안 지역본에서 이 노동의 구체적인 내용은 방아찧기, 베짜기, 풀뽑기, 방깨갈아 바늘만들기 등 여성적 삶의 체험에 기반한 노동으로 다양하게 펼쳐지는데, 구약노정에서의 이 노동은 바리데기가 여성이기 때문에 감수해야 하는 천역도 아니고, 바리데기의 신이한 능력을 보여주기 위한 장치들도 아니다. 그것은 다만 바리데기의 구약 의지, 즉 효심을 시험하기 위한[10] 관문들이다. 여기서 바리데기는 구약이라는 목적을 달성하기 위해 시련을 감내한다. 그리고 바리데기의 역량을 넘어서는 과업은 지장보살이나 관음보살, 두더쥐, 왕두꺼비, 청조새, 거북이, 백호 등 조력자의 도움으로 무사히 통과한다.

　바리데기가 구약노정에서 마주치는 상황들에는 이렇다 할 맥락이 존재하지 않는다. 즉 그 상황들은 탈영토화된 상태를 보여주는 것으로서, 거기에는 중심과 주변이라는 이분법적 개념이나 인과성은 더 이상 유지되지 않고 다양성만이 존재한다. 이러한 정황이 좀더 형상적으로 처리된 대목이 b)인데, 여기서 바리데기는 지옥에 갇힌 죄인들을 구제함으로써 세속적 규범의 엄격성을 무화시킨다.

옥중에 들어가니 귀신이 왕마구리 끓듯허드라
아기 공주 허는 말이
너이들은 왜 이 곳에 들어왔느뇨
저의들은 사람 죽어 사십구제 백일제 큰 머리 단장에 지노기세남 받
지 못해
이 곳에와 가쳤느니요
여기를 나가면 부처님에 낙화가 있어야 나갑니다.
그때 공주아기가 낙화를 꺼내 들고 외로 젓고 바로 젓고 허니
철상이 깨지고 옥문이 부서지더라
그 삽품에 극낙 갈 이 극낙 가고 시왕 갈 이 시왕 가고
제각기 다 가드라[11]

　　바리데기가 망자를 구제하거나 영혼을 천도하는 내용이 강조되어 있
는 이본들은 바리데기의 무조신적 성격이 특별히 강조되어 있는 이본
들이다. 그런데 경상도 동해안 지역본에서는 바리데기가 지옥을 지나면
서도 망자를 천도하지 않는 모습을 종종 보인다. 그러한 경우는 대체로
두 가지 이유 때문인 것으로 추측되는데, 하나는 '왕생극락을 같이 가
주소서 하고 애걸복걸 슬피 우는 소리가 귀에 쟁쟁 눈에 삼삼 들리어
오네 그렇지만은 어찌 참 그 영혼들을 다 구출해 주리오. 갔다 올 길이
바쁘는데……'[12]에서 알 수 있듯이 구약의 시급함을 내세워 효행을 더
욱 강조하는 경우에 그러하고, 다른 하나는 바리데기가 죄인의 단죄에
동의할 때 그러하다고 할 수 있다. 후자의 예로서 「속초 탁순동본」에
의하면, 지옥을 지나는 바리데기가 어느 죄인이 기름 가마에 첩을 넣고
있는 장면을 보았을 때 그 죄인의 죄상이 축첩이었다는 설명을 듣고 나
서 그저 '지금 가메에다 첩을 넣는구나'[13]하고 그의 죄를 수긍하고 지
나치는 모습을 보인다. 축첩죄인뿐 아니라 패륜, 사리사욕, 사기 등의

죄를 지은 망자도 천도의 대상이 되지 않는다. 이를 통해 볼 때 바리데기의 영혼 구제가 조건부임을 알 수 있다.

노동과 지옥체험 등 구약노정에서 바리데기가 경험하는 사건들은 그것이 표면적으로는 시련의 양상으로 나타난다 하더라도 바리데기를 성장시키거나 성격적으로 완성시키는 데 관여하지는 않는다. 물론 시련을 극복하는 과정에서 바리데기는 관객의 기대를 저버리지 않고 영웅적 면모를 보인다. 그리고 그러한 영웅적 행적 때문에 전체의 서사 구조 속에서 이 구약노정은 제의과정의 문지방14)과 같은 문학적 장치로 기능하기도 한다. 그러나 엄밀한 의미에서 볼 때, 구약노정은 신격화를 예고하는 통과의례로서의 과정이기보다는 여성적 인식능력과 여성으로서의 태생적 역량이 발휘되는 공간이라 할 수 있다.

만물의 동일성이 깨어지고 현실적 가치가 전도되는가 하면 여성적 역량이 발휘되기도 하는 이 구약노정에서 궁극적으로 추구되는 효과는 여성의 육체에 각인된 지배 이데올로기의 흔적을 지우는 것이다. 바리데기는 딸이었으며, 가부장제의 대리인인 오구대왕 부인은 아이 낳는 도구였다. 속세에서 이들의 자리는 가부장적 논리에 따라 배치되었다. 그러나 구약의 여정에 나서게 되면서 그러한 배치는 자동으로 해체되고, 아비에 의해 딸, 아내, 어머니로 호명되었던 여성은 그 이름의 본래적 의미와 기능을 회복할 수 있게 된 것이다. 이는 곧 육체가 대상에 일방적으로 예속되는 것이 아니라 외부와 상호작용하는 장소임을 발견한 것이기도 하다.

구약은 곧 '경계면'의 문턱을 넘어서는 것을 의미하며, 그 순간부터 바리데기는 다시 중심과 주변이라는 이분법적인 논리가 상정되는 공간에 놓이게 된다. 따라서 아직 문턱을 넘지 않은 구약노정은 여전히 가변적 세계이며 바리데기는 자신이 접속하는 항에 따라 기존의 역할을

부단히 갱신하게 된다. 이미 말한 바와 같이 그것은 발전도 성장도 아
닌, 변화일 뿐이다. 들뢰즈 식으로 말하면 그것은 '되기'[15]의 양상이다.
마주치는 사건들에 의해 긍정적 자질이 하나씩 축적되는 것이 아니라
또 다른 신생으로 바뀔 수 있는 잠정적인 상태를 수시로 경험하는 것이
다. 시공간의 구애를 받지 않고 자유자재로 이동할 수 있는 이 구약노
정은 태초의 혼돈 상태, 또는 생태적 유토피아와 닮아 있다.

▌ 3. 존재 전이와 여성의 욕망

피상적으로 볼 때 구약노정은 시련이나 박해의 서사를 완성하는 장
식적 요소에 불과한 것처럼 보이나, 사실상 그 역동적 성격은 새로운
가치의 창조에 적극적으로 기여한다. 구약노정은 바리데기가 약수를 구
하면서 끝이 나고, '딸'이라는 부정적 기호로 시작된 바리데기의 정체성
도 구약이라는 문턱을 넘어서면서 '아내', '어머니', '여신'의 역할로 다
시 고정된다. 이미 예견된 대로 이러한 결말은 다음의 두 가지 점에서
한계를 보인다. 우선 여성의 신격화라는 것이 결과적으로 여성 중심의
또 다른 이분법에 함몰될 수 있다는 점, 그리고 부친의 환생이 의미하
는 가부장성의 회복은 여성적 모반의 욕망을 은폐시켜버린다는 점이
그것이다. 첫 번째의 한계는 이 텍스트가 신화의 형식으로 전승되는 것
이므로 신화의 구성원리상 어쩔 수 없이 감수해야 하는 부분이라 할 것
이다. 그리고 두 번째의 한계 역시 신화의 보편성과 생명력을 확보하기
위해 취해진 전략이므로 달리 마땅한 대안을 마련하기 어렵다. 로지 브
라이도티가 인식적 노마디즘이 '중개자'의 지대에 제대로 위치하고 안
전하게 정박한다는 조건하에서만 옹호할 수 있다[16]고 한 것은 그만큼

노마디즘이 현실적 기반 위에 놓이기 어렵다는 것을 의미하는 것이기도 하고, 또 그만큼 현실을 지배하는 가부장적 메커니즘이 견고하다는 것을 의미하는 것이기도 하다. 중요한 것은 현실로 돌아오는 기점인 구약 이후, 바리데기(딸)가 아내와 어머니의 역할로 고정되는 과정에서 여성의 어떤 욕망이 은폐되고 있는가를 생각해보는 것이다.

대부분의 이본에서 바리데기가 아들 형제들을 낳은 뒤 약수 있는 곳을 비교적 쉽게 발견하고 약수를 손쉽게 얻고 있다.[17] 이는 결혼과 출산이 구약의 최종 관문이었음을 말해준다. 결혼과 출산은 여성의 존재 전이의 계기가 되고 있다는 점에서 좀더 세밀한 검토를 요한다.

우선 '결혼'에 대하여 살펴보면, 딸에서 아내로의 존재 전이에는 동수자(무장승)과의 인연을 통해서 이루어진다. 약수 지키는 이는, 경상도 동해안 지역본에서는 동수자로 언급되고 서울경기 지역본에서는 대개 무장승, 무방선관으로 나타난다. 경상도 동해안 지역본에 따르면 약수 지키는 이는 하늘에서 죄를 지어 약수터 지킴이로 내려온 사람으로 아들 삼형제를 낳아야 다시 하늘로 올라갈 수 있다.[18] 바리데기는 이 동수자(무장승)으로부터 약수를 얻기 위해 물 삼 년, 불 삼 년, 나무 삼 년의 노동을 수행하고 아들을 셋(또는 일곱이나 아홉)을 낳아준다. 이때의 노동과 출산은 철저히 거래의 일환으로 이루어지는데, 그것이 여성적 본성에 위배되는 것임은 물론이다. 여기서도 알 수 있듯이, 바리데기 신화는 기본적으로 여성의 성이 단순한 욕망의 대상이나 도구가 아니라는 점은 효과적으로 역설하고 있으면서 여성이 생산의 주체임과 동시에 욕망의 주체이기도 하다는 점을 적극적으로 보여주지는 못한다. 다만 바리데기와 동수자의 이별 장면을 삽입하고 있는 경상도 동해안 지역본에서는 동수자와의 결혼생활이 거래관계에 의한 것만은 아니었음을 보여주고 있어서 주목된다.

> 그래야 베리데기는 임아 임아 우리 임아 나를 버리고 어데로 갔소
> 나를 버리고 기시는 님는 십리도 못가야 발병이 나네
> 임아 임아 우리 임아 꽃과 같이 고운 임아
> 가지가지 뻗은 정을 열매같이 맺어놓고
> 수심같이 깊은 정을 뿌리 같이 묻어 놓고
> 나를 버리고 어데로 갔소 차라리 차라리 가실라거든
> 아들 삼형제나 데리고 가시지요[19]

　이 대목은 지아비와 '아내'로서의 두 인물의 결합이 어느 한 일방에 대한 다른 쪽의 예속이 아니라 평등한 공존이었음을 보여주고 있다.

　다음으로 '출산'과 관련하여, 딸에서 어머니로 존재가 전이되는 경로를 살펴보면 다음과 같다. 신화에서 바리데기의 어머니와 어머니가 된 바리데기는 서로 대척점에 위치해 있는 듯하다. 한쪽은 버리고 한쪽은 거두어 보살핌으로써 극명한 대립을 이루고 있는 이들은 사실상 가장 긴밀하게 연접해 있는 인물들이다. 바리데기도 가부장제의 희생양이지만, 오구대왕 부인 역시 비록 가부장체제에 편입되고자 하는 욕망이 동기가 되었다 하더라도 남아를 생산하기 위해 일곱 번이나 산고를 치러야 했던 희생양이다. 판본에 따라 차이가 있기는 하나 바리데기가 구약 여행을 떠날 결심을 하게 되는 것은 이러한 어머니에 대한 연민 때문이다. 예컨대 「서울 최명덕본」에서는 "버리고 던진 생각하며는 아니 가련마는 어머니한테 복중에 십색을 고이 채워 주시어서 산하여 주신 은공으로 죽사와도 가겠노라"[20]라고 구술되고 있다. 구약노정에서 바리데기가 발견한 모성성-버려진 것들을 보살피고 죽은 원혼을 달래는-의 원천은 어머니에 대한 측은지심에 닿아 있는 것이다.

　신화 전체를 통해서 보여지는 여인들의 모습은 약의 효험이 여성성에서 비롯됨을 말해준다. 버려진 딸 바리데기, 오구대왕의 부인, 비럭공

덕 할멈, 대모신으로서의 바리데기는 결국 한 여성의 다양한 '되기'의 양상이나 다름없다. 인접한 조건들과의 관계에 따라 결정되는 삶의 양태는 새로운 양태를 향한 문턱을 넘어서지 않는 한 고정된 역할로 규정된다. 들뢰즈가 기호작용이 아니라 이웃한 항들과의 관계에 의해 사물의 의미를 정의하려고 한 것은 그 때문이다. 여성이 남성이라는 항의 일부로서 포섭되었을 때 성적 대상, 아이 낳는 기계, 기르는 기계가 되는 것이다. 구약노정의 절정에서 바리데기가 아내로, 어머니로 존재의 형식을 바꾸는 것은 사랑과 모성을 체험함으로써만 약수를 얻을 수 있고, 또 그렇게 얻은 약수여야만 생명수로서 만물의 공존과 공생을 책임질 수 있음을 의미한다.

▌ 4. 여성적 자기서사의 형성과 전파

구약노정에서의 이접성과 존재의 변이 과정은 바리데기 텍스트가 구연되는 연희 현장에서의 즉흥성, 이본의 생성 방식과 유사한 양태를 지닌다. 그것은 또 고정적이기보다는 유동적인 여성의 정체성 형성 과정과 유사하며, 대인 관계적이면서도 고백적인 여성의 언술 방식과도 유사하다.

언어는 필연적으로 발화자의 의도를 제한하거나 왜곡한다. 더욱이 세계는 언어적 명명에 의해 존재하며, 그 언어적 분절의 주체가 주로 남성인 이상 여성은 주체성을 가지고 자신의 방식으로 세계를 해석하지 못한다. 여성이 아무리 특수하고 다양한 경험과 사색을 내면세계에 간직하고 있다 해도 스스로 그것을 남성적 명명법에 의해 재단하지 않으면 그것은 단지 이미지와 혼돈의 상태로 존재할 뿐이다. 동일자의 언어를 수용하는 순간 타자는 자기 고유의 언어를 희생시켜야 하는 것이다.

그런데 이러한 통상적인 사정에 비해 신화는 구술자의 내면의 소리를 비교적 충실하게 반영할 수 있다는 장점을 지닌다. 연희 의례의 특성상 샤먼들에 의해 구송되는 신화에는 그들의 영성, 영감에 의해 선택되는 말들이 허용된다. 그리고 이러한 영적인 언어 구사는 즉흥성이 충분히 보장되는 환경에서만 이루어진다. 블랑쇼의 말을 차용하면, 말은 단지 '존재'할 뿐이며 시인(=연희자)은 '중개자'이고 말을 단호하게 극한까지 몰고 가 언어화한 자, 신중하게 헤아림으로써 그것을 정복한 자이다.[21] 신성한 장소에서 그처럼 치열하고 신중한 태도로 선택된 언어는 관습적이고 표준적인 코드, 통제된 언어로 표상되는 세계와는 다른 세계를 펼쳐 보이게 되는 것이다. 샤먼의 언어가 비밀스럽고 신비스럽게 들리는 이유는 그 때문이다. 그런데 어떠한 대상을 표상한다는 것은 그 대상을 재현한다는 의미 외에도, 자신의 경험이나 관념을 기초로 대상을 해석한다는 의미를 지닌다. 따라서 영성에 몰입된 연희자의 구송은 내면세계와 외면세계의 치열한 교섭의 현장을 증언하는 것이나 다름없다. 그러한 교섭의 산물이 새롭게 생성되는 이본이다.

> 연희자는 자신의 바리데기 텍스트를 구연할 때마다 단골들과의 새로운 관계망 속에서 새로운 이본을 탄생시키게 되는 날줄과 씨줄을 날마다 새로이 엮어가게 되는 것이다. (중략) 우리는 여기에서 바라데기가 구연될 때마다 타자(독자)를 통한 역 방향의 창작이 텍스트 내부에 개입하게 되는 것을 본다. 이러한 사실 속에서 나는 여성적 텍스트의 수용, 독서의 새로운 방향성을 노정해볼 수 있다고 생각한다.[22]

이본의 생성과정은 여성적 담론의 유포방식과 유사하다. 이본은 연희의 현장에서 마주치는 상황과 연희자 고유의 경험, 관객이라는 변수에 따라 다양하게 생성된다. 다시 말하여 모든 외부의 개입을 차단하지 않는 것이다. 연희에 참여하는 모든 이들의 요구를 최대한 반영하는, 그리하여 소외되거나 배척받는 이가 없도록 하는 이 관계적 언술은 여성적 언술의 특징을 대변한다. 그래서 간단 명료하게 정리되지 못하고, 사소하고 주변적인 소재들을 함부로 버리지 못하며, 되풀이되거나 모호하다. 이미 살펴본 바와 같이 이러한 특징은 구약노정에서 전형적으로 나타난다. 여러 이본에 공통적으로 나타나고 있는 골격으로서의 플롯을 장식적으로 구성하고 있는 구약노정은 형편에 따라 전체 서사의 진행을 단축시키기도 하고 지연시키기도 하는데, 이는 관계성에 대한 배려라 할 수 있다. 그런 점에서 '여성 주체의 추구는 합의에 도달하는 것이 아니라 여성들 사이의 차이와 이견, 그리고 다양한 목소리에 도달하는 것'[23]임을 구체적으로 증명하고 있는 텍스트가 바리데기 텍스트라 할 수 있다.

　여성적 담론의 특성에 대해 관심을 기울여온 논자들이 자주 범하는 오류는 이분법적 논리에 기초한 본질주의적 사고로부터 자유롭지 못하다는 점, 상상계적 신화를 재구성하려 함으로써 현실성을 확보하지 못한다는 점 등이다. 그런데 바리데기 텍스트는 여신에 관련된 가상의 이야기라는 점이 공공연하게 전제되어 있기 때문에 여성적 본질을 강조하거나 비현실적 세계를 다루더라도 단지 시적허용으로 이해될 뿐 그 자체가 비판의 표적이 되지는 않는다. 더욱이 그 텍스트가 지금까지 살아 남았다는 것, 그리고 주인공의 신성이 훼손되지 않고 있다는 점으로 알 수 있듯이 신화라는 픽션은 이미 공증을 거친 것으로 간주되기 때문에 그 진실성을 의심받지 않는다.

▮ 5. 정리

신화는 사회통합 원리로서의 지도 이념을 기념할 뿐 아니라 새로운 이념을 실험하기도 한다는 점에서 보수성과 혁신성을 동시에 지닌다. 바리데기 신화가 수많은 여성적 경험과 욕망을 내포하고 있으면서도 겉으로는 효 이데올로기를 표방하고 있는 것은 보수와 혁신의 양면성을 보여주는 것이라 할 수 있다. 이것은 곧 이 텍스트의 생존전략이다.

특별히 바리데기 텍스트의 구약노정은 논리적으로 구성되기 어려운 여성적 자기서사의 특징을 형상적으로 보여준다. 구약노정은 연대기적 방식으로는 설명되지 않는 가변적 세계로서, 이 세계는 정태적 공간으로 고정되지 않는 일종의 경계지점의 상황이다. 이 경계면의 첫 번째 특징은 이접성이다. 이 노정 위에서 바리데기는 새로운 사물, 사건과 마주침으로서 새로운 성격과 역할을 얻게 된다. 그것은 바리데기가 이승과는 다른 배치와 계열화 속에서 여성의 본성을 되찾는다는 것을 의미한다. 이 노정의 두 번째 특징은 사물의 가치를 판단하는 절대적 척도가 제거되어 있다는 점이다. 이 곳의 모든 사물이 동등한 가치를 지니는 이유는 그 때문이다. 이 노정의 세 번째 특징은 여성적 인식능력과 여성으로서의 역량이 발휘되는 세계라는 점이다. 이 곳은 관습적 명제로 사유될 수 없는 영성이 그 진실성을 보장받는 곳이다. 이러한 특징들을 포괄하면서 이 구약노정이 궁극적으로 추구하고 있는 효과는 여성의 육체에 각인된 지배 이데올로기의 흔적을 지우는 것이다. 무엇보다도 구약노정의 존재 변이 과정과 연희 현장에서의 이본의 생성 과정은 대인 관계적이면서도 고백적인 여성의 언술 방식과 많은 유사성을 보인다. 구약노정은 약수를 구하면서 끝이 나고, '딸'이라는 부정적 기호로 시작된 바리데기의 정체성은 구약이라는 문턱을 넘어서면서 '아

내', '어머니', '여신'이라는 새로운 존재형식으로 고정된다. 딸이 본래적
으로 부정적 자질이라고 볼 수 없으므로 엄밀할 의미에서 이러한 존재
형식의 변화는 성격의 발전이라기보다는 재영토화의 효과라고 볼 수
있다.

1) 엘리아데, 「현대의 신화」, 김병욱 외 역, 『문학과 신화』, 예림, 1990, 328쪽.

2) Jelinek, ed., 1980, "Introduction", Women's Autobiography : Essays in Criticism 참조 (김성례, 「여성의 자기 진술의 양식과 문체의 발견을 위하여」, 『여자로 말하기, 몸으로 글쓰기』, 『또하나의 문화』 제9호, 1992, 123~124쪽에서 재인용.

3) 김진영·홍태한, 『바리공주전집 1, 2』, 민속원, 1997.

4) 대표적인 것으로는 김태곤의 「황천무가연구」(창우사, 1996)와 서대석의 「바리공주연구」(『한국무가의 연구』, 문학사상사, 1980)가 있다. 이에 반해 바리공주의 여성적 자질에 주목하고 있는 연구로는, 강은해(「바리데기 형성의 신화 심리학적 두 원리」, 『계명어문학』 1집, 계명어문학회, 1984, 「한국신화와 여성주의 문학론」 『한국학논집』 17집, 계명대학교, 1990), 이경하(「바리공주에 나타난 여성의식의 특징에 관한 비교 고찰」, 서울대 석사논문, 1997) 등이 있다.

5) 구체적으로는 고정체계를 보이는 필사본 「김동욱 소장 필사본」, 「주옥선 소장 필사본」, 「정신문화연구원 소장 필사본」과 비고정체계를 보이는 경상도 동해안 지역본 중 「강릉 송명희본」, 「속초 신석남본」, 「속초 탁순동본」, 「양양 지경숙본」, 「영일 김순복본」 등을 주요 연구 텍스트로 한다. 『바리공주전집1』(40~41쪽 참조)에 따르면, 경상도 동해안 지역본은 다른 지역본과 달리 해결해야 할 과업이 2가지 이상 나타나고 있으며, 바리공주가 약수탕을 다녀오는 여정이 어느 정도 묘사되어 있다는 특징을 지닌다.

6) 동해안 경상도 지역의 바리데기 신화 이본에 공통적으로 나타나고 있는 구약노정의 화소는 다음과 같다(『바리공주전집1』, 45쪽 참조).
   ① 바리공주가 약수물을 가지러 길을 떠난다.
   ② 바리공주는 원조자를 만나 강을 건너거나 길 안내는 받는다.
   ③ 바리공주는 도중에 두 가지 이상의 과업을 해결한다.
   ④ 바리공주는 약수 지키는 이를 만난다.
   ⑤ 바리공주는 여자임을 감추려 하나 결국 여자임이 탄로난다.
   ⑥ 바리공주는 약수를 얻기 위해 일정한 대가를 행한다.
   ⑦ 바리공주가 약수탕을 다녀온다.
   ⑧ 바리공주는 약수탕을 다녀오는 도중에 도움을 받는다.
   ⑨ 바리공주는 언니들의 방해를 물리친다.
   ⑩ 바리공주가 부모를 살려낸다.

7) 대표적으로 김열규(「바리데기」, 『비교문학』 1집, 한국비교문학회, 1977, 41쪽)는 바리데기 신화를 '남성적인 무속적 영웅형이 여성적으로 변모한

결과'로 본다.

8) 「김해 강분이본」, 「안동 송희식본」, 「속초 신석남본」, 「고흥 오복례본」, 「부안 박소녀본」, 「고창 배성녀본」, 「해남 주평단본」 등(『바리공주전집1』, 24쪽)

9) 불어로 milieu(界)는 '주위환경' '(물리・화학에서 말하는 것과 같이) 매질(媒質)', '(시간・공간의) 중간' 등의 의미를 결합시킨 말이다(질 들뢰즈・펠릭스 가타리, 김재인 역, 『천개의 고원』, 새물결, 2001, 47쪽 참조.)

10) 이경하, 앞의 글, 40쪽 참조. 「영일 김석출본」 중 "베리데기 맘 떠볼라고 서언서역 부모한테 효성이 싸가 서천서역 고생이 되도 가나 안 가나 맘 떠볼라고 그 할머니 내려왔구나"라는 대목에서 천태한 마고할매의 정체를 알 수 있으며, 이를 통해 바리데기가 효심을 시험받고 있다는 사실을 알 수 있다.

11) 「주옥선 소장 필사본」(『바리공주전집2』, 533쪽)

12) 「강릉 송명희본」(『바리공주전집2』, 172쪽)

13) 「속초 탁순동본」(『바리공주전집2』, 227쪽)

14) 빅터 터너, 이기우・김익두 역, 『제의에서 연극으로』, 현대미학사, 1996, 77쪽.

15) 들뢰즈-가타리의 '되기'와 유사한 용어로 씩수스는 '테크네'라는 용어를 제시한다. '테크네'는 조화와 생성(출산) 혹은 그 무엇 되기를 지칭하는 여성적 용어이다. 로지 브라이도티, 「새로운 노마디즘을 위하여 : 페미니즘의 들뢰즈적 궤적 혹은 형이상학과 신진대사」, 『문화과학』 15호, 1999. 가을 참조.

16) 로지 브라이도티, 위의 글, 180쪽.

17) 다만 「양양 지경숙본」, 「속초 탁순동본」, 「명주 신석남본」, 「동래 김경남본」, 「강릉 소영희본」 등에만 약수탕 문을 열고 한참 길을 가서 정성을 드려야 약수를 얻는다는 내용이 나타나 있다. 「안동 송희식본」에는 약수탕 위치를 알고 강을 건너가 목욕하는 선녀 옆에 숨어 있다가 선녀의 도움으로 약수를 얻는 내용이 나타나 있다. 「이저순 소장본」에는 약수탕 가는 경치 묘사와 약수탕의 모양에 대해 언급되어 있다.(『바리공주전집1』, 33쪽 참조)

18) 『바리공주전집1』, 32쪽.

19) 「속초 탁순동본」(『바리공주전집2』, 233쪽)

20) 『바리공주전집2』, 234쪽. 「주공선 소장 필사본」에서도 바리데기는 "아버지 은혜 같으면 않이 가겠지만 어머니 뱃속에 고이고이 잘 길러 낳아주신 은혜로 제 안이 가오리까"(『바리공주전집2』, 533쪽)라고 말하고 있다.

21) 모르스 블랑쇼, 『문학의 공간』, 책세상, 1990, 41~42쪽.
22) 김혜순, 『여성이 글을 쓴다는 것을』, 문학동네, 2002, 14쪽.
23) 김성례, 앞의 글, 126쪽.

과도기의 선각자 나혜석의
여성해방운동과 미술

▍1. 우상과 이상

에미를 원망치 말고 사회제도와 도덕과 법률과 인습을 원망하라. 네 에미는 과도기에 선각자로 그 운명의 줄에 희생된 자이였더니라.[1]

한국 최초의 여성 서양화가 정월 나혜석(1896-1948)[2]이 네 자녀에게 유언처럼 남긴 이 말은, 그러나 관용을 모르는 남성들과 가부장적인 사회에 던진 항변이나 다름없다. 화가이자 문사, 여성운동가였으나 자유연애, 불륜, 이혼으로 생활의 파탄을 경험해야 했던 나혜석은 자기 위안이나 변명이 아니라 엄정한 생의 결산으로 자신의 최종적인 존재태를 '과도기의 선각자'로 규정하였다.

자기 시대의 성격을 정확히 진단하고 시대의 요구에 부합되는 자기 역할을 찾기란 쉬운 일이 아니다. 그러나 나혜석은 유학 초기부터 여성해방과 예술적 진보를 위해 험한 길을 먼저 나서는 선각자가 되겠다는 뜻을 분명히 세웠다. 그녀가 도일하여 도쿄의 여자미술학교 서양화 선과 보통과에 입학한 것은 1913년 4월의 일이다. 도일하기까지는 일본 구라마에(藏前)고등공업학교에서 화공학을 전공하고 있던 오빠 나경석의 도움을 받았으나3) 신학문을 접하게 되면서 나혜석은 주체적으로 생의 목표를 정하고 자신이 하지 않으면 안 될 일들을 분명히 자각했다.

　유학 초기에 나혜석이 우선 관심을 기울인 것은 신지식인으로서의 이상을 발견하는 일이었다. 그녀가 유년기에 보아왔던 조선의 지식인들은 나라를 구하기 위해 민중의 의식을 계몽하고 실력 양성에 힘쓰는 한편 민중 속에서 강력한 영도력을 갖춘 영웅이 나오기를 고대했다. 지식인들에 의해 대한자강회와 신민회 등이 설립될 즈음 어린 나혜석은 아마 『이태리건국삼걸전』 같은 당시 유행하던 영웅전기를 읽어야 했을 것이다. 그녀가 수원 삼일여학교를 졸업할 무렵에 한일합방이 되었고, 조선의 지식인들은 비로소 우승열패의 논리가 생존의 법칙이 아니라 제국주의를 합리화시키는 논거임을 체험적으로 깨닫게 되었다. 그 무렵 신채호는 "국민적 종교, 국민적 학술, 국민적 실업가, 국민적 미술가가 된 연후에야 동국이 동국인의 동국이 될지니"4)라고 주장함으로써 우상을 숭배하기보다는 민중 한 사람 한 사람이 작은 영웅이 되자고 촉구했다.

　식민지 조선의 여성으로 신지식인의 대열에 들어선 나혜석이 마음 속 깊이 갈구한 것도 숭배 대상으로서의 우상이 아니라 실천 덕목으로서의 이상이었다. 그녀가 동경 유학생 잡지 『학지광』에 실은 글 제목이 「이상적 부인」이었다는 사실은 이를 단적으로 입증한다. 이 글은 『학지광』에 처음 실린 여학생의 글이었다.

　　혁신으로 이상을 삼은 카츄사, 이기로 이상을 삼은 막다, 진의 연애로

이상을 삼은 노라부인, 종교적 평등주의로 이상을 삼은 스토우 부인, 천
재적으로 이상을 삼은 라이죠여사, 원만한 가정의 이상을 가진 요사노
여사 제씨와 여히, 다방면의 이상으로 활동허는 부인이 현재에도 불소
하도다. 나는 결코 차제씨의 범사에 대하야 숭배헐수는 읍스나, 다만 현
재 나의 경우로는 최히 이상에 근허다 하야, 부분적으로 숭배허는 바라.
(「이상적 부인」, 『학지광』 1914. 12.)

이 글에서 나혜석은 '나는 아직 부인의 개성에 대한 충분한 연구가
없는 故이며 또 자신의 이상은 비상한 高位에 在함이오'라고 전제하고
문학의 주인공과 현실의 인물 가운데 이상적 여성상을 찾아 나열했다.
흥미로운 점은 나혜석이 그들을 '부분적으로 숭배'한다고 말하고 있다
는 점이다. 그것은 어느 인물도 완결된 우상이 될 수 없다는 뜻으로서,
미지의 이상형을 완성하는 일이 자신의 과업임을 암시하고 있는 것이
다. 나혜석뿐 아니라 당시 신교육을 받으러 유학길에 오른 젊은이들은
대체로 선각자 의식으로 충만해 었었다. 「이상적 부인」이 게재된 『학지
광』 3호에는 게이오 대학에서 수학하면서 『학지광』에 인쇄인 자격으로
참여하던[5] 최승구의 글이 함께 실려 있는데, 나경석에게 보내는 편지
형식의 글 「정감적 생활의 요구 - 나의 갱생」에서 최승구는 "운명이라
는 것을 믿지 아니하오. 전진하는 사람이 없으면 後繼라는 것이 없을 터
이요. 탐험하는 사람이 없으면 그 길은 영구히 가지 못하고 말 것이요.
가지 아니하면 안 될 길이요."[6]라고 말하고 있기도 하다. 숭고한 이상,
뜨거운 열정을 지닌 신지식인 최승구와 나혜석은 당시 열애 중이었다.
나혜석은 최승구가 결핵으로 사망(1916. 4)하고 나서 잠시 방황기를
거친 뒤 「잡감」(『학지광』 1917. 3), 「잡감-K언니에게」(『학지광』 1917.
7)에 더욱 굳건해진 선각자의 의기를 피력한다. 이후 그녀는 여성운동
가, 화가, 문사로 유례를 찾아보기 힘들 만큼 눈부신 공적을 남기기도

하지만 불륜, 이혼과 같은 사생활의 문제로 사회적 냉대를 받기 시작한 뒤로 끝내 재기하지 못한 채 행려병자로 객사하고 만다. 성공한 혁명가는 영웅이 되지만 실패한 혁명가는 반역자가 되듯이, 성공적인 삶을 살고 있을 때 그녀는 존경받는 선각자였지만 삶이 파경으로 치닫게 되었을 때는 만인의 지탄의 대상이 되어야 했다. 동경 유학시절에 나혜석은 마치 훗날 자신의 운명을 예고하듯 이런 기록을 남겨두었다.

> 다행히 누가 먼저 밟아 노흔 발자국을 쌀라 길을 찻게 되엇소마는 그 사름도 몃 군대 햇듸된 자국이 잇는 것을 보니 이 두터운 눈을 한번 밟기도 발이 시리거든 그 사름은 길을 찻노라고 방황ㅎ기에 어름도 밟게 되고 구렁이에도 쌔지게 되엇스니 아마도 그 사름의 발은 쏭々 얼엇슬 것 굿소
>
> (「잡감」, 『학지광』 1917. 3.)

▌2. 나혜석의 여성운동

학생시절 나혜석은 미술학도였지만 대중적 활동은 문사로서 시작한다. 귀국하기 전에 『여자계』 창간호에 발표했다는 단편소설 「부부」는 아직 발굴되지 않았으나,[7] 귀국 후 『여자계』(1918) 2호와 3호에 발표한 「경희」, 「회생한 손녀에게」는 이미 널리 알려져 있다.

「경희」는 신학문을 배운 경희의 눈으로 조선의 가부장제적 봉건 유습을 비판하고 구여성의 처지를 동정하며 신여성의 역할을 제시하고 있다. 특히 여자를 노예로 만드는 양처현모 교육에 대한 비판의식이 소설의 바탕에 깔려 있어 나혜석이 일찍이 「이상적 부인」에서부터 역설해왔던 여성 계몽 의지가 더욱 구체화되고 강력해졌음을 알 수 있다.

습관에 의하야 도덕상 부인, 즉 자기의 세속적 본분만 완수험을 이상
이라 말헐 수 웁도다. 일보를 갱진하야 차이상의 진비가 웁스면, 안이
될 줄노 생각헌 바요, 단히 량처현모라 하야 이상을 정험도, 필취헐 바
이 안인가 허노라. 다만 차를 주장허는 자는 현재 교육가의 상매적 일호
책이 안인가 허노라. 남자는 부요 부라. 양부현부의 교육법은 아즉도 듯
지 못하얏스니, 다만 여자에 한하야 부속물된 교육주의라. 정신 수양상
으로 언허드래도, 실로 자미읍는 말이라. 또 부인의 온양유순으로만 이
상이라 험도, 필취헐 바가 안인가 허노니, 운허면 여자를 노예맨들기 위
하야, 차 주의로 부덕의 장려가 필요허엿섯도다.

(「理想的 夫人」, 『학지광』 1914. 2.)

경희도 여자자. 더구나 조선사회에셔 사라온 여자다. 조선 가정의 인
습에 파뭇친 여자다. 여자라는 온량유순 히야만 쓴다는 사회의 면목이
고 여자의 생명은 삼종지도라는 가정의 교육일다. 너러실냐면 압박ㅎ랴
는 주위요 움직이면 사방에서 드러오는 욕이다.

(「경희」, 『여자계』 1918. 3)

기독교 선교사들에 의해 시작된 재래의 여성교육은 구국의 기반이
되어줄 현모양처 양성에 집중했다. 그것은 여성의 의식 성장이나 지위
향상과는 관계없이 여성의 기능을 자녀양육 기계쯤으로 단순화시키는
교육이었다. 당시 여성교육의 교과목 중 하나인 「여성행실록」에는 시
부모 섬기기, 시누이 시동생과 화순할 일, 투기와 시기를 버릴 일, 절개
지키기 등과 같은 봉건적 내용이 들어 있었다.[8] 나혜석이 진명여학교
에 다니던 시절인 1911년 8월에는 조선 교육령이 공포되었지만 그때도
사정은 크게 달라지지 않았다. 조선 교육령에서 정한 교육방침 역시 근
검하고 정숙한 여자를 양성하는 것을 목표로 하였으되,[9] 오히려 '순량
한 황성신민'으로서의 2세를 양성해야 할 과업이 추가되었다. 이 시기

에 육아와 자녀교육에 관한 관심이 증폭된 것은 그 때문이었다. 그러나 「경희」에서, 유학하여 자유와 개성을 존중하는 문화를 경험하고 온 경희는 전통윤리를 비판하고 구여성을 동정하는 데 그치지 않고 자기 스스로 가정 계몽의 주체가 되기로 작정한다. 「회생한 손녀에게」(『여자계』1918. 9)에서 할머니가 나이팅게일 같은 천사가 되어 수만 명의 병을 고쳐주고 싶다고 한 것도 같은 맥락에서이다.

> 머리를 숙이고 골몰이 칼질ㅎ든 경희는 임의 이 아주머니의 설음의 원인을 아는 터이라 그 한심소리가 들니자 왼 몸이 씨르々ㅎ도록 동정이 간다. 경희는 이 자극을 밧는 동시에 이와 갓치 조선 안에 여러 불행ㅎ 가정의 형편이 방금 제 눈압헤 보이는 것 갓다. 힘 잇게 칼자로々 도마를 탁 치는 경희는 무슨 큰 결심이나 ㅎ는 것 갓다. 경희는 굿게 맹서ㅎ엿다. <내가 가질 가정은 결코 그런 가정이 아니다. 나 뿐 아니라 내 자손, 내 친구, 내 문인들의 민들 가정도 결코 이러케 불행ㅎ게 ㅎ지 안는다. 오냐 내가 꼭 한다> ㅎ엿다. 경희는 쌩충 뛴다.
>
> (「경희」, 『여자계』 1918. 3)

나혜석이 화가로 활약하기 시작하면서 그녀의 여성교육 및 계몽활동은 더욱 활발해진다. 나혜석의 그림이 맨 처음 대중적으로 소개된 것은 1919년 1월 21일부터 2월 7일까지 『매일신보』에 「섣달대목」과 「초하룻날」이라는 제목으로 만평 시리즈를 게재하면서부터였다. 「섣달대목」은 상 차리고 다듬이질하고 바느질하고 다리미질하는 여성들의 가사노동을 경제적으로 초점화하되, "다드미가 끝이 나니 바느질감이 그득하다. 온종일 하고 밤까지 하여도 열흘 안에는 좀처럼 끝이 날 듯 싶지 않다."(1919. 1. 31)라든가 "아침부터 십여 가지를 다리고 나자 숯불에 골치가 지끈지끈하여 온다. 이제도 수없이 줄에 널렸으니 언제나 끝이 날는지."(1919. 2. 1)와 같은 해설을 붙여 장면의 맥락을 분명히 밝혔다. 명절 풍속을 소재로 한 「초하룻날」 시리즈 가운데도 1919년 2월 7일자 그림에는 윷괘점 치는 동서간의 대화를 통해 축첩 문제로 고통 받고 있는 여성의 소박하지만 절박한 소망을 보여주었다.

동경에서 이미 『여자계』를 발행하는 데 참여한 이력이 있는[10] 나혜석은 이후 여성잡지를 발간하는 사업에도 관여하게 된다. 당시의 정규 여성교육은 대체로 유산계급 여성을 대상으로 한 것이어서 여성운동에 앞장서고 있던 나혜석과 김일엽은 신지식을 좀더 폭넓게 보급할 방안을 모색해야 했다. 그러한 고민의 결실로 마침내 1920년에『신여자』를 간행하게 된 것이다. 마침 일제가 문화정책의 일환으로 출판물 검열을 완화한 시점이어서『신여자』는 각종 잡지, 특히 여성잡지 창간의 물꼬를 튼 셈이 되었다. 여성들만의 힘으로 여성들만의 소통의 장을 열었던[11] 잡지『신여자』는 1920년 3월부터 6월까지 총 4호가 나온 것이 전부였지만 여성 발언대로서의 그 존재감은 매우 뚜렷했다.

나혜석은『신여자』 2호에서 만평형식의 목판화 「저것이 무엇인고」(1920. 4)를 선보였다. 이 그림은 서양 악기를 들고 가는 신여성을 중심에 배치하고 두루마기를 걸친 두 양반과 양복을 차려 입은 한 청년을 주변에 배치함으로써 신구, 동서양의 문화가 뒤섞여 있던 과도기의 풍경과 신여성을 바라보던 사회의 다중적 시선을 입체적으로 표현하였다. 신여성의 모습은 양악기 대신 서양 화구를 들고 다녔던 나혜석 자신의 모습을 투영한 것이나 다름 없었다.『신여자』 4호에 나혜석은 「김일엽 선생의 가정생활」(1920. 6)이라는 제목의 네 컷 짜리 목판화와 「사년 전의 일기 중에서」라는 제목의 수필을 싣는데, 그림은 신여자사를 주관하는 김일엽의 열정과 고충을 묘사한 것이고 수필은 1916년 여름 동경에서 김우영을 만나던 때의 일상을 기록한 것이었다. 그런데 문사로도 알려진 나혜석이 4년이나 지난 일기 외에는 『신여자』에 글을 싣지 않았다는 점은 다소 의외라 할 것이다. 사실상 『신여자』 2호가 나올 즈음인 1920년 4월 10일에 나혜석은 김우영과 결혼식을 올리고 신혼여행으로 최승구의 묘를 찾아가 비를 세우고 돌아오기도 할 만큼 분주한 시간을 보내고 있었으므로 정신적으로나 물리적으로 집필의 여유가 없었을 것이다. 4호가 나온 뒤 나혜석은 임신에 대한 충격으로 괴로워하다 도일했으니 『신여자』의 발간이 4호로 종간된 것은 김일엽의 이혼 말고도 (『신여자』는 김일엽의 남편 이노익의 재정적 지원을 받고 있었다)[12) 나혜석의 개인사정이 또 다른 이유가 되었을 것이다.

　나혜석이 『신여자』의 발간에 미쳤을 영향은 일본에서 발행되고 있던 여성 잡지 『세이토(靑鞜)』의 존재를 통해 간접적으로 확인할 수 있다. 나혜석이 유학하고 있던 1913년에서 1917년 사이는 다이쇼 데모크라시 시대로 개인주의와 자유주의가 풍미하고 있었으며 그러한 정서에서 촉발된 새로운 여성운동은 자유연애, 여성해방, 남녀평등을 주장하고 있었다. 그 중심에서 양처현모주의를 강력하게 비판하며 신사상을 선구적으로 주창했던 모임이 청탑(靑鞜)회였다. 『신여자』를 발간하기 전에 나혜석, 김일엽, 김활란, 신줄리아, 박인덕은 준비모임 성격을 지닌 청탑(靑塔)회를 조직했는데[13) 이 모임은 1911년에 일본여자대학 출신의 젊은 여성 다섯 명이 모여 결성한 모임 청탑(靑鞜)회를 모델로 한 것이라 할 수 있다. 1911년 9월 1일에 창간된 『세이토(靑鞜)』는 일본의 청탑(靑鞜)회에서 발간한 것이었다. 이 잡지를 주도한 히라츠카 라이초(平塚明子, 1886~1971)는 나혜석이 「이상적 부인」에서 이상적 부인으로 꼽은 인물 중의 한 사람이고, 청탑사의 관계자 가운데에는 나혜석이 다녔던 동경여자미술전문학교 졸업생이 세 명(荒木郁子, 尾竹一枝, 小笠原貞子)[14)이나 있었다고 한다.

나혜석은 『인형의 가』의 국내 보급에도 결정적인 기여를 한 듯하다. 1921년 1월 25일부터 같은 해 4월 3일까지 『매일신보』 1면에 게재된 입센의 『인형의 가』는 양건식과 박계강이 공동 번역한 것이다. 그런데 3.1운동 이후 민의창달이란 명목 하에 총독부에서 『조선일보』 『동아일보』 등 민간 신문의 발간을 허가하고 있었기 때문에 『인형의 가』를 연재하면서 굳이 『매일신보』를 선택할 이유는 없었다. 더욱이 양건식은 「슬픈 모순」의 작가로서 1918년 한용운이 간행한 잡지 『유심』에 단편 「오!」를 발표하였을 만큼 민족주의적 성향을 뚜렷하게 보였던 문사였다. 양건식과 나혜석의 인연은 『신여자』를 통해 이루어진 듯한데,15) 1920년 9월에 나혜석의 남편 김우영이 조선인 최초의 외교관으로 임명되었다는 점, 나혜석이 총독부의 문화정책 담당자였던 아베 요시에(阿部忠家)와 친교를 이루게 되었다는 점16)으로 미루어 『인형의 가』의 『매일신보』 연재는 나혜석의 주선으로 이루어졌을 것으로 짐작된다. 나혜석은 이미 같은 지면에 만평을 연재한 이력이 있기도 했다. 일본에서 『인형의 가』는 1911년에 이미 시마무라 호케쓰(島村抱月, 1871~1918)에 의해 연극으로 상연되어 대중적인 인기를 끌었었고17) 나혜석이 깊은 관심을 보였던 『세이토』의 라이초도 1912년에 「노라씨에게」와 「막다를 읽다」 등의 글을 발표한 바 있다.18) 더욱이 『인형의 가』 연재 3월 2일, 4일, 5일자에는 나혜석의 삽화가 들어갔다. 연재가 끝나자마자 나혜석은 같은 지면에 자신이 가사를 붙인 『인형의 가』(1921. 4. 3)를 게재하였으며, 이듬해 양건식이 단행본으로 출간한 『노라』(영창서관, 1922. 6 .25)에는 「노라」라는 시를 발표하기도 하였다. 이와 같은 일련의 정황으로 보건대 노라이즘을 국내에 전파하는 데 일등공신 역할을 한 사람은 단연 나혜석이라 할 만하다. 남편의 아내 되기 전에, 자식의 어미 되기 전에, 첫째로 사람이 되겠다는 내용의 시 「노라」의 마지막

연은 "아아, 소녀들이어 깨어서 뒤를 따라오라"고 되어 있어 나혜석의 선각자 의식을 재차 확인할 수 있다.

▌3. 나혜석의 미술세계

나혜석이 『신여자』 4호에 게재했던 「김일엽 선생의 가정생활」(1920. 6)에는 "부굴부굴, 푸푸 이것을 두고 시를 지어"라는 구절이 있다. 이는 단순히 창작과 가사 노동을 병행해야 하는 여성의 고충을 시사한 것만 으로 보이지는 않는다. 나혜석은 이미 「경희」에도 유사한 표현을 쓰고 있는데 그 쓰임이 조금 달랐기 때문이다.

> 경희는 불을 찍우고 시월이는 풀을 젓는다. 위에셔는 <푸々> <부굴 부굴>ㅎ는 소리, 아리에셔는 밀집의 탁々 튀는 소리 마치 경희가 동경 음악학교 연주회석에셔 듯던 관현악주 소리 갓기도 ㅎ다. (중략) 열심으 로 젓고 안진 시월이는 이러흔 자미스러운 거슬 몰누겟고나 ㅎ고 제 싱 각을 ㅎ다가 져는 조곰이라도 이 묘한 미감을 늣길 쥴 아는 거시 얼마 콤 행복하다고도 싱각ㅎ엿다. 그러나 져보다 몃 십백배 묘흔 미감을 늣 기는 자가 잇으려니 싱각할 씩에 제 눈을 씩여 바리고도 십고 제 머리 를 쭈듸려 바치고도 십다. 쎌건 불꼿이 별안간 파란 빗으로 변흔다. 아ㅡ 이것도 사름인가, 밥이 앗갑다 ㅎ엿다.
>
> (「경희」, 『여자계』 1918. 3.)

위의 인용에서 경희는 '푸푸 부굴부굴' 하는 소리를 관현악 연주소리 처럼 듣고 있다. 그녀는 세련되어진 자신의 미적 감각에 자부심이 느끼 면서도 미감이 고도의 연마를 필요로 하는 것이라는 자각 때문에 열등감과 초조감에 빠지기도 한다. 경희의 심정이 이러하니 「김일엽 선생의 가정생활」에서 나혜석이 '부굴부굴, 푸푸 이것을 두고 시를 지어'라는 표현을 쓴 것은 김일엽의 문학적 감각을 말하고자 한 것이었는지도 모른다.

문사, 여성운동가이기 이전에 화가였던 나혜석에게 미감을 성숙시키는 일은 여성운동을 전개하는 일만큼이나 중요한 문제였다.

> 우리 인싱에게 미감을 가장 보편덕으로 주며 무형한 행복을 누리게 하는 그림을 엇지하야 그다지 천시를 하얏스며 시 짓는 부인이나 글시 쓰는 녀자는 더러 잇서도 칙칙 붓을 드러 화폭을 향하야 아는 부인은 한 사람도 업섯는가? 하는 애석한 싱각이 가슴에 써돌 째가 만습니다. 그러나 조선녀자는 결코 그림을 배호지 안으려 하닛가 그러치 만일 배호고자 할진대 반다시 외국 녀자의 능히 싸르지 못할 특덤이 잇는 실례를 나는 어느 고등 명도 녀학교에서 도화를 교수하는 동안에 발견하얏습니다.
>
> (「繪畵와 朝鮮 女子−新進 女流의 氣焰」(女流畵家 나혜석 談), 『동아일보』 1921. 2. 26.)

앞에서도 언급한 바와 같이 나혜석이 유학하고 있던 시절은 다이쇼 데모크라시가 시작된 시기로, 자유주의의 기운이 범람하는 동시에 개성을 존중해주는 분위기가 조성되어 무용, 연극, 미술 등 각 분야에서 예술적 실험이 다양하게 전개되고 있었다. 그 속에서 나혜석은 미술의 전문성을 인식하고 순수예술에 대한 열정을 키울 수 있었다. 귀국 초기의 활동이 여성운동에 기울어지면서 『매일신보』에 실린 만평 시리즈(1919), 『신여자』에 실린 목판화(1920), 『인형의 가』(1921)에 실린 삽화, 그리고 『공제』 창간호에 실린 목판화 「조조」(1920. 9), 『개벽』13호에 실

린 「개척자」(1921. 7)에 이르기까지 비교적 운동성이 강한 그림을 제작
해 왔던 나혜석도 1922년에 들어서서는 순수미술에 집중하게 된다.

나혜석의 미술활동의 성격에 있어서 분기점이 되었던 것은 1921년
3월 19일에서 20일까지 서울에서 개최된 유화 개인전이었던 것으로 보
인다. 매일신보와 경성일보사의 후원으로 경성일보사 내청각에서 열리
게 된 개인전을 바로 앞두고 나혜석은 「서양 전람에 대하야」라는 글을
『매일신보』에 게재하여 미술 자체의 속성과 가치에 대한 천착을 보이
고 있다.

> 미술이라 흐는 것은 여흐흔 국가와 민죡을 물론흐고 이 미술이 발뎐
> 된 나라는 문명흔 민족이라 하나니 그러나 문명이라 하는 것은 인싱에
> 대흔 모든 사업이 발뎐되여야 문명이라 흐겟지마는 문명이 된 나라는
> 미슐이라던지 음악갓흔 기슐이 자연히 문명흔 색칰를 늬게 흐는 것이
> 다. (중략) 우리 됴션에도 빅졔, 신라가 잇던 삼한 시대에는 여사흔 미
> 슐이 대단히 발뎐되여 남의 나라에 지지 안이훌 만한 력사뎍 자랑거리
> 더니 (중략) 근일 문명의 풍도를 맛보게 되는 우리들은 모든 과학즁의
> 법률이니 정치니 산업이니 공업이니 흐고 이러흔 과학을 공부흐기 위흐
> 야 외국으로 류학가는 이들이 잇지만은 미슐이라 하는 것은 이상 말흔
> 것과 갓치 력사뎍 압박 하에 금일에 와서는 미슐에 대흔 필요와 관렴이
> 업게 되엿소이다.
> (「西洋 展覽에 對하야 – 여류양화가 나혜석 여사 談」, 『매일신보』
> 1921. 3. 17.)

이 글은 미술의 우수성을 민족의 우수성과 결부시키고 있다는 점에
서 당시 조선 전통미술의 가치를 알아보고 조선인에게 존경심과 친밀
감을 보여 유명세를 탄 시라카바(白樺)파의 야나기 무네요시(柳宗悅,
1889~1961)를 떠오르게 한다. 3.1운동 후에 씌어진 야나기의 글 「조선

인을 생각한다」(번역본 『동아일보』 1920. 4. 12~18), 「조선의 친구에게 보내는 글」(번역본 『동아일보』 1920. 4. 19~20)은 조선의 예술 관계자들에게도 큰 반향을 일으킨 바 있다. 나혜석이 생각한 '문명'의 진의는 야나기와는 달리 서구화를 전제로 한 기술적 진보에 가까웠다. 서양화라는 매체상의 특성 때문이기도 하겠지만, 일찍이 「잡감-K언니에게」에서 보였던 포부("일본은 남의 문화를 輪用하되 일본화하는 것이오. 일본사람은 외적 자극 받아가지고 내적 조직을 만드는 것이오. 우리도 배우는 학문을 내 소유를 만들어야겠소. 조선화시킬 욕심을 가져야 하겠소"(『학지광』 1917. 7.))는 찾아보기 어려워졌다. 위의 글이 『매일신보』에 게재되었다는 점도 눈여겨볼 만하다. '여류양화가 나혜석 여사 談'이라는 부제를 달고 있는 것으로 보아 위의 글은 『매일신보』 측의 기획으로 작성되었을 것으로 보이는데, 자의에 의해서든 타의에 의해서든, 남편 김우영이 외교관이라는 고위직을 임명받은 직후인 이 시기에 나혜석은 집중적으로 『매일신보』에 이름을 올려 서양화가로서의 존재를 알리고 있었던 것이다.

한편 나혜석은 자신의 그림 실력을 검증받기 위해 「조선미전」이 창설된 1922년부터 지속적으로 출품하였다. 소재에 있어서 농촌풍경, 도시풍경, 고건축이 있는 풍경, 파리의 풍경, 인물화 등 다양한 시도를 통해 자신만의 미술세계를 모색했는데 특기할 점은 제1회 조선미전의 입선작인 「春이 오다」(1922)에 여성의 노동이 자연물의 일부처럼 묘사되고 있는 것을 제외하고는 귀국 초에 열성을 보였던 여성운동의 자취를 찾아보기 힘들어졌다는 점이다. 마당에서 일하는 부부의 모습을 담은 그림 「농가」(1922) 이후 노동을 소재로 한 그림은 「봄의 오후」(1927)가 유일할 것이다. 그렇게 된 데에는 우선, 당시에 총독부가 각종 검열과 금지조항을 제시하며 문화 및 예술의 정치화를 엄격히 차단하고 있었던 정황을 참조할 필요가 있을 것이다. 나혜석은 1921년 9월부터 만주 안동현의 부영사로 발령받은 남편을 따라 안동현에서 살고 있었다. 나혜석이 당시 국내에서 확산되고 있던 프롤레타리아 운동에 참여한 흔적은 찾아볼 수 없지만 안동현에 있을 때 김우영과 함께 비밀 항일운동단체인 의열단의 단원 활동을 지원했다가(황옥 경부 사건) 곤욕을 치렀다는 기록이 있어[19] 독립운동에는 비교적 깊이 관여했음을 짐작할 수 있다. 황옥 경부 사건 이후 나혜석의 글이 『매일신보』가 아니라 『조선일보』 『동아일보』 등에 주로 발표되었던 것으로 미루어 일제로부터 받은 압박의 강도가 심했음도 짐작할 수 있다. 식민지 조선의 당면과제였던 계급해방과 민족해방은 어느 한 쪽도 양보하기 어려운 절실한 문제였지만, 부영사 부인 나혜석으로서는 프롤레타리아 운동에 감응하기는 어려웠을 것이다. 그리고 현실적으로 노동을 소재로 한 작품은 미전 출품용으로서는 경쟁력을 가질 수도 없었다. 사정이 그러했으므로 프로 문예운동을 주도하고 있던 잡지 『개벽』에 나혜석이 다음과 같이 글을 게재한 것은 이례적인 일이었다.

> 일본에서도 제전이라든지 이과라든지 광풍회 등 여러 가지 전람회가 제삼회에 지하야서는 상당한 실력에 달하엿섯든 것일다 그럼으로 조선미술전람회도 이로부터가 큰 희망일다 그리하야 우리는 발서 서양류의 그림을 흉내낼 째가 아니오 다만 서양의 화구와 필을 사용하고 서양의 화포를 사용함으로 우리는 임의 그 묘법이라든지 용구에 대한 선택이 잇는 동시에 향토라든지 민족성을 통한 개성의 표현은 순연한 서양의 풍과 반듯이 달라야할 조선특수의 표현력을 가지지 아니면 아니될 거실다!
> (「일년만에 본 京城의 雜感」, 『개벽』 1924. 7.)

이 글에서 눈에 띄는 점은 나혜석이 '향토나 민족성을 통한 개성의 표현', '조선특수의 표현력'을 강조하고 있다는 점이다. 이 해에 있었던 제3회 조선미전에 나혜석은 「가을의 정원」과 「초하의 오전」을 출품하였는데 「초하의 오전」은 서구식 건축물을 소재로 하고 있어 나혜석 예술의 실제는 윗글의 취지와는 상치되었다. 이 대회에서 4등상을 탄 「가을의 정원」도 당시 심사위원이었던 나가하라 고우타로우가 심사소감에서 "조선에서만 볼 수 있는 조선의 풍토가 예술에도 반영되어야 하나, 사실은 그렇지 않다"[20]고 밝힌 바와 같이 나혜석의 그림은 조선의 향토, 민족성, 조선적 특수성을 발견하는 데는 괄목할 성과를 보이지 못했다. 위의 인용에서 나혜석이 쓰고 있는 어사들은 발표지면의 성격을 고려한 것이기 쉬웠다.

▌4. 여성성의 발견

서양화로 조선적 특수성을 살릴 방도를 찾지 못한 나혜석은, 대신 여성적 특수성을 탐색함으로써 자신의 미술세계의 핵심 테마를 확고히 정하게 된다. 그 계기가 된 것은 출산과 육아의 경험이었다. 전통적인 현모양처 교육을 강도 높게 비판했던 나혜석은 '모성'보다 더 근원적이고 본질적인 차원의 여성성에 천착하여 '자궁' 이미지를 만나게 되었다. 자궁은 모성의 상징으로 취급될 때 민족과 국가의 장래를 위해 헌신할 2세를 생산하는 장소가 되지만 모성의 굴레에서 벗어났을 때는 국가와 남성의 식민지가 아니라 온전히 여성 자신의 것이 된다. 나혜석은 제5회 조선미전에서 「천후궁」(1926)과 「지나정」(1926)을 출품하여 여성의 자궁을 상징하는 그림 「천후궁」으로 특선을 차지하였다. 「천후궁」은 원형으로 된 정문을 화면 가득 채우고 열린 원형의 문 안에 다시 고건축물이 있는 풍경을 채워 넣은 그림이었다.

> 다다미 우에서 차게 군 까닭인지 자궁에 염증이 생하야 허리가 슨허질 듯이 압흐고, 동시에 매일 병원에 다니기에 이럭저럭 겨울이 다 지나고 봄이 도라오도록 두어 장 밧에 그리지를 못하엿다. 더구나 내게는 근일 고통이 되다십히 그림에 대한 번민이 생겨서 화필을 들고 우둑커니 안젓다가 고만두고 고만두고 한 쌔가 만타. 즉 나는 학교 시대부터 교수 받는 선생님으로부터 바든 영향상 후기 인상파적, 자연파적 경향이 만타. 그럼으로 형체와 색채와 광선에만 넘우 주요시하게 되고 우리가 절실이 요구하는 개인성 즉 순 예술적 기분이 박약하다. 그리하야 나의 그림은 기교에만 조곰식 진보될 쑨이요 아모 정신적 진보가 업는 것 가튼 것이 자기 자신을 미워할만치 견댈 수 업시 고로온 것이다."
>
> (「미전 출품 제작 중에」, 『조선일보』 1926. 5. 20~23.)

미전의 후기에 해당하는 위의 글에서 나혜석은 자신의 그림에 정신적 진보가 없는 것 같아 괴로웠다고 고백하고 있으나 이어지는 글에서는 「천후궁」의 구성에 대해서, "그만한 구도를 생각해낼 만한 머리가 있는 것을 알 때 무슨 진보성이나 있지 아니한가 하는 기쁨을 느끼게 되었다."(「미전 출품 제작 중에」, 『조선일보』 1926. 5. 22.)며 만족감을 드러냈다. 그러나 「천후궁」은 카프맹원으로 활약하고 있던 김복진으로부터 조소를 받게 되고 이듬해 제6회 조선미전에 출품하여 무감사 입선을 한 「봄의 오후」(1927)는 역시 카프맹원이었던 김기진으로부터 혹독한 비판을 받게 된다.

> 「지나정」에는 부족한 점도 또는 주문할 것도 없는, 무난하다느니보다는 무력한 작품이라고 할 수 있으며, 「천후궁」은 구상에 있어 여자답다고 안다. 초기의 자궁병이 단지 치통과 같이 고통이 있다 하면 여자의

생명을 얼마나 많이 구할지 알 수 없다는 말을 들었었다. 신문을 보고 이 기억을 환기하고서, 그래도 화필을 붙잡는다는 데 있어 작화상 졸렬의 시비를 초월하고 호의를 가지고 있다는 것만 말하여 둔다.21)

봄철의 농촌은 이다지 무기력하게도 평화로운 시절이 아니다. 제재를 선택함이 화인으로서 중대한 것이니, 단지 색채감으로나 자연이 국부적 호감으로만 화작한다 함은 미술의 본류와 상거가 요원한 짓이다. 독, 우물, 초가, 방아를 찧는 계집애 등등의 안정감, 실재감이 부족하더라도 자신의 취미대로 매진하는 용기만은 고마운 일이나, 이와 같이 무기력화, 색채화, 모형화하려는 음모에 염개함을 마지않으며, 소위 전문가로서는 데생이 틀린 것만큼 명예스럽지 못한 일이 아닐까.22)

프로문예의 온상지 역할을 했던 『개벽』과 카프의 준기관지 역할을 했던 『조선지광』에 각각 실린 위의 두 글에 공통적으로 나타나 있는 단어는 '무력', '무기력'이라는 단어이다. 이 두 잡지도 여성문제를 도외시하지 않았지만 주로 여성의 사회적 지위나 권익의 문제에 집중했기 때문에 여성적 특성에 대한 이해는 부족한 형편이었다. 더욱이 여성의 생물학적, 본질주의적 특성의 강조는 정치성을 약화시킬 수 있기 때문에 프로문예 측의 관심의 대상이 될 수도 없었다. 나혜석이 발견한 여성성은 당시 이광수가 강조한 모성(「모성중심의 여자교육」, 『신여성』 1925. 1.)의 세계와도 다르고 계급주의적 여성해방을 주장했던 프로진영의 관심사와도 달라 매우 독창적인 소재임에 틀림없었으나 시대의 요구에 부합되지는 못했다.

그렇지만 나혜석은 이후 여성성을 관찰하고 표현하는 일에 더 깊이 몰두하였다. 1927년 6월 19일부터 1929년 3월 12일까지 김우영과 함께 세계여행을 하고 돌아와 1930년에 열린 제9회 조선미전에 「정원」을 출품하는데, 이 작품은 「천후궁」의 구도를 그대로 차용하였다. 클루니 박물관의 아치형 석문과 그 안의 풍경을 그린 「정원」은 미술대전에서 특선으로 뽑히고 일본제전에서도 입선하였다. 「천후궁」을 그릴 때 나혜석은 자궁병으로 고통 받고 있었고, 「정원」을 제작할 즈음에는 자녀의 병간호에 매달려 있었기에 두 작품에 표현된 여성성은 관념의 소산이 아니라 나혜석 자신의 구체적 체험의 소산이었다. 만일 최린과의 불륜 문제가 발생하지 않았거나 그러한 사적 문제가 사회적 냉대로 이어지지 않았다면 이 여성성의 세계는 더 깊은 통찰과 실험을 거쳐 미술사적으로도 매우 의미 있는 성과를 남겼을지 모른다. 그러나 불륜 사건으로 자식에 대한 친권도 재산 분할도 받지 못한 채 이혼을 당해야 했던 유명화가 나혜석은 자신의 예술세계로 들어서는 석문마저 아주 닫아버려야만 했다.

▌5. 정리

「이혼 일주년」이라는 다소 선정적인 제목을 달고 있는 아래 기사에서 나혜석은 '현대의 노라'로 지칭되고 있다. 자신은 결코 원치 않았던 이혼이었음에도 불구하고 나혜석은 기사에서처럼 자신도 모르게 '스윗홈'과 '딸링'을 박차고 나온 사이비 노라가 되어 이상적 부인이었던 진짜 노라를 조롱거리로 만들어버린 장본인이 되었다. 관음증적인 시선으로 인형의 집을 나온 후의 노라의 동정을 취재한 아래의 글은, '생활과 예술이 합치되는 데서 참된 완전이 온다'는 나혜석의 술회를 편의적으로 앞세우고 있어 서두부터 객관성을 잃고 있다.

　　부군과 함께 구라파 만유의 길을 떠나 예술의 도시 파리에서 일홈을
떨치고 도라온 라혜석 녀사의 리혼한지도 거의 잇해를 마지하련다. 귀
여운 애기 셋과 안윽한 스윗홈과 딸링을 박차고 떠나 나온 현대의 노라
인 녀사의 그후 생활은 엇떠하엿든가?
　　<예술만이 완전한 것이 안이고 생활 혼자만도 완전한 것이 못되고
생활과 예술이 합치되는 데서 참된 완전이 온다>는 것이 오늘의 녀사
의 회술이다. 안동현의 즐거웁든 홈라이푸와 예술의 도시를 차저 순례
하든 시절을 회상하며 쓸쓸한 표정을 짓는 녀사는 온 정력을 다 밧처
양화를 그리고 있다.

(「이혼 일주년-양화가 나혜석 씨」, 『신동아』 1932. 11.)

　이혼 후 나혜석은 독신자 생활에 적응하려고 부단히 노력했다. 이혼
은 나혜석에게 미술이 경제활동 수단이 될 수 있다는 가능성을 확인시
키기도 했다. 실제로 제10회 미전에 출품한 그림들을 팔아 1400원 가량
을 벌었다고도 하고[23] 한 점에 80원 짜리 초상화를 그리기도 했다고
한다.[24] 그러나 그림 판매가 생계수단이 될 수 있는 것은 화가로서의
명성이 유지될 때에 한해서이다. 이미 은막의 뒤안길로 들어서버린 나
혜석으로서는 그림판매가 생계수단이 되기는 힘들었다. 나혜석은 1933
년 2월에 수동동에 여자미술학사를 개설하고 미전에는 더 이상 출품하
지 않는다. 흥미로운 점은 그녀가 여자미술학사에 내걸은 취의서에 "나
는 다만 새벽녘에 우는 닭이 되려 할 뿐"(「趣意書」女子美術舍 – 畵
室의 開放, 『삼천리』, 1933. 3.)이라는 문구가 들어 있다는 점이다. 암
닭이 울면 집안이 망한다는 여성 비하의 속담을 의식하고 쓴 듯한 그
말에는 여전히 확고한 선각자 의식이 드러나 있다.
　당대에도 그랬지만 사후에 나혜석은 많은 논자들에 의해 개인주의자
나 자유주의자로 매도되곤 했는데 이는 '과도기'와 '선각자'가 각각 생

래적으로 지니고 있는 도발성, 유치함, 시행착오를 맥락 없이 부각시킨 결과라 할 수 있다. 변화를 향해가는 과도기, 그리고 변화의 방향을 모르던 혼란기에 선각자를 자처한 나혜석은 그저 자신의 생애 전부를 시험대 위에 올려놓았을 뿐이었다. 나혜석은 자유주의자이기보다는 오히려 자신에게 주어진 시간과 여건을 철저하게 조정하고 규율하는 엄격주의자에 가까웠다. 그렇게 하지 않으면 헛발을 디뎌 얼음도 밟고 구렁이에도 빠졌다가 마침내 발이 꽁꽁 얼어버릴수도 있다는 것을 그녀는 처음부터 알고 있었다. 결국 그녀는 예기치 않은 일로 자신이 우려했던 최악의 지경에 이르고 말았고 그녀가 어수선하게 남겨놓은 발자국은 가야할 길과 가지 말아야 할 길을 안내하는 표지가 되었다. 나혜석은 사형수가 남긴 최후의 변론처럼 세인들에게 다음과 같은 말을 남겼다.

> 조선일반 인심은 과도기인만치 탁 터나가지를 못하면서 내심으로는 그런거슬 요구합니다. 경제에 얽매여 옴치고 뛸 수 업스나 지글々々 쓸는 감정을 풀 곳이 업다가 누가 압흘 서난 사람이 잇스면 가부를 막론하고 비난하며 그들에게 확실한 인생관이 업는만치 사물에 해결이 업스며 동정과 이해가 업시 형세 닷는 대로 이리 긋기고 저리 긋기게 됩니다. 무슨 방침을 세워서라도 구해줄 생각은 소호도 업시 마치 연극이나 활동사진 구경 하드시 자미스러워 하고 비소하고 즐하야 일껏 선안에 착심하얏든 유망한 청년으로 하여곰 위축의 불구자를 맨드는 것 아닌가 보라 구미 각국에서는 돌비한 행동하는 자를 유행을 삼아 그거슬 장려하고 그거슬 인재라 하며 그거슬 천재라 하지 안는가. 그럼으로 압흘 다토아 창작물을 내나니 이럼으로 일진월보가 보이지 안는가 조선은 엇더한가 조금만 변한 행동을 하면 곳 말살식혀 재기치 못하게 하나니 고금의 예를 보아라 천재는 당시 풍속 습관의 만족을 갓지 못할 샌 아니라 차대를 추측할 수 잇고 창작해낼 수 잇나니 변동을 행하는 자를 엇지 경솔이 볼가보냐. 가공할 거슨 천재의 싹을 분질너 놋는 거시외다. 그럼

으로 조선 사회에는 금후로는 제일선에 나서 생활하는 사람도 필요하거
니와 제2선 제3선에 처하야 유망한 청년으로 역경애 처하엿슬째 그길을
틔워주는 원조자가 잇서야할 거시오 사물의 원인 동기를 심찰하야 쓸대
업는 도덕과 법률노서 재판하야 큰 죄인을 맨들지 안는 이해자가 잇서
야 할 거십니다.

(「이혼고백서 (속)」, 『삼천리』 1934. 9.)

1) 「신생활에 들면서」, 『삼천리』, 1935. 2, (서정자, 『정월 라혜석 전집』, 국학
   자료원, 2001, 489쪽. 이하 나혜석의 글은 서정자의 전집에서 인용하며 원
   문의 한자는 한글로 변환하여 표기한다).

2) 나혜석의 부모 나기정과 최시의 사이에는 홍석, 경석, 계석, 혜석, 지석 등
   2남 3녀가 있었다. 장남 홍석은 아들이 없는 중부 기형의 승계자로 입양되
   었기 때문에 차남인 경석이 장남 노릇을 해야 했다. (윤범모, 『화가 나혜석』,
   현암사, 2005, 18쪽 참조).

3) 나경석은 1910년 정칙영어학교에서 2년간 수학한 다음 구라마에(藏前)고
   등공업학교를 1914년 7월 졸업했다. 그는 학교를 졸업하고도 1915년 일본
   오사카에서 조직된 재판(在阪)조선인친목회의 총간사로 조선인 노동자 권
   익운동에 앞장서는 등 동생이 학업을 마칠 때까지 오사카의 재일동포운동
   에 관여하였다. 1918년 귀국한 뒤 1년간 중앙중학 물리교사로 근무하기도
   했으며, 1919년 3.1운동 당시에는 「독립선언서」를 만주 길림의 손정도 목
   사에게 전하고 무기 열 자루를 가지고 돌아오다가 일본 경찰에 발각되어
   징역 3개월의 처분을 받은 바 있다(이상경, 『인간으로 살고 싶다』 한길사,
   2000, 48~49쪽 참조. 윤범모, 위의 책, 92쪽 참조). 이후 나경석은 물산장
   려운동을 지지했는데, 당시 물산장려운동은 토착자본가계급과 중산계급의
   이익을 위한 운동이라는 점에서 민족주의자의 비판을 받은 바 있다(권희
   영, 『한인 사회주의운동 연구』, 국학자료원, 1999, 427~432쪽, 박찬승, 『
   한국근대정치사상사연구』, 역사비평사, 1992, 285쪽, 윤범모, 위의 책, 28
   쪽 참조).

4) 신채호, 「이십세기신동국지영웅」, 『대한매일신보』, 1909. 8. 20(정환국, 「대
   한제국기 계몽지식인들의 '구국주체'인식의 궤적」, 진재교 외, 『충돌과 착
   종의 동아시아를 넘어서』, 성균관대 출판부, 2007, 271쪽에서 재인용)

5) 최승구는 제3호와 제4호의 인쇄인이었고 1915년 7월에 나온 제6호 편집인
   이었다(이상경, 『인간으로 살고 싶다』, 한길사, 2000, 112쪽 참조).

6) 최승구, 「정감적 생활의 요구」, 『학지광』 1914. 12. 19~20쪽(윤범모, 위
   의 책, 46쪽에서 재인용).

7) 박화성의 회고에 따르면 나혜석의 「부부」는 "한 여성이 봉건적 유습에 비
   참하게 희생이 된 생활상"(「문단교유기」, 『순간과 영원 사이』, 중앙출판공
   사, 1977, 273쪽, 윤범모, 앞의 책, 108쪽 참조)을 그리고 있다. 나혜석이
   발표한 소설작품은 「부부」(『여자계』 1917. 6), 「경희」(『여자계』, 1918.
   3), 「회생한 손녀에게」(『여자계』, 1918. 9) 「규원」(『신가정』, 1921. 7),
   「원한」(『조선문단』 1926. 4), 「현숙」(『삼천리』 1936. 12), 「어머니와 딸」

(『삼천리』1937. 10)이 있다.

 8) 한국여성연구회, 여성과 분과 편, 『한국근대여성사(근대편)』, 풀빛, 1992, 30쪽.

 9) 실제 교육내용으로는 이과, 가사, 재봉, 수예에 많은 시간을 할애하였다. 한국여성연구회, 위의 책, 60쪽 참조.

10) 나혜석은 허영숙, 황애시덕 등과 함께 『여자계』의 발행에 편집부원으로 참여하였다. 편집부장은 김덕성.

11) 4호의 후기에는 '기고는 여자에 국한한다'는 단서조항이 달려 있다. 『신여자』에 대해서는 유진월, 「김일엽의 『신여자』 출간과 그 의의」, 『비교문화연구』5집, 경희대 비교문화연구소, 2002, 74쪽 참조.

12) 유진월, 위의글, 76쪽.

13) 박죽심, 「근대 여성 작가의 자기 표현 방식 : 김일엽, 김명순, 김일엽을 중심으로」, 『어문론집』제32집, 중앙어문학회, 2004. 12, 343쪽 참조.

14) 이노우에 가즈에, 「나혜석 연구 : 나혜석의 여성해방론의 특색과 역사적 의의」, 『여성문학연구』1집, 한국여성문학회, 1999, 360쪽. 「청탑」의 표지 그림을 그린 尾竹一枝는 나혜석의 1~2년 선배가 된다.

15) 이상경, 『한국근대여성문학사론』, 소명, 2002, 71쪽 참조.

16) 윤범모, 『화가 나혜석』, 현암사, 2005, 102쪽 참조.

17) 노영희, 「일본 신여성들과 비교해본 나혜석의 신여성관과 그 한계」, 『일어일문학연구』32집, 한국일어일문학회, 344쪽.

18) 노영희, 위의 글, 353쪽.

19) 서정자, 『전집』, 743쪽 나혜석 연보 참조.

20) 윤범모, 앞의 책, 163쪽에서 재인용.

21) 김복진, 「미전 제5회 단평」, 『개벽』1926. 6, 104~110쪽, 윤범모, 앞의 책, 173쪽에서 재인용.

22) 김기진, 「제6회 선전 작품 인상기」, 『조선지광』1927. 6, 윤범모, 위의 책, 176쪽에서 재인용.

23) 이상경, 『인간으로 살고 싶다』, 앞의 책, 381쪽.

24) 대학교수의 초상화 하나에 80원을 받기로 하였다. 이상경, 위의 책, 399쪽.

여성의 자기서사 자기표현

제3장 무용 : 최승희 『아헤라 노아라』 외

최승희의
'조선적인 것'과 '동양적인 것'

▌ 1. 신무용의 개척자 최승희

언어가 이데올로기의 각축장이 되곤 한다는 점에서, 언어를 소거한 채 육체만으로 관념세계를 형상하는 춤은 언어를 매개로 한 예술장르들에 비해 덜 정치적이라 할 수 있다. 그러나 언어의 제약을 받지 않는다는 조건이 예술의 순수성을 보장하는 것은 아니다. 국가와 민족이 위기 상황에 처했을 때 언어의 소거는 외부세계에 대한 방임으로 오인될 수 있다. 더욱이 춤은 보여주기 위한 예술로서 보는 이의 감상과 해석에 의해 비로소 완성된다. 이때 감상자의 자의적 해석에 의해 예술 행위의 의도가 왜곡될 수 있음은 물론이다. 즉 춤은 명징한 언어로 설명되지 않기 때문에 고유의 순수성을 스스로 보호할 수 없다는 약점을 지니게 되는 것이다. 한국 재래의 춤인 궁중무용, 기방무용, 교방무용 등에서 무희가 귀족과 사대부의 여흥을 만족시키기 위한 타자로만 존재한 것은 춤의 이러한 취약점이 극대화된 경우라 하겠다. 그런데 한국 최초로 신무용을 개척한 최승희[1]는 창작무용을 시도함으로써 무희의 의사표현을 가능하게 했다. 아울러 그녀는 춤으로써 외부 세계와의 소통도 가능하게 했다. 재래의 조선춤이 소수 제한된 계층의 전유물이었던 것에 반해, 신무용은 무대예술로 기획되어 폭넓은 향수층과 접촉할 수 있었다. 신무용에 있어서 무용 소재의 취택과 형상화 방식은 일종의 대사회적 발언으로 기능했으며 그 예술적 성과 또한 대중성을 통해 확인할 수가 있었다.

신무용은 자본주의적 유통구조를 갖춘 극장 시스템으로 무희와 대중을 매개했다. 이 극장 시스템은 무용예술과 무용인의 품위를 격상시키는 한편 이를 대중의 기호에 종속시키는 이중성을 지녔다. 하지만 예술인이 스타성을 인정받는 순간 대중과의 종속관계는 자동으로 전복되었다. 다소 극단적인 사례이기는 하나, 최승희가 도꾸야마 공연과 동경 제국극장에서 열린 독무 장기 공연에서 관객 가운데서 말을 크게 하고 떠들어 댄 사람이 있자 추던 춤을 중지하고 무대 앞으로 나가 마이크를 잡고 호통을 쳤다는 일화는[2] 그 주인공이 무희이자 여성이자 식민지의 국민이라는 점에서 주목할 만하다. 최승희는 동양 최초로 국제 무용 콩쿨(벨기에에서 열린 제2회 국제 무용 콩쿨)에서 심사를 맡았을 정도로 세계적으로 인정받는 무희였다.[3] 세계적 스타로서의 자부심이 창씨개명의 강요로부터 '최승희'라는 이름 세 글자를 지키게 했으며, 세계무대에서도 '재패니스 댄서'가 아닌 '코리안 댄서'로서 당당하게 설 수 있게 했다. 이처럼 그녀의 성공은 타자성의 전복으로 연결되는 것이기에 더욱 중요한 의미를 지닌다.

문제는 식민지 시대에 제국주의 일본 역시 최승희를 통해 타자성의 전복을 기도했다는 사실에 있다. 일제는 파시즘을 강화하기 시작한 1930년대 중반부터 최승희가 동양인임을 강조하고 그녀에게 서구 초극의 욕망을 투사하며 서구를 대상으로 힘의 관계를 역전시키려 했다. 그 이념적 거점이 동아시아 이데올로기였으며, 기만적인 내선일체론이 그 논리적 장치로 동원되었음은 물론이다. 서구와의 대결의식이 개입된 이 중층적 관계망 속에서 무희 최승희의 자기표현은 식민지 조선민족의 자기표현인 동시에 동양주의에 입각한 일본인의 자기표현으로도 활용되었던 것이다. 그 차이를 분별해내는 것은 예술인의 시대적 양심과 의지, 그리고 예술적 기량에 달려 있는 것이었는데, 일제 말의 많은 예술인들이 그 차이를 외면함으로써 친일의 길을 걸었다. 이 글에서 살피고자하는 것은 최승희가 어떤 상황논리에 의해 친일에 이르게 되었느냐 하는 것이 아니라 친일에 이르기까지의 상황논리에 어떻게 대응했으냐하는 것이다. 예고한 대로 그것은 자기표현의 층위를 분별해내는 과정을 추적해봄으로써 확인할 수 있을 것이다.

▌2. 조선심과 조선춤

최승희의 무용의 특징은 '고전의 현대화'로 요약된다. 한국 신무용의 산파 역할을 한 사람은 최승희의 스승 이시이 바꾸(石井漠)이며 그가 최승희에게 조선춤을 권유했다고 알려져 있다. 그러나 최승희의 예술세계를 실질적으로 조형해낸 사람은 최승희의 오빠 최승일과 남편 안막이다. 이들은 프로그램과 광고 기획, 스폰서 섭외까지 다양한 역할로 최승희의 성공을 도왔으며, 최승희와 더불어 서양무용과 전통무용의 이분법을 창조적으로 통합시켰다.

무대예술로 시작된 최승희의 춤은 철저한 자본주의적 메커니즘 속에서 성장할 운명을 지니고 있었다. 그런 점에서 최승일과 안막이 본래 프로문학 작가 출신이라는 사실은 의외성을 지닌다. 최승희가 무용세계에 발을 들일 무렵 조선 문단은 프로문학 진영과 민족주의문학 진영으로 이분화되어 있었고 양측은 서로 소통불능의 상태에 있었다. 더욱이 최승일은 카프를 조직하는 데, 안막은 카프를 볼셰비키화 하는 데 핵심적인 역할을 수행하였으니 이들의 부르주아 예술 활동은 전향을 전제로 하는 것이었다. 최승일은 니혼 대학 문과를 졸업하고 송영 등과 함께 염군사를 조직하여 활동하다가 1925년에 파스큘라 측의 박영희와 함께 카프 결성을 주도하였다. 그는 김영팔과 함께 경성방송국 문서계원으로 선발된 이후 카프에서 탈퇴하지만 문예활동은 지속했던 것으로 보인다.[4] 한편, 와세다 대학 유학생이었던 안막은 카프 강경노선의 소장파 문예운동가로서 신간회를 해체하고 카프를 볼셰비키화 하기 위해 1930년에 임화, 김남천, 권환 등과 귀국하여 2차 방향전환을 주도하였다. 방향전환이 있었던 1931년에 카프는 내부 분열과 일제의 정치적 압박으로 퇴조하기 시작했고 수정주의자로 분류되었던 박영희는 전향을 준비하고 있었다. 이때 안막이 박영희의 중매로 최승희를 만나게 된 것이다. 안막은 최승희와 결혼하고 매니저 활동에 집중하기 위해 문단활동을 중단한다. 최승일과 안막의 행보는 전향에 다름 아니었으나 그들은 당시 미개척 분야였던 신무용을 통해 새로운 문예운동을 시도하고 있었기 때문에 문단 내에서도 변절자로 지목되기는커녕 민족예술 운동가로 주목받은 듯하다. "『모던일본』 사장 마해송 군은 그와 동향인 점에서 잡지의 무슨 주최하는 기회에든지 최승희의 무용을 넣었으면 하고 권하였다."[5]라는 가와바타 야스나리(川端康成)의 말이 암시하듯, 오히려 최승희가 조선의 지식인들에게 민족적 자존심의 지표로 인식되어 여러 방면의 후원이 이루어지기도 하였다.

최승일과 안막이 최승희 무용의 콘텐츠로서 조선의 고전을 선택한 것은, 일단 전 문단적 현상으로 확산되어가는 고전부흥 열기에 부응한 것이라 할 수 있다. 1930년대의 고전부흥 기획은 최남선으로 거슬러 올라갈 수 있는 민족주의문학 진영의 조선연구와 그 성격을 달리하면서도 외연은 비슷했다. 카프가 문단의 흐름을 주도하던 1920년대에 민족주의 문학 진영은 카프의 프롤레타리아 문예에 대응할 수 있는 문예 양식으로서 시조를 내세운 바 있다.[6] 이후 절충주의자를 자처한 염상섭과 양주동도 시조부흥을 옹호하였다. 프로문학 진영은 국제적인 프롤레타리아 혁명을 원칙으로 했기 때문에 '조선심'을 상대적으로 도외시할 수밖에 없었다. 그러나 1920년대의 고전부흥 운동은 일본에 대한 저항적 담론 속에서 형성된 것이었으므로 프로문예 진영에서도 고전 연구의 필요성을 부정하지는 않았다. 다만 민족주의문학 진영이 고전을 시조와 같은 조선시대 상류 문화에 한정시킨 데 대해서만큼은 동의할 수가 없었다. 김기진이 시조를 '봉건군주국의 전통적 사상과 취미의 유산'[7]으로 규정한 바와 같이 시조부흥 운동은 봉건주의, 복고주의, 국수주의의 혐의가 짙었다. 1932년에 신극을 수립하기 위해 결성된 극예술연구회가 1936년에 처음으로 고전물『춘향전』을 기획하면서 판소리를 활용하였던 것도 조선심을 조선 사대부 문화에서 발견하고자 한 민족주의 진영의 관점과 크게 다르지 않았다. 요컨대 민족주의 진영이 고전에서 취하고자 한 조선심의 원형에는 계급과 계층에 대한 고려가 결여되어 있었던 것이다.

　최승희의 춤은 '조선심'에 대한 기존 논의의 한계를 지양하면서 독창적 세계를 개척해야 했다. 물론 처음에는 근대의식을 기반으로 한 자기부정과 서구의 모방에서 출발했다. 처음 이시이 바꾸 무용단을 따라 일본으로 갔다가 1년 6개월 만에 고국을 방문하여 무대에 섰을 때만 해도 그녀가 선보인 독무「세레나데」는 서양무용이었던 것이다. 그러나 안막을 통해 프로예술과 접촉하면서, 더 정확하게는 카프의 퇴조로 근대의 보편성에 대해 회의하게 되면서 차츰 조선적인 것의 개량에 집중하게 되었다. 군이 용어를 구분해보자면 최승희 부부의 관심은 '조선적인 것' 보다 '조선적 특수성'에 있었다. '조선적인 것'이 조선의 현재적 위상과 정통성 확립을 위해 전통을 복원하고자 한 것이라면 '조선적 특수성'은 국제적 관계, 미래적 지향을 염두에 두고 전통을 발굴하고자 한 것이었다. 최승희가 이시이 무용단으로 다시 들어간 직후 안막은 추백(萩白)이라는 필명을 사용하여 조선의 프로 문단에 「창작방법문제의 재토의를 위하여」(『동아일보』, 1933. 11. 29-12. 6)를 제출함으로써 조선 땅에 최초로 '사회주의 리얼리즘'이라는 창작방법론을 소개하였다. 이는 본래 프로예술의 활로를 모색하기 위한 노력의 일환이었으나 러시아와 조선의 경제발전 단계의 상이성을 고려하지 않은 이론이라는 점에서 많은 비판을 받아야 했다. 이 과정에서 사회주의 리얼리즘을 둘러싼 창작방법 논쟁이 조선적 특수성을 모색하는 방향으로 전개되었음은 특기할 만하다. 그것은 결과적으로 고전에 대한 관심을 증폭시키는 계기가 되었다. 이러한 일련의 정황은 최승희의 예술세계에도 영향을 미쳤다.

이 시기에 안막은 이미 최승희의 무용을 통해 조선적인 것의 탐색에 착수하고 있었다. 그는 무엇보다도 계급적 고려 위에서 고전을 생각했으므로 궁중무용, 기방무용과 같은 상류 계층의 문화를 예술의 소재로 채택하지 않았다. 최승희가 안막과 함께 동경에 온 지 두 달 반 만에 무대에 올라 선보인 최초의 조선무용은 「아혜야 노아라」였다. 최승희가 '술에 취한 자기 아버지의 굿거리춤'에서 창안했다고 창작의도를 밝힌 「아혜야 노아라」는 장삼옷에 관을 쓴 조선의 한량이 술에 얼큰히 취한 채로 몸을 흔들거리고 고개를 끄덕끄덕 하며 팔자걸음을 걸으며 배를 불룩하게 내놓고 추는 웃음을 자아내는 춤이었다.[8] 민족주의예술 진영이 '조선심'을 역사물이나 시조, 판소리와 같은 과거 사대부 문화에서 발견하려고 할 때, 최승희 부부는 그것을 향토적인 것에서 찾은 것이다. 「아헤야 노아라」의 성공 이후 최승희는 농민들의 춤이나 광대들의 탈춤, 기생춤, 승무, 검무 등을 채록하여 조선춤의 영역을 확대해 나갔으며 그것은 하나같이 상류층 문화와는 차별화된 것이었다. 1934년 9월 20일 열린 첫 발표회에서 최승희는 「아헤야 노아라」「승무」「검무」와 같은 일련의 조선무용을 선보이고 민족성이 강하게 표출된 이 작품들로 큰 호평을 받았다.

▌3. '조선'이라는 핸디캡의 정치적 함의

최승희의 조선무용 「아헤야 노아라」「승무」「검무」에 대한 일본인들의 평은 대체로 좋았으나 조선 예술인들 사이에서의 반응은 미묘한 차이를 보였다. 기왕에 전개된 '조선심' 논의의 연장이라 할 만한 시각 차이가 최승희의 조선춤을 둘러싸고 재현된 것이었다. 최승희의 신무용은 최승일과 안막의 영향으로 간접적으로 프로예술과 맥이 닿아 있었으나 다른 한 편으로 다양한 대중의 기호를 조율해야 하는 무대예술로서의 성격이 결합되어 프로예술 진영이나 민족주의예술 진영, 어느 쪽의 요구도 충분히 만족시킬 수 없었다. 양 진영의 비판은 예견된 것이나 다름없었는데, 각각의 입장을 대변하고 있는 한설야와 함대훈의 감상을 살펴보면 그 관점의 차이를 한눈에 알아볼 수 있다.

> 그가 조선 고유의 춤에 의하여 그것을 현대화시켜 보려는 열의는 찬양하지만 그러나 그 춤은 전혀 옛 조선 사람의 희화화에 지나지 않는다.

「승무」도 그렇고 「검무」도 그렇다. 거기서는 조선인의 특성도 찾아볼 수가 없고 조선인의 핏줄은 더욱 찾을 길이 없다. 조선 옷을 입고 조선 고유의 긴 담뱃대를 든 외국인의 모습처럼 최승희의 조선춤이 주는 형상은 꼭 그것과 같은 것이다. 최승희의 조선 춤에도 이러한 악취미가 이음은 유감이나마 우리는 발견하지 않을 수 없는 것이며, 또 번거로이 눈에 걸려서 견딜 수가 없다. 그의 조선 춤에는 진실성이 결핍되어 있고 그릇된 모방성이 있을 뿐이다. 따라서 최승희는 조선 춤에 정신을 집어넣어야 할 것이다.9)

그 어느핸가 씨가 다시 석정막 씨 문하로 들어간 뒤 조선에 돌아와 공회당에서 무용할 때에 나는 그의 조선무용을 보았다. 그러나 조선무용을 그저 서양무용화 한 데 불과한 속된 그 무용에 나는 그렇게 찬사를 보내지 못했다. 그것은 결코 씨의 무용이 좋지 못하다거나 또는 그 무용적 가치가 떨어진다거나 한 것은 아니다. 적어도 조선무용을 「아렌지」 하려면 이 이상 더 좋은 것이 얼마든지 있는데 너무나 일반화되고 속된 승무나 검무나를 「아렌지」했을까. 더구나 「아헤야 노아라」같은 것은 저속한 취미에 영합한다는 의미에서 나는 좀더 씨의 연구가 깊어지기를 바랐다. 春學舞도 舞山香도 그 외 여러 가지 조선무용이 많다. 더구나 조선무용은 그 발달이 궁중에서부터였으므로 그 무용이 모-두 퍽 우아하고 정적인 움직임이다. 이것을 어떻게 엄숙하게 또 신비하게 또 곡에 따라 장중하게 할 수 있으면 퍽도 좋았으련만.10)

한설야의 비판의 핵심은 최승희의 조선춤은 조선적인 것의 모방에 불과하며 진실성이 결여되어 있다는 것이고, 함대훈의 비판은 저속한 소재에서 조선적인 것을 선택하여 우아함, 신비감, 장중함 등을 보여주지 못했다는 것이었다. 각 진영의 이념적 편향에 비추어 볼 때 한쪽은 계급적 본질을 보여주지 못했다는 점, 다른 한 쪽은 민족적 우월성을 보여주지 못했다는 점을 지적한 셈인데, 진실성의 요구든 우월성의 강조

든 이들의 냉정한 비판과 충고는 궁극적으로는 민족애에 포괄되는 것이
었다.

이에 비해, 최승희 무용을 바라보는 또 다른 시선, 즉 일본 지식인들
의 관심은 조선 지식인들의 그것과 성격을 전혀 달리했다. 무희 최승희
의 육체에 대한 일본인들의 찬사는 그들의 시각의 특징을 극명하게 노
출시킨다. 가와바타 야스나리를 비롯한 많은 일본인들이 최승희 무용의
장점을 큰 체구와 스케일, 그리고 힘에서 찾았는데[11] 이는 파시즘적 시
선의 한 전형이라 할 수 있다. 일본인들이 최승희의 크고 강한 육체에
서 보고자 한 것은 서양식 육체가 아니라 근대성의 침략 이전에 존재했
던 건강한 세계[12]의 상징이었다. 히틀러가 신고전주의를 부활하는 과
정에서 전통적 양식에 묘사된 육체에서 섹슈얼리티를 소거함으로써 거
기서 추출된 고결함을 국가적 상징으로 활용하려 하였음을 상기해보
면,[13] 예술의 탈성화를 통해 자국의 이미지 조성에 힘쓰고자 한 일제의
저의를 짐작할 수 있다. 독일이나 이탈리아에 있어서, 탈성화를 통해서
얻어진 고결함은 결국 남성성 숭배로 귀착되었고 그것은 파시즘에 대
한 숭배와 동일한 것이 되었다.[14] 그런 점에서 1937년에 발표된 최승
희의 「보살춤」이 반나체의 의상으로 이루어졌음에도 불구하고 전쟁 중
에 허가된 것은 육체의 이미지에서 섹슈얼리티를 제거하여 신성성을
확보하려 한 파시즘적 기획과 맞아떨어진다 하겠다. 일본의 대표적인
다다이스트 무라야마 도모요시(村山知義)가 최승희에게 바친 헌사는
이러한 탈성화의 도달점이 '어머니'와 같은 중성적이고 원형적인 이미
지에 있음을 말해준다. 무라야마는 최승희 무용의 성취를 "유산의 비평
적 섭취"라고 규정하고, "우리는 최 여사로 해서 처음으로 오랜 시대의
반도의 융성시대의 풍요한 그리고 그 후 거진 연멸(煉滅)된 예술의 자
태에 접할 수 있었다. 우리들은 '일본적인 것'의 어머니의 어머니, 그리

고 또한 어머니의 숨소리를 깨달을 수 있었다."15)고 예찬한 바 있다. 무라야마와 최승희 사이에 어떤 접촉이 있었는지 기록상으로는 잘 나타나지 않으나 최승희가 외유 중이던 1938년에 무라야마가 연출한 연극 『춘향전』에 조택원 무용연구소 회원들이 찬조출연했다는 사실로 미루어16) 그의 연극 활동은 조선의 무용예술과 긴밀히 연관되어 있었던 것으로 보인다. 무라야마는 1934년 프로트(PROT) 해체로 일제의 프로연극운동이 일시에 퇴조하게 된 이후 '신극단 대동단결'을 제창하면서 극단 신협의 창립을 주도했고 1938년에는 재일조선인 장혁주가 일본어로 각본을 쓴 『춘향전』을 연출할 만큼17) 조선의 전통문화에 관심이 많았던 인물이다. 무라야마의 연출로 공연된 『춘향전』은 조선의 고전을 가부키식으로 개량한 것으로, 일본 가부키의 신극화와 조선 고전의 동양화를 중층적으로 결합시킨 것이었다. 이러한 정황으로 보아 무라야마의 최승희 예찬은 파시즘 숭배의 다른 표현이었다 할 수 있다.

그런데 주목되는 점은 최승희가 자신에 대한 찬사가 외모에 집중되었음에도 불구하고 자기 춤의 결함이 바로 그 육체에서 비롯되었다고 자평했다는 사실이다. 이는 틀림없이 '조선적인 것'이 표상하는 민족의식의 한 발로일 터인데, 그녀의 '조선적인 것'에는 여러 의미가 충돌하고 있다. 최승일에게 보낸 편지 「형제에게 보내는 글」18)에서 최승희는 자신의 춤이 '섬세한 선'을 표현하지 못하고 있다며 그것을 '선천적으로 타고난 큰 육체에서 비롯된 슬픔'이라고까지 표현하고 있다. 그리고 같은 글에서 "창조적인 것은 예전부터 있어온 진기한 것만을 추구하는 것이 아니고 자기의 무용으로 하여금 자기가 속해 있는 생활에 적응과 자기의 육체의 가능성 위에 서서 자기 형성의 획득에 있다"고 하면서 자신의 신체적 조건을 한계로 인정하는 한편 그것을 긍정적인 방향으로 활용하겠다는 의지를 보였다. 여기서 최승희가 말한 '섬세한 선'이란 통상적 의미로는 조선적 특징을 말한다. 그런데 그 통상적 의미라는 것은 유행을 따른 것이기 쉽고, 조선적 특징을 규정하는 데 있어서 유행을 주도한 사람은 일본인 야나기 무네요시(柳宗悅)였다. 최승희에게 야나기 무네요시의 영향은 각별했던 것으로 보인다. 애초에 일본에서 '조선적인 것'에 대한 담론을 촉발시킨 사람이 야나기 무네요시였다. 서양식 근대 문물의 쇄도에 따라 조선적 전통이 고루하고 뒤떨어진 것으로 취급되었을 때 야나기는 개성으로서의 조선예술의 위상을 강조하며 '조선적인 것'의 가치를 발견하라고 충고했다. 선진문물의 권위를 무조건 승인하며 서양문화를 교조적으로 따르고 있던 조선 지식인들에게 야나기의 충고는 민족 주체성에 대한 자각과 민족문화에 대한 자부심을 느끼게 하는 자극제가 되었다. 조선의 예술을 '비애미'로 규정한 야나기는 조선예술의 특징으로 선(線)의 아름다움을 꼽았는데 그에게 있어 선이란 '섬세한 선', '가늘고 긴 선'을 의미했다.[19] 야나기는 최승희의 성공을 환영하며 "우수한 사람이 조선에서 나오기를 얼마나 갈망하였는지 모른다. 그것은 일본내지를 위해서도 매우 좋은 일이다."[20]라고 하면서 최승희에게 조선미를 더욱 살리라고 주문했다. 이후 최승희는 야나기의 충고와 함께 야나기의 도식화된 미의 규정까지 비판없이 수용했던 것이다.

최승희의 예술활동을 적극적으로 지원한 또 다른 일본인으로『개조』사 사장 야마모토 사네히코(山本實彦)를 빼놓을 수 없다. 최승희 부부가 결혼 직후 심각한 경제난에 시달릴 때 최승일의 주선으로 안막이 취직하게 된 곳이『개조』사였다. 야마모토가 최승희 부부에게 특별히 관심을 기울이기 시작한 1933년, 1934년 무렵 한국인 장혁주가 일본어 소설「아귀도(餓鬼道)」(1934)로『개조』사 현상문예에 2등으로 당선되기도 한 점 등으로 미루어 일본인들의 조선 예술인에 대한 지원은 여러 방면에서 다양하게 이루어진 듯하다. 문제는 이러한 지원이 차별과 동시에 이루어졌다는 것이다. 또한 지원은 활용가치가 있는 소수에게 집중되었다. 최승일이 최승희에게 보낸 편지 중에 '최승희는 조선을 팔아먹는다'라는 루머가 들리니 겸손하라는 당부가 종종 눈에 띈다.[21] '조선을 팔아먹는다'는 말은 조선인들 사이에서 나온 말일 터인 바, 이 말은 일본인들의 우호적 평판을 경계해야 할 만큼 조선의 예술이 정치적으로 자주 이용되었음을 암시하고 있다. 최승희 역시 "내가 조선 태생이라는 핸디캡을 역용해서 선전효과를 내고 있는 듯이 오해를 하면 곤란하겠어서 앞으로의 공연에서는 조선 것을 좀 줄일 생각입니다"[22]라고 말하고 있다. 언표상으로는 정당하게 재능을 인정받고 싶다는 소박한 소망의 피력쯤으로 보이는 이 말에서도 동화와 차별이라는 제국주의의 이중성에 노출된 식민지 예술인의 긴장감을 엿볼 수 있다. 평론가 나카무라 슈이치(中村秋一)의 주문은 최승희가 갖게 된 딜레마의 본질을 요약적으로 진술해주고 있다.

> 그가 조선무용이라는 것은 결코 한 지방색이 아니라 그 자신이 그의 개성을 충분히 살릴 무용의 기초라는 의견을 실증하였다. 즉 그는 조선무용보다도 창작무용에 전념하고 싶다고 생각한 것은 고향의 춤을 간판으로 한 것과 같이 생각되어서 「핸디캡」을 하기를 두려워한 것과 그가 조선무용의 지방성을 필요이상으로 굳게 생각한 것이었다. 그러나 어찌 생각하였으랴. 그의 조선무용과 창작무용은 동일한 모체에서 생겨난 쌍생아이며 어떤 때는 한 개의 평면의 표리라고까지 말할 수 있으니 창작무용에 전념하는 것은 곧 조선무용에 전념하는 것이다.[23]

나카무라의 말대로 최승희는 조선인이므로 그녀에게 조선이라는 핸디캡은 극복의 대상이 아니라 활용의 대상이어야 했다. 다만 그것을 어떻게 활용하느냐가 관건이었으며 이는 곧 식민지 예술인이 친일의 유혹에 어떻게 대응하느냐의 문제로 이어지는 것이었다.

최승희의 '조선적인 것'의 추구, 민족적 유산의 정당한 계승은 기본적으로 민족적 자존심과 결부되어 있는 것이었다. 그것이 본래적 의미를 유지하려면 식민지 지배국에 대한 저항의지가 현실적으로도 그 힘을 발휘할 수 있어야 하는데 최승희의 성공이 '일본을 위해서도 좋은 일'이 되고 그녀의 춤에서 '일본적인 것의 어머니의 어머니, 그리고 또한 어머니의 숨소리'를 느끼게 하는 마당이니 그것은 예술의 목표가 전도된 상황이 아닐 수 없었다. 말하자면 최승희에게 예술이 더 이상 온전한 자기표현의 수단으로 기능하지 못하고 어느새 제국주의의 시선에 의해 편집되고 제국주의 이데올로기의 논거로까지 활용되는 양상이 전개되고 있었던 것이다. 그렇기 때문에 최승희는 조선적인 것을 더 강화할 수도 약화시킬 수도 없는 어정쩡한 상태에 처하게 된 것이다. 최승희가 굳이 '조선무용'과 '창작무용'의 개념을 구분하고 조선무용이 아니라 창작무용에 전념하겠다고 한 것은 '조선적인 것의 폐기'[24]를 통해 조선적인 것에 깊이 침투해 있는 일본적인 것, 혹은 일본인들의 욕망을 폐기하고자 한 것에 다름 아니다. 1937년부터 시작된 최승희의 세계 무용 순회공연은 저항과 협력조차 구분할 수 없게 된 이 혼란한(최승희로서는 곤란한) 상황으로부터의 도피성 외유가 아닐 수 없다.

▌ 4. 동양주의에 대한 환상

1935년에 최승희는 이시이 바꾸 무용단에서 독립하면서 후원회를 조직한 바 있다.[25] 그 후원회 발기인에 일본의 일류 예술가, 정치가, 잡지사 사장, 문화인 들과 조선의 민족지도자 여운형, 송진우 동아일보 사장 등이 아무 갈등 없이 섞여 있었다는 것은 최승희를 둘러싸고 조선인과 일본인 사이에 서로 다른 기대심리가 착종하고 있었음을 말해준다. 1935년은 일본에서 일본 낭만주의를 중심으로 르네상스 운동이 고조되던 시기였다. '최승희의 조선춤이 절찬을 받은 것은 결코 우연한 일이 아니고 일본의 르네상스 운동이 일어난 시대에 영합한 것'[26]이라는 평가는 당시 조선에서도 일본 낭만주의가 비교적 분명하게 인식되고 있었음을 말해준다. 이 시기에 일본 낭만파는 근대의 초극을 발의함으로써 서구에 대한 대결의식을 확산시키는가 하면 마르크스주의와 영미사상에 대항하기 위해 일본 정신 탐색에 열을 올리고 있었다. 일본 정신을 발견하기 위한 텍스트로 고미술과 고전에 관심을 집중시켰음은 물론이다. 일본 정신에 대한 재평가는 곧 일본을 동아시아의 중심이자 세계의 중심으로 재배치시키겠다는 야심의 구체적 실천이었다. 일제에 대한 저항의식과 민족적 동일성을 기반으로 한 조선의 민족 예술운동은 1935년에 일본 낭만주의의 침투로 다중의 의미를 내장하게 되었다.

일제는 서구에 의해 부여된 동양이라는 타자 의식을 동양주의라는 동일자 의식으로 전환시키고 동시에 타자로서의 저항성도 동일자로서의 공격성으로 바꾸어 놓고자 했다. 그런 가운데 조선의 민족 예술운동이 동양문화론과 맞물리면서 기왕에 조선의 민족적 정체성의 회복을 위해 모색되고 있던 고전 열풍마저 세계 중심으로서의 일본을 이미지화하는 데 동원되기 시작하였다. 이 시기에 조선인 평론가 박영희, 백철과 같은 전향자들이 부르주아 문예 편으로 전향하였다가 친일의 길로 들어선 것은 저항성과 공격성이 혼재된 동양주의를 내면화함으로써 갖게 된 착각의 결과였다. 일제는 일제대로, 조선의 친일 지식인들은 또 그들대로 각각 다른 기대를 반영한 동양주의를 상상적 유토피아로 설정하고서 일제는 그것을 회유책으로, 조선의 친일 지식인들은 그것을 자기합리화에 이용한 것이다.

1937년에는 중일전쟁이 발발하였다. 이 해 12월에 최승희 부부는 안막과 함께 조선무용을 세계에 알리고 세계 각국의 무용 속에서 자신의 창조성과 독창성을 찾아보겠다는 포부를 밝히며 세계 무용 순회공연을 떠난다. 이 시기에 조선에서는 미나미 지로(南次郎)의 지휘 아래 조선말 사용이 금지되고 창씨개명이 강요되는 등의 조선 문화 말살정책이 진행되었으며 「전조선전향자대회」에서 김기진, 임화, 송영 등이 전향을 선언하였다. 전면적인 조선 문화 말살정책의 시행과 함께 일제는 조선의 고전을 일본화하는 데 주력했는데 대표적인 것이 앞에서 언급한 극단 신협의 『춘향전』 공연이었다. 조선의 『춘향전』이 무라야마에 의해 가부키 스타일의 일본식 고전으로 탈바꿈하고 있던 이 시기에 일제는 내선일체와 동조론을 앞세워 조선을 자신들의 지방 개념으로 전환시키고 있었다.

최승희 부부가 3년간의 외유를 마치고 일본으로 돌아왔을 때는 조선에 소위 신체제 운동이 전개되고 있을 무렵이었다. 미리 국내의 동향을 주시하고 있던 최승희 부부는 대세가 이미 일본 쪽으로 기울었다고 속단하고 귀국 직후 특별히 동양주의를 강조하며 친일 발언을 하였다.[27] 뿐만 아니라 일본 고전수법으로 창작한 「무혼」, 「신전무」, 「칠석의 밤」, 「천하대장군」 등을 창작하여 발표하고 공연 수익금을 군부에 헌금함으로써 뚜렷한 친일 행보를 취했으며, 중국으로 황군 위문공연을 다니기도 했다. 황군 위문과 관련된 한 증언에서 최승희 일행이 친일을 하게 된 경위를 짐작해 볼 수 있는데, 그 증언이란, "(친일의 : 인용자) 본심은 일본군을 위문하여 재일 조선인뿐만이 아니라 조선 사람에게 조금이라도 대접받고 살기 좋은 환경을 제공하기 위해서였다"[28]는 것이다. 이 친일의 명분은 이광수나 박영희가 공공연하게 내세웠던 자기합리화의

변과 일치한다. 평론가 백철의 회고에서 이광수, 박영희의 생각을 단적
으로나마 확인할 수 있다.

> 춘원도 그렇지만 회월도 성격이 퍽 약하고 생에 대한 애착 같은 것
> 때문에 미리부터 겁을 집어먹는 경향이 있었다. 자연 정세에 대한 근시
> 안적인 도취도 되기 쉬웠다. 회월이 종군을 떠나기 전날 나와 둘이서 점
> 심을 부민관 식당에서 할 때에 그는 춘원이 내게 하던 이야기와 꼭 비
> 슷한 말을 하고 있었다. 시기가 빠를수록 좋다. 그리고 할 바에는 먼저
> 해서 생색을 내야 한다. 그렇게 해서 조선사람의 특권을 얻어와야 한다
> 고 했다.29)

생색이라도 내서 '특권'을 얻도록 해야 한다는 것이 이광수와 박영희,
최남선 등이 친일을 합리화했던 명분인데 그것은 결국 일본의 승리, 동
아시아 공영권의 현실화를 염두에 둔 계산이었다. 박영희와 친밀한 사
이였던 최승일, 안막도 박영희의 패배주의적인 정세판단의 영향을 받았
던 것으로 보인다. 이 시기에 이들도 여느 친일 예술인들처럼 위문공연
을 하였음은 물론이다. 그런 가운데 1941년부터 1945년까지의 최승희
무용 공연에서 동양무용, 한국무용, 일본무용이 차례로 안배되었다는
것은 특별히 주의를 요하는 사실이다. 특히 이들이 마지막 일본 공연으
로 1944년 1월 27일부터 2월 15일까지 제국극장에서 진행한 장기공
연30)에서는 일본무용에 비해 중국무용의 비중이 훨씬 컸다. 이를 단지
북경 전선위문 공연에서 얻은 성과를 보고한 것 정도로 치부하기에는,
일제가 대동아의식을 주입시키는 과정에서 일본적인 것의 비중을 특별
히 강조했던 당시의 정황으로 볼 때 그 정치적 함의가 너무 크다 하겠
다. 중국무용의 강조는 일본적인 것에 대한 거부, 또는 동양주의에 대한
자기 이상의 반영이라는 의미를 지닌다. 최승희에 대한 야나기의 영향

을 고려해 본다면 후자 쪽의 심리에 더 가까웠을 것으로 보인다. 야나기는 예술의 구성요건으로 형태, 색채, 선을 들고 이 세 가지의 결합이 하나의 작품을 구성한다는 전제 하에, 중국, 일본, 조선을 각각의 요건에 대입한 바 있다.

> 동양의 세 나라는 서로 다른 자연으로 대표되고, 세 개의 다른 역사로 표현되고 또 세 개의 다른 예술의 요소가 시현되었다. 대륙과 섬나라와 반도 – 하나는 땅에 안정되고, 하는 땅에서 즐기고 하나는 땅을 떠난다. 첫째의 길은 강하고, 둘째의 길은 즐겁고, 셋째의 길은 쓸쓸하다. 강한 것은 형태를, 즐거운 것은 색채를, 쓸쓸한 것은 선을 택하고 있다. 강한 것은 숭배되기 위해서, 즐거운 것은 맛보이기 위해서, 쓸쓸한 것은 위로받기 위해서 주어졌다. – 이들 각각은 서로 다른 운명을 부여받고 있으나 신은 모든 것을 미의 나라에서 맺어준다. (중략) 이미 아름다움의 세계에 있어서 이 민족을 영원한 것으로 만들고 있지 않은가. 그 예술이 있는 동안 이 민족에 사멸은 없다.[31]

> 오빠 저는 생각해요. 어떤 경우라도 민족은 망하지 아니하고 그 민족의 예술도 결단코 망하지 않는다고요. 애급이 망하였으나 그 민족의 예술은 망하지 아니하였으며 유대는 망하였으나 그 민족은 망하지 아니하였습니다.[32]

'조선적인 것'을 포기할 수 없었던 최승희는 동아시아 논리를 자기 식으로 내면화하였으며, 그것은 조선, 중국, 일본이 선과 형과 색처럼 평화적으로 공존할 수 있을 것이라는 기대심리를 반영한 것이었다. 물론 이 또한 자기합리화라는 비판으로부터 자유롭지는 못하다. 그러나 최승희의 상상적 동양주의가 보신을 위한 일시적 선택이 아니었음은 그 이후의 행적에서 자명하게 드러난다. 최승희는 1941년부터 1945년까지 4

년간, 그리고 한국전쟁 중이던 1951년부터 1952년까지 두 차례에 걸쳐 북경에 체류하면서 중국무용을 근대화하는 데 공헌했으며 북경에서 발행하는『인민일보』1951년 2월 18일자에「중국무용의 장래」라는 제목으로 중국 고전무용의 정리방법에 대한 논문을 발표하는 등33) 일관되게 "일본의 색, 중국의 형, 조선의 선"의 조화를 지향하는 동양문화의 이상을 실현하는 데 주력했다. 양심적 지식인의 표상이었던 야나기의 말은 식민지 조선의 예술인 최승희의 가슴에 하나의 경전처럼 간직되어 있었던 것으로 보인다. 위의 두 번째 인용에서 보는 바와 같이 최승희가 세계 순회공연을 떠나기 전에 최승일에게 보낸 편지에도 야나기의 말이 거의 그대로 인용되어 있다. 그러나 위의 야나기 글은 다이쇼 데모크라시 시기인 1922년의 것일 뿐이었다. 1930년대 중반 이후에 그 말들의 활용은 달라졌으며 이 시기에 조선인에 대한 일본인들의 호의와 위무와 격려는 일본 파시즘에 대한 충성을 전제로 한 것이었다.

▋ 5. 정리

선진문물의 권위를 무조건적인 승인하는 추수주의적 태도가 만연해 있던 근대 시기에 조선의 고전을 현대화한 최승희의 무용은 조선의 역사와 문화를 한층 성숙시키는 계기가 되었다. 최승희의 무용은 서민과 향토의 문화 속에서 조선적인 것을 발견하고자 했으며 조선적 특수성에 입각하여 주체적으로 외래문화를 수용하고자 했다. 조선 최초의 신무용수로서 최승희가 넘어야 할 산은 자신 밖에 없었으니 그녀는 끊임없는 시행착오를 통해 스스로의 한계를 갱신하면서 자기 예술세계를 완성해가야 했다.

최승희가 내세운 '고전의 현대화'라는 모토는 예술이 자기표현으로서의 기능을 온전하게 발휘할 수 있을 때에만 본래의 의미를 지닐 수가 있었다. 그런데 일제의 파시즘이 강화되고 조선 전역이 신체제라는 준전시체제에 돌입할 무렵 조선의 예술은 더 이상 예술인의 자기표현 수단으로 존재하지 못하고 다른 목적에 복무해야만 했다. 최승희의 무용에는 이러한 시대의 저항과 협력, 기대와 강압, 이상과 현실이 고스란히 투영되었다. 식민지 시대에 최승희는 독자적인 세계로서의 '조선적인 것'을 추구하기도 하고, '일본적인 것'의 침투를 막기 위해 다시 '조선적인 것'을 폐기해보려고도 했으며, '일본적인 것'을 수용할 바에는 '중국적인 것'과 '조선적인 것'을 아울러 호혜평등의 원칙에 입각한 동양주의를 모색하려고도 했다. 물론 그녀가 상상한 동양주의는 현상적으로는 일제가 기획한 동양주의와 크게 구별되지 않았다.

해방 후 월북한 최승희 부부는 김일성의 절대적인 지원 아래 민족무용극 4부작인 「반야월성곡」 「사도성의 이야기」 「맑은 하늘 아래」 「운림과 옥란」을 완성한다. 그러나 1950년대 말에 당이 천리마 시대의 전형을 요구하게 되면서 최승희의 민족무용극도 비판을 받게 되어 마침내 안막과 최승희는 1958년, 1967년에 각각 북한 지도부로부터 숙청당한다. 안막이 숙청된 1958년은 북한의 주체문예이론이 대두하기 시작한 시점이다. 이 시기에는 카프문학과 항일혁명문학이 문학적 전통으로 공존하고 있었는데 그 과정에서 안막과 북한 지도부 사이에 노선 갈등이 있었던 것으로 보인다. 1990년대에 들어 카프 전통이 복권되면서 김일성 회고록 『세기와 더불어』에 최승희에 대한 언급이 나타난 것은 최승희와 안막의 숙청이 카프 전통의 폐기와 관련되어 있었음을 반증한다. 특히 최승희가 숙청된 1967년은 주체사상의 정립 시기와 일치하는데, 북한 지도부가 주체사상을 전파하는 과정에서 제국주의의 문화침투와 복고주의 경향을 철저히 경계하였음을 염두에 둘 때 최승희 춤의 모토였던 '고전의 현대화'는 복고주의, 자본주의 양 측면에서 비판의 표적이 되었을 것으로 보인다.

　최승희가 숙청되기 전에 발표한 논문 「조선무용동작과 그 기법의 우수성 및 민족적 특성」[34]에는 그녀의 예술관이 집약되어 있다. 이 논문에서 최승희는 탈놀이, 농악놀이를 비롯해 여러 가지 재래의 조선무용의 동작과 기법을 소개하고, 체질과 기질, 그리고 자연환경, 기호, 주택, 민족옷 들과의 관계 속에서 무용동작을 정리하고 있다. 빨래하는 동작, 과일 따는 동작, 물고기 잡고 조개 캐는 동작 등에서 무용동작을 연구해야 함을 역설하고 있기도 하다. 이는 최승희의 무용예술이 초심에서 크게 벗어나지 않았음을 보여준다. 최승희의 최초 조선무용 「아헤야 노아라」는 그녀의 파란만장한 일생을 통틀어 가장 자유롭고 순수했던 시절의 비망록일 것이다.

1) 최승희는 1911년에 양반가의 자손으로 태어나지만 일제의 토지조사사업으로 재산을 몰수당해 가난한 성장기를 겪게 된다. 어려운 가정형편 때문에 고민하다 1926년 3월 21일 이시이 바꾸의 경성 공연을 보고 25일 이시이 무용단을 따라 일본으로 가서 무용가가 된다. 1969년 8월 8일 사망.

2) 정병호, 『춤추는 최승희-세계를 휘어잡은 조선여자』, 뿌리깊은 나무, 1995, 371쪽.

3) 「세계 무용 경연에 영광의 심사원 최승희가 기쁨의 통신」, 『아사히신문』, 1939. 3. 29(정병호, 위의 책, 160쪽).

4) 최승일은 「바둑이」(『개벽』 1926. 2), 「봉희」(『개벽』, 1926. 4), 「경매」 (『별건곤』, 1926. 12), 「죄」(『별건곤』, 1927. 2), 「콩나물과 소설」(『별건곤』, 1929. 1), 「종이」(『조선문단』, 1929. 1), 「거리의 여자」(『대조』, 1930. 5), 「누가 익이었느냐」(『대조』, 1930. 8) 등을 발표. 경성방송국에서 방송극 연출과 프로그램 제작 활동을 하였다.

5) 가와바타 야스나리(川端康成,), 「무희최승희론」(최승일, 『나의 자서전』, 이문당, 1937, 이하 『자서전』, 77쪽).

6) 최남선, 「조선국민문학으로의 시조」, 『조선문단』 16호, 1926. 5, 4쪽.

7) 김기진, 「문예시평」, 『조선지광』, 1927. 4, 135쪽.

8) 정병호, 앞의 책, 80쪽.

9) 한설야, 「무용 사절 최승희에게 보내는 서」, 『사해공론』, 1938. 7.

10) 함대훈, 「최승희 씨의 인상」, 『자서전』, 130쪽.

11) 가와바타 야스나리, 「무희 최승희론」, 『문예』, 1939. 11.

12) 조지 모스(George L. Mosse), 서강여성문학연구회 역, 『내셔널리즘과 섹슈얼리티』, 소명, 2004, 294쪽.

13) 조지 모스, 위의 책, 293쪽 참조.

14) 조지 모스, 위의 책, 301쪽 참조.

15) 무라야마 도모요시(村山知義), 「최승희 讚」, 『자서전』, 101쪽.

16) 백현미, 「민족적 전통과 동양적 전통-1930년대 후반 경성과 동경에서의 『춘향전』 공연을 중심으로」, 『현대문학이론연구』23집, 2004, 220쪽.

17) 백현미, 위의 글, 223~224쪽 참조.

18) 최승희, 「형제에게 보내는 글」, 『자서전』, 62쪽.

19) 야나기 무네요시(柳宗悅), 이길진 역, 『조선과 그 예술』, 신구, 1994, 91쪽.

20) 야나기 무네요시(柳宗悅), 「한 개의 감상」, 『자서전』, 94쪽.

21) 최승일, 「누이에게 보내는 편지」, 『자서전』, 57쪽.

22) 최승희, 「고뇌의 표현」, 『자서전』, 70쪽.

23) 나카무라 슈이치(中村秋一), 「최승희에게 주문함」, 『자서전』, 91쪽.

24) 김병구(「고전부흥의 기획과 '조선적인 것'의 형성」, 『민족문학사연구』 31, 민족문학사학회, 2006, 35쪽)는 최남선이 제창한 조선학이 그 기원에 있어서 조선과의 차이를 통해 일본의 동일성을 확립하려는 식민제국의 욕망에 의해 고안된 조선학과 통한다는 면에서 자기모순적인 성격을 함축하고 있다고 보고, 식민지적 조건에서 표출된 민족적 동일성 회복의 욕망은 궁극적으로 '조선적인 것'을 폐기할 때 비로소 성취될 수 있음을 시사한다.

25) 정병호, 앞의 책, 95쪽.

26) 오병년, 『동아일보』, 1937. 9. 9(정병호, 위의 책, 122쪽 재인용).

27) 아사히신문과의 인터뷰에서 최승희는 조선 민족의 소박한 풍속이나 향토무용 속에도 많은 무용 자료가 있으나 이러한 예술적 자료가 일본이나 몽고, 그리고 중국의 무용에도 있다고 보고 이처럼 위대한 동양 무용을 세계적인 무용으로 키워 나가고 싶다며 '동양무용'을 강조한다. 「최승희 동양무용의 세계화 주장」, 『아사히신문』, 1940. 12. 4(정병호, 위의 책, 193쪽).

28) 다가시마 유사부로, 「최승희」, 무꾸게샤, 1981(정병호, 위의 책, 209쪽 재인용).

29) 백철, 『문학자서전』(후편), 박영사, 1976, 58쪽.

30) 이 공연의 레퍼터리는 조선춤인 「검무」 「산조」 「천하대장군」 「즉흥무」 「세 가지의 전통적 리듬」 들을 비롯하여 중국춤인 「명비곡」 「옥적」 들이었으며, 나머지는 최승희가 동양 무용의 창건을 위해 중국의 경극에서 따온 화단형의 「연보」, 청의형의 「정아의 이야기」, 노생형의 「제갈공명」, 패왕별희의 「누비별왕」, 그리고 자금성의 「옥불」 같은 것들이었다. 곧 최승희가 중국에서 강하게 느꼈던 중국 고전을 새로운 무용으로 창작하여 전체 레퍼터리의 삼분의 이를 채웠다. 그것은 모두 열 세 작품이었다. (다가시마 유사부로, 「최승희」, 무꾸게샤, 1981, 130~131쪽. 정병호, 위의 책, 233~234쪽).

31) 야나기 무네요시(柳宗悅), 「조선과 그 예술」, 新潮, 1922. 1(야나기 무네요시, 이길진 역, 『조선과 그 예술』, 신구, 1994, 92~93쪽).

32) 최승일, 「누이에게 보내는 편지」, 『자서전』, 55쪽.

33) 성기숙, 「최승희의 월북과 그 이후의 무용행적 재조명」, 『무용예술학연구』 제10집, 2002, 115쪽.

34) 최승희, 「조선무용동작과 그 기법의 우수성 및 민족적 특성」, 『문학신문』, 1966. 3. 22, 3. 25, 3. 29, 4. 1.

위안부 여성의 증언과
민족담론

▌ 1. 민족과 여성, 그리고 영화

민족담론에서 여성의 섹슈얼리티는 민족의 상실 또는 온존을 암시하는 지표로 이용된다. 여성의 훼손된 육체는 민족의 상실을 의미하며, 순결한 육체는 민족의 건승과 번영을 보증하는 증표로 이해되는 것이다. 가령, 민족담론을 문법적으로 활용하고 있는 영화 「아름다운 시절」(이광모 감독), 「은마는 오지 않는다」(장길수 감독), 「수취인 불명」(김기덕 감독) 등에서 창희 어머니, 언례, 창국 어머니 등은 이민족에 의해 성적 유린을 경험한 여성들로서 훼손된 민족 이미지를 표상한다. 이 여성들의 형상은 민족의식을 환기시키고 애국심을 고취시키는 데 긍정적으로 기여하는 한편 민족의 속성을 남성적인 것으로 규정하고 여성을 타자의 위치에 고정시킨다는 점에서 한계를 보인다. 전시 강간과 같은 야만적 관행이 두 가부장제 간의 자존심 대결을 의미해 왔다는 점[1]을 상기해 본다면 이 영화문맥의 한계는 현실 세계의 불합리한 권력관계에 그 뿌리를 두고 있는 것이라 할 수 있다.

현실에서의 사회적 인식은 제도와 경험, 관습에 의해 형성되게 마련이므로 그것은 결국 권력이나 지배 이데올로기의 영향권을 크게 벗어나지 못한다. 더욱이 미셸 푸코(Michel Foucault)가 통찰한 바와 같이 권력이 시민사회에 광범위하게 정착하여 은밀하게 작동한다는 점을 생각해 보면 문제는 자못 심각해진다. 우리 사회에 편재해 있는 권력의 한 효과로서, 집단적 편견이 내부적 논쟁이나 검토를 허용치 않은 채 곧바로 개인들의 정서로 자리잡는 경우를 우리는 흔히 볼 수 있다. 이유를 막론하고 성이 훼손된 여성에게서 곧바로 창부 이미지를 떠올리고야 마는 습성이 그 대표적인 예라 하겠다. 이러한 습성의 배후에 여성을 성녀와 창녀로 분할하려는 가부장제 사회의 냉혹한 현실원리가 자리하고 있음은 물론이다.

성녀와 창녀의 구분은 임의적이고 우연적인 것이지만 개별 여성의 정교한 경험들을 단순화하는 데 막강한 현실적 효력을 발휘한다. 가령, 강간당한 여성의 성은 매춘과 같은 상품화된 성이 아님에도 불구하고 성녀의 권역으로부터는 단호하게 추방된다. 더욱이 훼손된 성은 곧 결함 있는 성으로 치부되어 창부 이미지를 얻게 되기까지 한다. 우리 사회 도처에서 성적 피해자들이 이웃, 친지, 가족들에게조차 외면당하고 결혼의 기회마저 박탈당하는 일이 빈번하게 일어나는 이유는 바로 이 때문이다. 이러한 사정이 성적 피해 여성들로 하여금 피해 사실을 은폐하도록 부추겨 왔음은 물론이다. 일본군 위안부 여성들이 전후 50년 동안 침묵을 지켜 온 것도 우리 사회의 이 고질적인 편견 때문이라 할 수 있다.

90년대 초반부터 시작된 위안부 여성들의 증언은 우리 사회를 견고하게 장악하고 있는 지배 담론에 커다란 충격을 가했다. 그러나 지배 담론을 와해시키는 수준에까지는 이르지 못한 채 오히려 피해여성들의 담론이 지배담론에 동화되고 포섭되는 양상을 보였다. 이에 비해 위안부 여성을 주인공으로 한 다큐멘터리 영화 「낮은 목소리 1·2」, 「숨결」은 영화라는 매체가 이데올로기의 재생뿐 아니라 유포에도 적극적으로 간여한다는 점을 역이용하여 여론과 민족담론에 의해 오도된 피해여성들의 증언을 그 진의와 함께 되살려 놓고자 하였다. 민족은 '상상의 공동체'이지만 종결된 개념이 아니라 보완과 변형을 기다리는 유동적 개념이다. 그러므로 대중적 호소력이 강한 영화가 소외된 의식의 자리를 바로잡아준다면 민족에 대한 상상도 보다 풍요로워질 수 있을 것이다.

▌ 2. 증상으로서의 증언

영화는 이미지의 도상성을 활용하여 상징적 체계를 실재하는 현실처럼 보여준다. 나아가 스펙터클한 화면으로 호소력을 발휘하여 관객의 마음을 움직이고 현실을 변화시키기까지 한다. 그래서 영화가 특정한 이데올로기를 반영할 경우, 그것은 단순한 반영에 머무는 것이 아니라 그 이데올로기의 재생산에 깊이 간여하는 셈이 된다. 영화가 이데올로기를 전파하는 방식이 이처럼 무의식적 차원에서 이루어진다는 점을 염두에 두고 보면, 지배 이데올로기에 의해 조작된 역사와 사회질서를 정면으로 문제삼는 영화 「낮은 목소리 1·2」, 「숨결」(변영주 감독)은 그 시도 자체가 매우 도발적이라 할 만하다. 연작으로 구성되어 있는 이 영화들은 다큐멘터리로서 위안부 여성을 상대로 한 인터뷰와 상황 기록을 내용으로 담고 있다. 감독이 조작이나 왜곡을 최소화하고 가능한 한 중립적인 입장에서 접근하고 있어서 이들 영화는 일단 지배이데 올로기의 문법을 착실하게 따른 영화들과는 분명히 차별화된다.

그런데 감독의 중립적 태도란, 그리고 현상의 충실한 반영이란 남성 중심적인 현실 원리를 그대로 중개하는 데 지나지 않을 위험이 있다. 실제로 「낮은 목소리 1·2」, 「숨결」에서도 감독의 중립적 태도가 무색하게 느껴질 정도로 영화에 등장하는 위안부 여성들의 증언에는 지배적 담론이 자주 침투하고 있다. 예컨대, 위안부 문제에는 민족, 계급, 성 등 중층적인 문제가 내포되어 있음에도 불구하고 위안부 여성들은 자신들의 입장과 처지를 설명해야 하는 순간에 자신들은 '창부'가 아니었음을 해명하는 데 강박적으로 집착한다. 「숨결」에서 과거에 위안부였던 두 여성이 대화하는 장면을 지켜보면, 과거의 기억을 현재의 관점에서 재단하고자 하는 언술이 수시로 대화를 차단시키고 있음을 확인할 수 있다. 역사적 사실의 단면이 구체성을 띠고 생생히 재생되는 순간에도 위안부 여성 스스로가 자기검열기제를 작동시켜 과거의 경험을 지금의 현실에서 인증받을 수 있는 코드로 호환시키고 있는 것이다.

> **김분선** 그런 대만 가가지고 말이야 대만 거서 저 판자집이 죽 나래 비로 서가 있는데.
>
> **이용수** 또 나래비라캐.
>
> **김분선** 그래가.
>
> **이용수** 줄로.
>
> **김분선** 줄로, 인제 나래비 서가 있는데, 군인들이 버글버글 우예가, 항그(많이) 와가 있는데, 그래 마 한분, 너무 오츠카레해 가지고(힘들어서라는 뜻의 일본말) 너무 디고 이래가지고 말이야, 손님들 안받을라고, 내 군인들 안받을라고.
>
> **이용수** 받는다카는 소리 하지 마라.

김분선 그래, 안글할라고 막 거하니까네, 작대기로 얼마나 뚜디려 맞
았는지 모른데이. 막 등더리를 막 허리를 디기 뚜디려 맞고,
이래 가지고 나와가 얼매나 울었는동, 울고, 숨어가 있으이
막 찾아가 그래가 거한다카이까네. 넘의 집에가 숨어가 있
었어. 그래 찾아와가지고 막 데려가서 더 뚜디려 맞았다 어.
(「숨결」 S#10 1998. 10. 25. 경상북도 칠곡군 동명면, 김분선 할머니
고향 방문)

위안부 여성이 '손님'이라든가 '받는다'라는 말을 금기시 하는 이유는
사람들이 위안부를 매춘부로 오해하게 될지도 모른다는 두려움 때문이
다. 실제로 위안부는 성을 매매하지 않았다. 위안소는 군대의 사기를 진
작시키는 한편, 군인들의 강간 행위를 방지하고 성병을 예방한다는 이
유로 일본군이 주둔한 모든 지역에 설치되어 있었다. 그 많은 위안소에
위안부로 동원된 여성들은 대부분 경찰과 군에 의한 물리적 폭력과 취
업사기의 희생자들이었다. 당시 위안소의 규정에는 군 계급에 따른 위
안소 사용 요금이 정해져 있었고 일본 군인들이 군표로 요금을 지불하
기도 하였으나[2] 그 요금은 대부분 위안소 관리자들의 수중으로 들어갔
다. 그렇기 때문에 위안부 여성들은 실질적으로 성매매를 했다고 볼 수
없다. 일본군 위안부는 전시 하에 제국주의의 공적 권력에 의해 군대에
서 성적 '위안'을 줄 것을 강요당했던 성노예 집단이었으며, 위안부 여
성 개개인은 국가적 차원의 공모에 의해 대대적으로 이루어진 성폭력
의 피해자일 따름이었다.

앞의 대화에서 문제가 되는 점은 위안부는 창부가 아니었다는 사실
을 특별히 강조함으로써 여성 스스로가 성의 이분법적 규정을 인정하
는 모순을 보이고 있다는 점이다. 강제된 성과 상품화된 성을 구분하는
것은 결국 창부를 차별하고 순결을 강조하는 결과를 낳을 수 있다.[3] 일

반적으로 제국주의에 의한 우리 민족의 성적 피해 사례로 종군위안부 문제와 더불어 윤금이 씨 사건이 거론된다. 그런데 위안부 여성들은 자신들의 문제를 기지촌 여성들의 문제에 연루시키는 데 강한 거부감을 보인다. 도덕성을 기준으로 하여 볼 때, 금전 거래를 전제로 자발적인 매춘을 한 여성들과 강제된 매춘을 할 수밖에 없었던 위안부 여성의 사정은 철저히 구분되어야 한다는 것이다. 이와 유사한 맥락에서 한국 위안부 여성은 일본 위안부 여성과도 차별화하기를 원한다. 일제 강점기 일본은 공창제를 합법화하고 있었고, 일본에서 차출된 위안부는 공창으로 구성되었기 때문에 피식민지 여성에 대한 전시 강간과는 그 성격이 크게 다르다는 것이다. 물론 일본에서 위안부가 되었던 공창은 계약 기간이 정해져 있었고, 계약 조건으로는 금전적 보상이 있었다.[4] 그러나 일본의 공창이나 한국의 기지촌 매춘 여성들 중에는 인신매매나 조직적인 폭력에 의해 매춘을 하게 된 여성들도 있었으며, 한국 위안부 중에도 군표라는 대가가 지급된 사례가 있다는 점에서 이들의 다양한 경험을 단순화시키는 데는 다소 무리가 따른다. 또한, 1970년대 초반에 한국 정부가 기지촌 여성에게 '민간 외교관'이라는 상징적 역할을 부여하여 한·미 안보동맹의 활성화에 기여한다는 명예의식을 심어주었던 것과 같이[5] 일본의 위안부 여성에게도 황군에 봉사한다는 대의명분이 주어져 있었으므로 이들은 공통적으로 남성적 권력의 희생자들이라 할 수 있다.

문제는 누가 더 순결하냐가 아니라 왜 그토록 순결이 강조되고 있느냐 하는 것이다. 위안부 여성들의 증언이 남성적인 민족주의 언술을 그대로 모방하고 있는 것은 근본적으로 여성의 말이 지닌 한계에서 비롯된 현상이라고 볼 수 있다. 언어는 숙명적으로 물리적 현상을 있는 그대로 모사해 낼 수 없다는 한계를 지닌다. 현실은 개념화되고 그것을 기반으로 일정한 상징체계를 구성하게 된다. 따라서 개념화의 주체, 상징 질서의 부여자가 남성이라는 본질적 제약을 지닌 채 여성이 말을 한다는 것은 사실에 대한 증언으로 취급되기 전에 지배적 질서에 대한 저항이나 도전으로 간주되기 쉽다. 그것은 소통에 있어서 커다란 장애가될 수 있다. 우리 사회의 존재방식은 이미 가부장적 구도로 고착화되어있어서 남성의 말을 빌리지 않으면 국가, 민족, 권력의 그늘에 여성이존재하고 있다는 사실을 드러내기가 힘들다. 위안부 여성이 민족주의담론에 가담하여 남성적 화법으로 말하기를 시도한 것은, 그것이 이 사회에서 가장 안전하게 통용되는 소통방식이기 때문이다. 더욱이 민족은실질적인 불평등에도 불구하고 언제나 수평적 동료의식을 상정하고 있는 것으로 상상되므로6) 위안부 여성들이 온전하게 평등을 체감할 수있는 장소는 민족이라는 카테고리 내부일 뿐이다. 강간 여성에 대한 사회적 편견과 그로 인한 현실적 고립이 성적 피해 여성들의 입을 막아왔다는 점을 감안한다면 위안부 여성들이 '민족'이라는 코드에 기댈 수밖에 없었던 저간의 사정을 쉽게 짐작할 수 있다.

그러나 여성 스스로가 여성의 일부를 분할하여 타자화하는 태도에는,식민지 시대에 남성이 제국에 의한 식민화에 위협을 느낀 나머지 그 위기상황을 은폐하기 위해 여성이라는 타자를 발견함으로써 자기동일성의 욕망을 관철시키고자 한 것7)과 유사한 심리가 작동하고 있음을 분명히 해야 한다. 그것은 결과적으로 저항해야 할 제국주의의 횡포에 오히려 여성 스스로가 동조하는 셈이 되는 것이다. 그런 점에서 "우리는창부가 아니었다"는 위안부 여성들의 말은 증언인 동시에 증상이라 할수 있다. 그것은 제국주의 공권력에 의한 강간 사실을 밝히는 중요한단서인 동시에 지금도 재생되고 있는 유교주의, 국가주의, 민족주의, 제국주의적 억압의 한 양상인 것이다.

▌3. 여성이 민족을 상상하는 방식

민족은 '상상의 공동체'이며 민족을 상상하게 될 때 여성 섹슈얼리티는 억압적인 국가 장치에 의해, 그리고 광범위한 대중에 의해 매우 까다로운 검열을 거친다. 푸코의 말대로 분산된 권력은 정교하고 포괄적으로 감시체제를 구축함으로써 국가 구성원 스스로가 행동을 통제하도록 한다. 그러한 감시 체제의 한 전형이라 할 수 있는 민족의식은 여성의 성을 모성과 창부성으로 분할하여 모성을 선택하고 창부성을 배제하는 방식을 취한다. 모성이 민족 성원으로서의 자격을 얻을 수 있는 것은 그것이 탈성화된 성이기 때문이다. 「낮은 목소리 2」에서 위안부 여성들은 '소원'이 뭐냐는 감독의 질문에 대부분 어머니가 되는 것을 꼽는데, 그 대답 속에서 우리는 우리 사회에서 여성이 민족을 상상하는 방식이 어떻게 통제되고 있는지를 짐작해 볼 수 있다.

> **김순덕** 나는 죽어 다시 태어난다면 남자로 태어나서 군인을 하고 싶어.
>
> **변영주** 군인이요?
>
> **심미자** 군인 가서 여자 데리고 자고 싶어?
>
> **김순덕** 아니. 여자 데리고 자… 그런, 그런 게 아니고.
>
> **변영주** 예.
>
> **김순덕** 군인으로 가서….
>
> **심미자** 응.
>
> **박두리** 복수할라고?
>
> **김순덕** 복수도 하지만은 이 나라를 잘 지키고 싶어. 뺏기지고(빼앗기고) 짓밟힌 게 너무 억울하고 원통해서.
>
> (중략)
>
> **심미자** 할머니 소원은 드레스 입고. 사모 쪽두레 쓰고 딴딴따단 딴

따다단… 결혼식하고….

박두리 인지 늙어 빠진기….

심미자 아들 놓고, 딸 놓고 가정을 이뤄서 행복하게 살고 싶어.

김복동 내 할 소리 다 해 삐네. 나는 소원은 그거밖에 없어. 그래 배
가 불룩하이 아 하나 낳아봤으면…. 제일 그기 소원이야….
(「낮은 목소리2」 S# 53 故강덕경 할머니 방, 할머니들 소원 이야기)

이 대화에서 가장 먼저 눈에 띄는 것은 군인이 되어 나라를 지키는
것이 소원이라고 한 김순덕 할머니의 대답이다. 다른 성을 선택한다는
것은 실현 불가능한 일이기 때문에 김순덕 할머니의 말은 사실상 남성
의 과오를 문책하기 위한 전략적인 언술에 불과하다고 할 수 있다. 김
순덕 할머니가 보인 애국심의 배면에는 무기력한 남성에 대한 원망이
깔려 있다. 그리고 거기에는 한 나라의 운명은 남성에 의해 결정된다는
고정관념이 깊이 내장되어 있다. 이에 비해 좀 더 구체적이고 체감적인
소원을 말한 사람은 심미자, 김복동 할머니이다. 이들이 수줍게 털어놓
은 소망은 결혼과 출산에 관한 것들이다. 결혼, 출산, 육아, 가사가 여성
삶의 본질을 규명하는 핵심적 요소들이라고 볼 수는 없으나, 위안부 여
성들의 특수한 경험의 맥락을 염두에 둔다면 이들의 대답은 결코 상식
적 언술로 받아들여지지 않는다.

위안부 여성이 보여주는 모성에 대한 집착은 유교 전통에 뿌리를 둔
것이라기보다는 식민지 체험이라는 특수한 역사적 맥락에서 기인한 것
이다. 일본군 주둔지에 위안소가 설치되고 한국 여성들이 위안부로 동
원되었을 당시에 일본은 모자보호법(1938), 국민우생법(1940)을 만들
어 모성을 국가적 차원에서 관리하고 있었다.[8] 일본에서 여성의 전시
참여는 여성이 공적 영역에 참가하는 것을 의미하였으며, 동시에 그것
은 여성의 정치적 지위 향상을 의미하는 것이었다. 그러나 실질적으로

공적 영역의 참가로 인정되었던 것은 간호사로 활동하는 정도였으니, 위안부 여성의 위안 활동은 공적 영역의 활동과는 무관했다. 게다가 한 편에서는 전쟁에 참여할 수 없는 여성은 장차 국민 구성원으로 자랄 아들을 낳아야만 국민으로서의 책임과 의무를 다하는 것이라고 인식되고 있었으니[9], 일제 강점기에 위안부 여성은 상대적인 박탈감과 피해의식을 지니지 않을 수 없었다. 더군다나 성적으로 유린된 여성은 사실상 남성적 기의만을 내포하고 있는 민족에 수치스러운 상흔을 남길 뿐이라는 통념은 위안부 여성들에게 심각한 죄의식까지 심어주었다. 이러한 피해의식과 죄책감이 순결의식을 강화시켰음은 물론이다. 이 일련의 정황들 때문에 위안부 여성들에게 있어서 모성을 경험하는 일은 훼손된 민족의 명예를 회복하는 일이나 다름없는 것이다. 또한, 그들에게 있어 모성을 획득하는 일은 창부 이미지로부터 자유로워지는 일이기도 하다.

심미자, 김복동 할머니의 말에는 결혼, 출산 등으로 대표되는 정상적인 삶으로부터의 소외의식이 짙게 배어 있다. '정상'과 '비정상'을 가르는 기준 자체로 모호할 뿐더러 여성의 '정상적인' 삶의 조건은 여성이 선택하기 이전에 이 사회가 미리 지정해 놓은 지배 규범에 포함되어 있는 것이다. 결혼하여 아이를 낳고 가정을 이루어서 사는 삶은 평범하고 안정된 삶을 보장한다. 반면에 그렇지 않은 경우에는 모종의 대가를 치러야 한다. 위안부 여성 중에는 캄보디아의 훈 할머니처럼 외국으로 끌려갔다가 해방이 되었어도 죄책감 때문에 고향으로 돌아오지 못하고 현지에 머문 경우도 많다. 국내에서 살고 있는 피해자 중에도 수치심, 가족들의 체면 등으로 자신이 피해자임을 숨긴 채 살고 있는 여성들이 많으며, 성기능 장애로 아이를 낳지 못하는 여성은 한평생 독신으로 살고 있다. 그들은 하나같이 가족을 원하는데, 사실상 그들이 원하는 것은 가족을 '소유'하는 것이 아니라 가족과 '관계'하는 것이다. 민족은 현실적으로 한 집단의 통합 원리인 동시에 상호 소통의 근거가 된다는 점에서 위안부 여성들이 민족을 매개로 하여 세상과 조우하기를 희망할 수밖에 없었던 심리적 배경에 뿌리깊은 외로움이 자리하고 있음을 짐작할 수 있다.

앞서 말한 바와 같이 위안부 여성이 남성적 담론을 모방하는 것은 다름 아니라 민족 성원으로 인정받기 위해서이다. 그것은 권리를 보장받겠다는 적극적인 의지의 표현이라기보다는 배척당하지 않으려는 소극적인 소망의 노출일 따름이다. 성적 피해 여성들의 태도가 이처럼 소극적이고 수세적일 수밖에 없게 된 것은 국내의 정치적 관행과도 상관이 있다. 주지하는 바와 같이 우리나라의 지배 세력은 정치적 위기를 모면해야 할 때마다 특별히 민족주의를 강조해 왔다. 선과 악의 이분법적 구도를 존재 기반으로 하는 민족주의는 민족 구성원으로 포섭되지 못한 타자를 적대적 관계에 놓고 타자를 증오와 멸시의 대상이 되도록 하였다. 분류 기준의 공정성 여부를 떠나 악으로 분류된 일부 사회 구성원의 희생은 불가피한 것이었으며 선택과 배제의 원칙은 엄격하게 적용되었다.

그러나 진정한 의미의 민족은 특정한 자질을 지닌 사람만을 민족 구성원으로 인정할 것이 아니라 다양한 자질을 가진 사람들을 포괄할 수 있어야만 한다. 그런 점에서 소외된 여성의 목소리를 좀더 당당하고 적극적으로 담아 낸 영화「숨결」은 민족에 대한 상상에 여성을 적극적으로 참여시킨 영화라 볼 수 있다.「숨결」의 전반부는 할머니들끼리의 대화로 진행된다. 인터뷰어인 이용수 할머니는 어려운 집안 형편 때문에 공장에 취직시켜 준다는 말에 속아 1944년에 대만의 위안소로 끌려간 경험이 있는 여성이다. 이용수 할머니가 만나서 대화를 나누는 할머니들은 인터뷰어와 위안부 체험을 공유하고 있다는 안도감에서 경계를 허문 자세로 과거의 끔찍한 기억을 덤덤히 회고한다. 동료와의 대화 속에서 할머니들은 진정한 '위안'을 경험하는 듯하다. 그들의 대화 속에서는 남성적 담론에서 배제되었던 특수한 경험들이 비로소 여성의 육성을 얻고 있다.

「숨결」의 후반부에는 김윤심 할머니와 청각 장애인인 그녀의 딸이 수화로 대화하는 장면이 담겨 있다. 김윤심 할머니는 열세 살 되던 1943년 4월에 집 밖에서 고무줄 놀이를 하다 중국 하얼빈의 위안소로 끌려간 경험이 있는 여성이다. 1945년 4월 고향으로 돌아온 그녀는 다시 위안소로 끌려가지 않으려고 결혼을 했으나 남편한테 병신이라고 구박만 받다가 헤어졌다. 스물여섯 살에 재혼하여 딸을 낳았지만 위안소에서 감염된 매독 때문에 딸은 선천적으로 청각장애를 지니게 되었다. 그녀는 딸을 데리고 서울로 도주하였고, 삯바느질을 해 가며 딸을 키웠다. 예정된 대로라면 이 작품의 절정에 해당되는 대목은 김윤심 할머니가 자신의 위안부 경험을 딸에게 고백하는 대목이어야 할 터인데, 딸은 이미 어머니의 일기를 훔쳐보고 어머니의 처지와 심정을 충분히 이해하고 있는 상태였다. 김윤심 할머니가 할 수 있는 일은 자신의 불행한 과거에 너무 깊이 연루된 채 살아 온 중년 딸의 엉덩이를 말 없이 토닥여 주는 일뿐이었다. 딸에게 고백할 것이 없어진 김윤심 할머니는 딸 대신 카메라를 향해 성폭력 피해 여성에 대한 사회적 편견을 날카롭게 비판함으로써 동료, 모녀, 동시대 여성간의 연대의식을 환기시켰다. 그럼으로써 위안부 피해 여성들의 의사 표명이 민족의 자존심이 아닌 여성 자신의 자존심을 회복하는 길임을 보여주었다.

▌4. 여성 다큐멘터리 영화의 의미와 한계

　과거의 기억을 술회하는 데는 일정한 해석이 수반된다. 증언이 객관성과 사실성을 백프로 보증하기 어려운 것은 그 때문이다. 그런데 증언이 다큐멘터리 형식의 영화에 담기면 사정은 달라진다. 다큐멘터리 영화는 현장성과 기록성을 생명으로 하되 대중에게 공개됨으로써 공감을 얻어야 하기 때문에, 다시 말해 엄정한 공증 과정을 거쳐야 하기 때문에 결과적으로는 거기에 담긴 내용을 신뢰할 수밖에 없게 만든다. 그런 의미에서 「낮은 목소리 1·2」와 「숨결」에 담긴 위안부 여성들의 증언은 매우 중요한 의미를 지닌다.

　이미 언급한 바와 같이 지금까지 국내에서 제기된 위안부 문제는 주로 민족 주권의 상실을 문제 삼는 차원에서만 편향적으로 논의되어 왔다. 일본군 위안부 여성들은 남성성이 극대화된 제국주의 국가의 군에 의해 강간을 당했으며, 피해자 대부분이 식민지 조선의 여성이므로 위안부 문제에는 사실상 민족 차별과 성차별 등의 여러 요소가 착종되어 있다. 그럼에도 불구하고 위안부 문제를 논의할 때 여성 인권의 유린이라는 차원의 해석은 쉽게 간과되어 왔다. 위안부 문제가 이와 같이 주로 민족문제의 틀 속에서 다루어지게 된 것은 일단 소수집단에 대한 사회적 냉대가 본질적 요인이 될 터이나, 표면적으로는 '민족'을 동반하여야 사회적 공감을 얻기에 수월하다는 점이 주요 요인으로 작용하였다. 이는 소수집단의 입장에서도 사회적 공감을 확보하기 위한 전술로 민족주의가 이용될 수 있음을 시사한다.

　　김순덕　한편으로 생각하면은, 우리가 조선사람이니까 업수이 여기고 할머니들을, 할머니들이 요구하는 대로 안 해주고 저희 맘대로…. 일본

법정에도 가 얘기하고 했지만은 위로금이나 그런… 안 받을 거라고 일
본 정부에서 잘못을 했으면, 정부가 국회를 통해서 그렇게, 확실하게 교
과서에 가르치고 우리가 요구하는 대로 그 먼저 열 몇 살 먹은, 죽은,
자살한 그런 사람들, 추모비도 세워주고 우리는 작게 받고 많이 받는 게
문제가 아니고 피해배상을 바라는 거지 위로금을 바라는 게 아니라고.
(「낮은 목소리 1」 S# 53 1995. 1. 1, 김순덕 할머니 방)

실제로 위안부 문제가 한국 사회에서 공론화될 수 있었던 것은 "우
리가 조선 사람이니까 업수이 여기고"라는 식의 민족적 담론이 공적 효
력을 얻고 있었기 때문이다. 다시 말해서, 한국에서의 위안부 논의는 흥
분된 반일 감정과 긴밀하게 유착됨으로써 비로소 여론을 형성할 수 있
었던 것이다. 앞에서 김순덕 할머니의 주장은 정대협(한국정신대문제
대책협의회)이 일본 정부에 공식적으로 요구한 7개 사항, 즉 범죄사실
인정, 자료 및 진상 공개, 사죄, 법적 배상, 추모비 건립, 역사 교과서
수록, 책임자 처벌과 일치한다. 그 중에서 위안부 문제를 해결하는 데
있어 가장 큰 걸림돌이 되어 온 것은 무엇보다도 자료 및 진상 공개의
문제였다. 역사적 사실을 뒷받침할 사료가 제대로 공개되지 않았기 때
문에 위안부 여성이 겪었던 과거는 그동안 없었던 일로 간주되었다. 지
금까지 일본은 위안부 관련 자료뿐만 아니라 전쟁 수행에 관한 문서 대
부분이 패전을 전후하여 소실되었거나 파괴되었다고 주장해 왔다. 권력
을 독점한 주체가 가치를 인정하지 않은 사료나 그들에게 불리한 사료
들은 고의로 인멸되거나 은폐되게 마련이므로 권력자에게 문제해결의
의지가 있으냐 없느냐의 문제는 물증이 실제로 존재하느냐 존재하지
않느냐의 문제에 선행한다고 볼 수 있다. 일본은 지금까지 문제해결의
의지를 전혀 보여주지 않았다.

그런 의미에서 생존자의 증언은 역사 복원의 가능성이자 한계라 할

수 있다. 증언이 신빙성을 얻으려면 물증을 통해서 입증되어야 하지만 현재로서는 생존자의 증언에 의존할 수밖에 없는 형편이다. 1991년 8월에 김학순 할머니가 최초로 위안부 문제를 증언하기 시작한 이래 위안부 여성들의 증언은 국내외에 커다란 반향을 불러왔다. 당장 1992년 1월에 일본의 미야자와 수상이 방한하여 국회연설에서 일본군 위안부 문제에 일본 정부가 관여하였음을 시인하였고, 위안부 여성은 군 위안부제도의 피해자로 인정받게 되었다. 그리고 1993년 3월부터는 정부에서 피해자들에게 생활지원금을 지급하게 되었고, 피해자 중의 일부는 현재 경기도 광주 퇴촌면에 위치한 '나눔의 집'에서 공동체 생활을 하게 되었다. 잘 알려진 바대로 '나눔의 집'에서는 위안부 출신 화가 강덕경[10], 김순덕[11] 등이 배출되기도 하였다. 또한, 국제적으로는 전시 여성 인권침해에 대한 국제적 기준이 만들어졌으며, 세계의 여성 운동가들이 전시 성노예 문제를 중심으로 연대할 수 있게 되기도 하였다. 지금까지 위안부 문제의 실체는 주로 민족문제의 테두리 안에서 투박하게 드러났지만, 이제 그것은 여성의 목소리를 통해서 구체성을 띠어야 한다. 여성 다큐멘터리 영화 「낮은 목소리 1·2」, 「숨결」이 담당해야 할 몫은 바로 그것이다.

「낮은 목소리 1·2」에서 인터뷰어 역할을 담당했던 감독은 가능한 한 중립적인 태도를 유지하려고 애썼다. 할머니들의 말을 듣는 데 충실하되 그들의 아픔이 선정적으로 전달되지 않도록, 소극적이더라도 순수한 자세로 접근하였다. 그러다 보니 할머니들이 선택하고 있는 문맥들이 사회의 지배 규범과 가치를 고스란히 답습해도 그것을 적절히 통제할 수가 없었다. 그래서 결국 이 두 작품은 위안부 여성을 제국주의 지배의 희생양으로 묘사하는 데 머물고 말았다. 「낮은 목소리 1」의 마지막 장면은 할머니의 벗은 몸으로, 「낮은 목소리 2」의 마지막 장면은 전쟁 당시 종군위안부 현황과 우리나라 성폭행 발생 빈도 수를 자막 처리한 것으로 마무리 되었지만 그것은 전체적인 흐름과는 동떨어진 장면들이었다. 오히려 그것은 일정한 플롯 없이 전개되던 이야기를 감독이 임의로 종결시켰다는 인상만을 강하게 남겼다. 영화가 지배 이데올로기를 재생산하지 않으려면 보다 적극적으로 저항담론을 제시해야만 한다. 그러한 노력의 일환으로 연작의 완결편에 해당하는 「숨결」에서는 할머니들의 여성으로서의 체험이 좀더 부각되고, 세상을 향한 메시지도 보다 뚜렷하게 제시된다.

영화는 영상적 기호를 매개로 하는 매체이므로 당연한 것이기는 하지만 예의 영화들에서 증언의 결락 부분이 종종 영상적 기호로 메워지고 있는 점은 매우 흥미롭다. 예컨대, 「낮은 목소리 2」에서 소원을 말해 달라는 요청에 위안부 여성들은 결혼, 출산과 같은 상투적인 단어를 선택했었다. 여성에게 있어서 결혼이나 출산은 정상적인 삶을 언표화하는 데 가장 익숙한 코드이다. 어쩌면 소원이 무엇이냐는 물음 자체가 위안부 여성들의 다양한 경험을 그처럼 단순화시켰는지도 모른다. 이에 비해 영화에서 위안부 여성들이 행동으로 보여주는 '정상'의 표현방식은 훨씬 풍요롭다. 영화 중에 김순덕 할머니가 호박을 머리에 이고 '나눔의 집'으로 걸어 들어오는 장면이 있는데, 감독의 설명에 의하면 김순덕 할머니가 미리 따 놓은 호박을 이고 올 테니 자신의 모습을 찍어 달라고 요구했다고 한다. 그 모습 또한 상투적 설정에 불과할 수 있으나 위안부 여성들의 능동적인 연출 속에서 그것은 특별한 아우라를 지니게 되었다. 위안부 여성들은 말로 채 표현하지 못했던 인간적이고 생산적인 삶에 대한 희구를 그처럼 인간적인 메타포로 보여주고자 했던 것이다. 다큐멘터리 영화의 생명은 재현에 있는 것이 아니라 이 같은 '발견'에 있다. '위안부'라는 역사, 사회, 문화적 상징에 갇힌 여성들의 진술 속에서 여성 본래의 육성을 가려내고, 그것을 토대로 여성의 역사를 재구성하는 일이 바로 다큐멘터리 영화가 지닌 소명인 것이다.

▌5. 정리

위안부 여성의 첫 증언을 도운 것은 여론의 힘이었다. 당시에는 권인숙 씨의 성고문 고발사건을 계기로 강간 피해 여성에 대한 사회적 관심이 증폭되어 있었다. 공권력에 의한 성폭력 실상을 고발한 성고문 피해자 권인숙 씨의 증언 또한 80년대 군사독재 시절을 거치며 한층 고양된 한국인의 정치의식을 바탕으로 하였다. 전후 50년간 위안부 여성의 존재를 부정했던 것이나, 이 시대의 수많은 강간 피해 여성들의 입에 재갈을 물리고 있는 것이 사실은 '사회적 편견'이라는 점을 염두에 둔다면 올바른 여론 형성의 중요성은 아무리 강조해도 지나치지 않을 것이다.

위안부 문제와 관련하여 우리가 해결해야 할 과제는 일본에 국제법적 배상과 책임자 처벌을 요구하는 것으로 간단히 명시할 수 있다. 일본 정부는 일본군 위안부에 대한 배상이 이미 1965년 한일협정을 통해 일괄 지불한 3억 달러로 종료되었다고 주장하고 있다. 한국의 군사정부 또한 일본과의 관계를 정상화한다는 미명 아래 국가의 이름으로 위안부 여성 개인 청구권을 인정하지 않았다. 그러나 한일협정 당시에는 일본군 위안부의 강제 동원이 밝혀지지 않은 상태였기 때문에 이에 대한 배상 자체가 거론될 수조차 없었다.[12] 예나 지금이나 위안부 문제에 대한 대응 태도는 우리 정부의 도덕성, 정치적 수준의 바로미터가 되고 있으므로 더 이상 문제해결을 유보해서는 안 된다.

위안부 문제 해결을 더 이상 미뤄서는 안 되는 또 다른 이유는 생존자가 줄어들고 있기 때문이다. 「숨결」은 강묘란 할머니의 죽음으로 마무리되었고, 「낮은 목소리 2」 촬영 도중에는 강덕경 할머니가 폐암으로 세상을 떠났다. 이제 위안부 역사의 증언은 한 때 그들의 이웃이었던 우리 사회 구성원 모두의 몫이 되었다. 위안부 여성들이 입은 피해는 일본의 악질적인 군위안부제도에 의한 것이었으므로 민족적 차원의 문제해결 노력은 반드시 이루어져야 한다. 그런 가운데 위안부 문제에 계급, 여성 인권 차원의 여러 가지 이데올로기가 착종하고 있다는 사실을 간과해서는 안 될 것이다. 무엇보다도 진정한 민족주의는 우리 사회에 공존하는 다양한 타자를 두루 포괄하는 민주주의 원칙과 유리되어서는 안 된다는 사실을 잊지 말아야 할 것이다.

1) 정현백, 「페미니즘 시각에서 본 과거청산 문제」, 『민족과 페미니즘』, 당대, 2003, 161쪽.

2) 우에노 치즈코, 이선이 역, 『내셔널리즘과 젠더』, 박종철출판사, 2000, 120 쪽 참조.

3) 우에노 치즈코, 위의 책, 131쪽 야마시다 영애의 견해 참조.

4) 우에노 치즈코, 위의 책, 132쪽.

5) 캐서린 H. S. 문, 「한·미 관계에 있어서 기지촌 여성의 몸과 젠더화된 국가」, 일레인 김·최정무 편저, 박은미 역, 『위험한 여성』, 삼인, 2001, 195쪽.

6) 베네딕트 앤더슨, 윤형숙 역, 『상상의 공동체』, 나남, 2002, 27쪽.

7) 김양선, 「식민시대 민족의 자기구성 방식과 여성」, 『한국근대문학연구』 8 호, 한국근대문학연구회, 2003, 67쪽.

8) 우에노 치즈코, 앞의 책, 65~66쪽 참조.

9) 한국여성연구소 여성사연구실, 『우리 여성의 역사』, 청년사, 2002, 306쪽 참조.

10) 1929년 경남 진주에서 출생하여, 열 네 살 되던 해 담임 선생의 강압에 의해 여자 근로정신대 1기생으로 일본에 가게 되었다. 그 후 고된 공장생활에 지쳐 친구와 도망을 나왔다가 군인들에게 붙잡혀 위안소로 끌려갔다. 1992년부터 '나눔의 집'에서 생활하다 1997년 폐암으로 사망.

11) 1921년 경남 생. 열일곱 살 때 여공을 모집한다는 말에 속아 상하이의 위안소로 끌려갔다. 이후 고향에 돌아와 이북에 가족이 있는 남자를 만나 아들 둘과 딸 하나를 두었다. 김학순 할머니의 증언 후 자신도 위안부였음을 신고하고 1992년 가족을 떠나 '나눔의 집'에서 생활하다 2004년 6월 30일 뇌출혈로 사망.

12) 정현백, 앞의 책, 169쪽.

여성의 자기서사 자기표현

제5장 에세이 : 김정란『말의 귀환』, 김혜순『여성이 글을 쓴다는 것은』

여성 에세이 속
여성의 경험과 말과 글

▋ 1. 여성과 에세이의 친화성

담론의 성격에 따라 사회 권력의 체계가 달라질 수 있다고 본 푸코의 통찰을 전제로 하였을 때, 90년대 후반부터 활발하게 전개된 사회적 저항담론이나 다양한 소통방식들은 기본적으로 기존 가치의 전복을 기도하고 있다고 볼 수 있다. 특히 상징 질서를 구성하고 있는 기표들은 다만 다른 기표들과의 차이를 통하여 '소급해서' 잠정적인 기의를 얻게 된 것뿐이라고 보는 라캉의 견해나, 기표는 연기되는 기의를 포함하고 있기 때문에 문맥의 이동에 따라 다르게 규정되어 한다는 데리다의 견해는 여성의 담론, 나아가 여성이 적극적으로 참여하는 사회 담론에 좀더 미래지향적이며 긍정적인 의미를 부여할 수 있는 근거를 제공한다. 이와 같은 맥락에서 볼 때, 최근 들어 부쩍 눈에 많이 띄는 여성 에세이[1]는 여성의 생물학적·사회 문화적 가치가 서구적 합리성과 가부장제적 권위주의에 의해 단지 잠정적으로 규정되어 왔을 뿐임을 환기시키고 나아가 이를 다시 정립하기 위한 하나의 전략적 시도로도 읽힌다.

에세이는 그 장르의 속성상 삶이라고 하는 구체적인 텍스트를 통하지 않으면 진실성을 보장받을 수 없다. 여성이 에세이를 통해, 자신에게 부당하게 적용되어 온 남성 중심주의 논리를 문제삼을 수 있는 이유는 그것이 생생한 삶을 자료로 한 글쓰기 방식이기 때문이다. '에세이'라는 용어를 처음으로 사용한 몽테뉴(「Les Essais」(1580))에게 있어서 에세이는 사적 영역을 소재로 한 글쓰기, 자신의 결점까지 그대로 드러내는 진솔한 글쓰기 방식이었다. 그러나 차츰 에세이가 서구적 합리주의에 복종하는 장르로 변조되었는데, 그 새로운 기원은 베이컨에게서 찾을 수 있다. 베이컨은 자신의 「The Essays」(1597)에 짧고 재치있는 금언을 동원하여 처세술과 성공 방법과 같은 실용적인 지혜들을 제시함으로써 에세이를 세계 경영에 필요한 덕목을 전수하는 지침서로 이용하였던 것이다. 그러나 에세이가 본래 세계를 일정한 구도 속에 포획하는 방법과 기술을 전수하는 지침서가 아니라, 존재하는 것들에 대한 지극한 관심을 표명하는 고백서와 같은 것이었음은 그 어원에서부터 알 수 있다. '에세이'의 어원인 라틴어 '엑시게레'(exigere)는 '맛보다, 계량(計量)하다'라는 뜻을 지닌 말로서, 접촉성, 직접성을 바탕으로 하고 있다. 여성이 에세이 쓰기에 쉽게 접근할 수 있는 것은 여성의 육체와 경험이 바로 이러한 직접성, 접촉성을 특징으로 하고 있기 때문이다.

에세이를 여성적 글쓰기라 할 때, '여성적'이라거나 '여성성'이라고 하는 것은 물론 남성도 선택할 수 있는 중립적인 가치로 생각할 수 있다. 실제로 많은 남성들이 여성과 마찬가지로 경쟁을 부추기는 '남성적' 가치에 억압되어 왔으며, 그래서 그들도 에세이라는 글쓰기 방식을 통해 이 지배적인 가치를 전복시키고자 노력해 왔다. 그러나 좀더 본질적인 의미에서 보면 에세이는 '여성적'인 글쓰기이기 이전에 '여성'이 글쓰기에 적합한 장르이다. 왜냐하면, 형식과 논리로부터 자유로운 글쓰기, 구체적인 삶을 소재로 한 글쓰기라는 에세이의 상식적인 정의가 여성에게는 특별한 의미를 지니기 때문이다. 그 특별함은 여성이 경험해 온 억압이 남성과는 다른 차원의 것이라는 데서 기인한다. 주지하는 바와 같이 남성에 비해 여성에게 가해진 억압은 보다 근본적인 것이었다. 프로이트는 성인의 심리가 유아의 성심리 발달과 연관이 있을 것이라는 전제 하에 여성성을 해석하면서 남성 중심적 관점을 여성의 성심리 발달에 투사시킴으로써 많은 비난을 받은 바 있다. 이리가라이는, 여자 아이가 남자 아이의 돌출된 페니스를 '보고' 거세 콤플렉스를 느낀다고 했던 프로이트의 입장에 대해 '여성은 시선보다는 접촉을 더 즐긴다'[2] 고 반박하면서 여성의 생물학적 본질을 다시 해명하는 데 주력했다. 시각을 중심으로 한 남성적인 인식에 의하면, 여성의 성기는 아무 볼 것이 없으므로 여성은 없는 존재이거나 결핍된 남성으로 불완전하게 존재할 따름이다. 그러나 여성은 이리가라이가 강조한 바와 같이 몸의 도처에 성감대를 지녔으므로 남성과는 다른 방식, 즉 촉각적 텍스트로서 이해되어야만 한다. 다시 말해서 여성은 자신이 접촉하고 있는 일상의 경험을 낱낱이 드러냄으로써만 존재증명을 할 수 있는 것이다. 여성과 에세이의 친화성은 여기서 비롯된다.

우리는 종종 여성 작가의 소설에서 여성 인물들이 에세이를 쓰는 장면을 목격한다. 가령 오정희의 소설 「야회」에서 평범한 주부인 명혜가 부엌의 선반에 노트를 놓아두고 일상 속에서 마주치는 인상들을 짤막하게 기록해나가는 것도 에세이이며, 신경숙의 「베드민턴 치는 여자」에서 꽃집 점원이 유리 너머로 보이는 삶의 자취를 노트에 기록하는 것도 에세이이다. 그들의 에세이는 개인적인 추억, 일상의 경험, 환상으로 점철되어 있으며, 그것이 현실 묘사이든 심리적 정황에 대한 묘사이든 간에 그들은 '미리 가정된' 역사를 기술하는 것이 아니라 자신의 펜 끝에서 '다시 씌어지는' 역사를 기술하는 것이다.

▌ 2. 여성 에세이의 응전

에세이라는, 이 자유로운 글쓰기 방식은 그것을 전유하는 주체가 누구이냐에 따라 사회의 지배적 담론의 성격을 드러내는 지표가 되어 왔다. 오늘날 여성 에세이가 범람하고 있는 현상을 권력 이동의 징후로까지 해석하기는 어렵지만, 우리는 그러한 여성의 글쓰기를 통해 사회 문화적 구조의 변화를 기대해 볼 수 있다.

대부분의 여성 에세이는 순수한 예술적 충동이나 계몽적 동기에 의해서 씌어지지 않는다. 여성은 다만 에세이를 통해서 자신의 실존적 자각, 주체적 삶의 확장을 기도할 뿐이다. 역사적으로 볼 때 여성은 지식과 권력을 전유한 남성들로부터 '타자'로 취급되어 동등한 인간으로서의 권리와 책임을 거부당해 왔다. 보봐르가 '여성은 여성으로 태어나는 것이 아니라 여성으로 길러진다'고 했듯이 여성성은 남성 중심의 사회적 맥락 속에서 대체로 부정적으로 규정되어 왔다. 일찍이 프로이트도 여자란 무엇인가를 묘사하기보다는 어떻게 그렇게 되는가, 즉 양성적 소질이 주어진 한 어린 아이로부터 어떻게 여자로 발전되어 가는가를 연구하는 것이 중요하다고 언급한 바가 있기는 하다. 그러나 그는 여자 아이의 클리토리스를 이미 거세된 페니스로 전제함으로써 결국은 여자 아이가 여성으로 발전해 가는 과정을 설명함에 있어 무리하게 남성의 거세공포증을 투사하고 말았다. 그 연장선에서 프로이트는 여자 아이가 갖게 되는 '페니스 소원은 그 자체로서 차라리 근본적인 여성성으로 인식해야'[3] 한다면서 수동성, 시기심, 질투심, 수치심, 허영심, 경직성, 불변성, 나르시시즘적 경향 등[4]을 여성의 생물학적인 본성으로 취급했는데, 이는 물론 '페니스 선망'과 결부되었을 때에만 성립되는 설명이다.

　프로이트는 여자 아이가 자신에게 완전한 페니스를 선물하지 못한 어머니를 증오하고 아버지에게로 돌아설 때에야 비로소 '정상적'으로 여성이 된다고 한다. 그러나 그는 왜 "남성은 자신의 남성이라는 존재를 성취할 뿐이지만, 여성은 정상 여성으로 변해야"[5] 하는가를 설명해주지는 못한다. 그는 분석적 치료자의 입장에서 단지 현상을 묘사할 뿐이라는 궁색한 변명만을 되풀이했을 뿐이다. 여성성에 대한 프로이트 이론의 결정적인 오류는 현상이 지닌 역사성을 고려하지 않았다는 점에 있다. 여성은 남성 주체들에 의해 규정되어 온 언어를 매개로 여성성을 학습하게 되므로 현실적으로는 여성 자신의 특수성을 드러내기 어렵다. 이러한 조건 위에서 구할 수 있는 수치나 통계, 현상들은 사실상 여성의 본질과는 거리가 멀다. 남성에 의해 여성성의 근거로서 제시되는 실증적 자료들은 사회적 담화를 주도해온 남성들이 자기 투사적인 환상에 전능한 아버지의 법을 적용하여 만든 것이기 때문에 진실을 증명하기보다는 오히려 거짓을 합리화하는 자료로 기능하기 쉽다. 그런 의미에서 여성이 말을 하는 것은 '보이는데도 보이지 않는 것으로 거짓 말하는 가부장적, 식민적, 총체적 담론'의 횡포에, 그리고 '과학적 지식과 역사 발전의 대서사가 기도하는 총체성과 그 권력효과'[6]에 대항하는 강력한 이의 제기라 할 수 있다.

　　　지금 우리가 겪고 있는 모든 고통은 '거짓말'의 폐쇄회로 안에서 생산된 것이다. 거짓말이 좀더 교묘한 거짓말을 낳고, 좀더 교묘한 거짓말은 좀더 타락한 거짓말을 낳고, 좀더 타락한 거짓말은 돌이켜 자신의 추악함을 고백하는 대신에 '환상'의 거품 속에다 썩고 썩은 자신의 환부를 숨겼다.

(『거품 아래로 깊이』, 260쪽)

자아 소외의 양태는 여러 가지 방식으로 나타난다. 그러나 현대 사회에서 자아 소외를 가장 특징적으로 드러내고 있는 현상은 '언어'를 둘러싸고 벌어진다. 소외의 모든 형식은 궁극적으로 개인이 자신의 상징을 자신의 결정에 의해서 선택할 수 없다는 사실로 귀결되는 것이다.

개인의 언어는 이제 없다. 모든 상징은 조작되어 주어진다. 개인에게는 개인의 아이콘을 선택할 권리가 없다. 모든 것은 바깥에서 외적 형식으로 주어진다. 그러나 주어지는 아이콘은 언제나 충일을 가장한 가짜이다. 그것을 알면서도 산업사회의 개인들은 그 아이콘을 향해 넋을 빼고 살아간다.

(『거품 아래로 깊이』, 266쪽)

김정란의 에세이에 나타난 글쓰기는 한 마디로 '지적 구축과 내적 직접성의 통합'을 꾀한다. 그녀는 신과 아버지, 그리고 이데올로기의 권위가 사라진 시대에, 한국 사회를 지배해 왔던 단일한 반공 이데올로기가 무너진 시대에 작은 말들이 무수하게 솟아나오고 있음을 관찰하고 이를 말의 '귀환'으로 해석하고 있다. 『거품 아래로 깊이』와 『말의 귀환』에서 김정란은 지식인의 역할과 문화의 중요성을 역설하면서, 한편으로는 권력과 유착된 거짓말의 거품을 걷어냄으로써, 또 다른 한편으로는 주변부로 밀려났던 '여자의 말' '미친 말' 들의 위상을 복원시킴으로써 자신도 지식인으로서의 소임을 다할 수 있을 것이라고 확신한다.

요컨대 여성으로 말하는 것은 여성의 생물학적 본질에 대한 오해를 바로잡는 일이며, 그것의 긍정성을 사회 안에서 올바르게 구현하는 일이다. 이를 위해, 여성의 역사 다시 쓰기는 다음의 두 가지 작업을 통해 현실화될 수 있을 것이다. 첫째, 아버지의 법이 무시한 '어머니'와의 관계를 복원함으로써 여성의 근본을 다시 밝히는 일과, 둘째 권력 투쟁의 장인 사회 담론에 뛰어들어 지배적인 담론을 교란시키고 새롭게 구성하는 일이 그것이다. 최근의 여성 에세이는 시적인 글쓰기, 그리고 대화적인 글쓰기를 지향함으로써 그러한 전략을 구체화한다.

▋ 3. 시적 언어의 활용

최근 여성 에세이의 가장 두드러진 특징은 시인의 글이 많다는 점이다. 에세이는 본래 산문문학의 한 갈래이며, 문장 수련이나 인생의 달관, 격조 등을 중요시하는 장르로 이해되어 왔으나 최근에 여성 시인들이 에세이 쓰기에 본격적으로 가세하면서 에세이는 운문적인 성격을 많이 띠게 되었다. 여성 에세이에 나타나는 시적 특질은, 여성의 말이 여성의 상황이나 경험을 실어 나르는 수단이 되지 말고 여성의 경험 그 자체여야 한다는 자각과 연관되어 있다. 지금까지 남성은 자기 언어의 틀에 맞추어 세계를 창조해 왔다. 반면에 세계의 창조나 경영에 적극적으로 관여하지 못한 여성은 말이 되어보지도 못한 자신의 무정형의 소리 덩어리를 조용히 목젖 아래에 가두어 두어야만 했다. 글을 쓰는 여성들이 주로, 침묵을 강요받았던 자신의 경험에 관심을 기울여온 것은 그러한 이유 때문이다.

그런데 최근의 여성 에세이는 강요된 침묵보다는 침묵을 강요당하기 이전의 침묵에 주목하고 있다는 인상을 준다. 침묵은 상황적 조건에 따라 여러 갈래의 성격으로 갈린다. 첫째 사회적 의사소통을 거절하는 수단으로서의 침묵, 둘째 외부의 억압에 의해 강요받은 침묵, 셋째 침묵을 강요받기 이전의 침묵이 그것이다. 자발적인 침묵은 일종의 권리 행사로서, 나름대로 세계를 해석한 이후에야 할 수 있는 선택이다. 그러나 강요된 침묵에는 해석도 선택도 배제되어 있다. 역사적으로 볼 때, 여성은 자신의 선택에 의해서가 아니라 외부의 압력에 의해서 말할 권리를 박탈당해 왔으므로 여성이 이러한 침묵을 문제삼는 것은 곧 억압의 주체와 억압의 방식을 문제삼는 것이나 다름없다. 80년대 이후의 여성문학이 주로 이 두 번째 의미의 침묵을 복원시키는 문제에 관심을 집중시켜 왔음은 주지의 사실이다. 그러나 앞서 말한 바와 같이 최근 들어서는 여성이 침묵을 강요받기 이전의 침묵에 관심을 기울이기 시작했는데, 그것은 그 침묵 속에 여성성의 긍정적인 자질들이 고스란히 간직되어 있다는 자각에서 비롯된 것이다. 언어로 발화되지 못한 침묵은 그 실체를 증명할 수 없으므로 무가치한 것이라고 여겨지기 십상이다. 그러나 무의식이 언어화되어 있듯이 침묵 또한 언어화되어 있으며, 침묵의 언어는 다만 보편적인 목소리를 얻지 못했을 따름이지 여전히 주체 고유의 것으로서 그 주체 존재를 구성하고 있다고 볼 수 있다. 『말의 귀환』에서 김정란이 '여자의 말'을 가지라고 하면서, 여성에게 오히려 침묵하기를 권유하는 것은 여성의 존재를 구성하고 있는 그 침묵의 내용이 얼마나 풍요로운지를 깨닫고 있기 때문일 것이다.

나는 오히려 침묵을 권하고 싶다. 침묵하라니? 그렇다면 그건 앞서 당신이 비난했던 인어공주처럼 하라는 뜻이 아닌가? 아니, 전혀 그런 뜻이 아니다. 일상생활 안에서는 당당하고 분명하게 자기 자신의 의사를 밝혀야 한다. 수다까지 권할 생각은 없지만, 해야 할 말까지 하지 말라는 말은 아니다. 언제 어디에서나 분명하게 자신의 의사를 밝혀야 한다. 내가 권하는 침묵은, 일상적이 의미의 언어 생활과 전혀 상관없는 아주 내밀한 내면의 언어 생활과 관련되어 있는 침묵이다. 여성은 누구나 자신의 안에 아주 고요한 깊은 내면을 가지고 있다. 그 내면의 언어는 침묵으로 이루어져 있다. 그러나 그 침묵은 신비한 말들로 가득 차 있다. 오히려 시끄럽기마저 하다. 그 깊은 내면과 대화하는 방식을 배워야만 진실로 '여자의 말'을 가지게 된다. 그 말을 배우기 위해서는 어떤 교육도 교양도 필요 없다. 여성들은 타고난 특별한 자질에 의하여 누구나 다 자신의 몸 속에 그 특별한 언어의 기억을 가지고 있다.

(『말의 귀환』, 99쪽)

불어로 침묵 앞에는 남성형 관사가 붙는다. 가스통 바슐라르도 침묵 (le silence)이라는 말이 남성적인 견고함을 얻게 된 것은 우리들이 그것에 명령법을 사용하기 때문이라고 보았다. 바슐라르는 침묵은 본래 여성적인 것으로서, "그 공간을 남성적인 것으로 바꿔놓은 것은 그것의 풍요함을 모욕하는 것"[7]이라고 말하고 있다. 이는 여성적인 '풍요함'으로 간주된 침묵의 정체를 해명하는 것이야말로 여성성 해독의 열쇠가 될 것임을 시사하는 말이다. 여성의 말이 생생한 육성을 얻기 시작하는 것은 '아버지의 법'으로 명명되는 권위적인 언어의 절대성을 회의하게 되는 순간부터이다. 그것은 침묵을 강요받기 이전의 침묵, 즉 '아버지의 법'이 아직 작동하지 않은 전오이디푸스 단계의 언어로 되돌아가는 것이다. 여성의 말이 산문적이기보다는 운문에 가까운 이유는 이러한 사실에 닿아있다.

전오이디푸스 단계의 여자 아이는 어머니와의 상상계적 일체감 속에서 순수한 욕망을 느낀다. 프로이트는 성기능에 쓰이는 리비도는 '오직 하나'임을 강조하고 "여성적인 리비도라는 분류는 어떻게 해도 정당화될 수 없다"[8]고 부언함으로써 그 유일한 리비도는 남성적인 것이라고 단언하였지만, 프로이트에 의해 무시된 모녀간의 전오이디푸스적 관계

의 회복이야말로 여성성 회복의 전제가 되어야 함은 물론이다. 여성 작
가들이 여성의 글쓰기는 몸을 쓰는 것이며 자아를 쓰는 것이라고 강조
하는 것도 이와 같은 맥락에서 연유한다. 『여성이 글을 쓴다는 것은』에
서 김혜순이, 여성의 말은 어머니의 말이며, '자연'인 자신을 표현하는
것이라고 강조하는 것 또한 이 때문이다.

> 내가 말한다는 것은 내가 나를 낳아준 어머니의 목소리로 말한다는
> 것이 아니라, 내가 내 아이를 낳은 어머니의 목소리로 말한다는 것이 아
> 니라, 내가 내게 유전자를 하사해준 생물학적 통로로서의 어머니를 말
> 한다는 것이 아니라 어머니로서의 입장, 어머니로서의 역할을 수행한다
> 는 의미이다.
>
> (『여성이 글을 쓴다는 것은』, 84쪽)

'어머니'는 전오이디푸스 단계의 어린 아이의 환상을 지배하고 있는
인물로서, 이름짓기와 문법이 허용되지 않는 공간이다.9) 그 힘과 사랑
이 넘치는 어머니로부터 여성성을 직접적으로 이끌어낼 수 있다는 점
에서는 그것은 여성의 위상을 바꿀 수 있는 중요한 단초가 된다. 그러
나 상상계 속의 만족은 공허하고 위태로울 수가 있다. 그것은 자칫 사
회적으로 아무런 반향도 일으키지 못하는 혼자만의 수음이 될 수 있기
때문이다. 여성의 말이 권리를 회복하기 위해서는 억압의 원천이 존재
하는 현실 위에 발을 디뎌야 한다. 그런 의미에서 상상계의 언어를 상
징계에 끌어들인 이리가라이나 크리스테바의 통찰은 매우 의미심장하
다.10) 여성이 에세이를 통해 시적인 언어를 구사하는 것 또한 상상계의
흔적을 건져올리는 것이지 결코 상상계 안으로 파고드는 것은 아니다.
물론 여성이 궁극적으로 바라는 것은 운문의 형식을 빌리지 않아도 되
는 여성 자신의 고유한 말을 갖는 것이다. 그러나 현실적으로 여성이

남성과 전혀 다른 언어체계를 구축한다는 것은 불가능하다. 여성의 말은, 그것이 독백이든 저항 담론이든 광언이든 결국, 남성의 언어를 빌려 쓸 수밖에 없는 것이다. 그런 점에서 여성이 잠재의식이나 침묵 속에 가두어둔 말을 꺼내고, 어머니의 말을 하려는 것은 현실에서 이탈하지 않으면서도 남성의 논리를 모방하지 않으려는, 일종의 타협책이나 다름없다.

▌4. 대화를 통한 존재의 구축

일반적으로 에세이는 시, 소설과 더불어 문자로 기록되는 기록문학으로 이해되고 있지만, 여성 에세이는 대화와 관계를 지향한다는 점에서 구비문학적 속성을 강하게 지닌다. 앞에서 살펴본 에세이의 운문적 성격이 상상계의 흔적을 탐색하고 있는 것이라면, 그것이 공허한 독백에 빠지지 않도록 하는 것이 바로 이 대화적 속성이다.

주체가 상징계를 받아들이는 것은 선택을 초월한 문제이다. 정상적인, 또는 상식적인 삶을 영위하기 위해서 인간은 상상계에 계속 머물러 있을 수가 없다. 상징계적 질서 안에서 여성이 할 수 있는 일은 기표의 자유로운 놀이를 통해서 의미 생산의 장을 열어놓음으로써 가부장적인 언어의 감옥을 열어제치는 것이다.[11] 그 기표의 놀이를 지속시키고 확장시키는 작업에 수반되는 것이 대화이다. 왜냐하면 대화적 언술은 기본적으로 가치의 다원화를 추구하기 때문이다. 에세이에 속하는 글쓰기 중에서도 특히 편지와 자전적 글쓰기는 지극히 개인적이고 접촉성이 강한 언어를 질료로 삼으면서도 타인과의 소통을 지향한다는 점, 그리고 궁극적으로는 관계의 발전을 도모한다는 점에서 대화를 지향하는 여성과 이상적으로 만난다. 『말의 귀환』에서 김정란은 박근혜 의원을 소재로 한 글을 편지 형식으로 쓰고 있는데, 이러한 말하기 방식을 김정란은 다음과 같이 '여자의 말'이라고 규정하고 있다.

> 신문 칼럼이라는 공적인 언어의 장소에 이렇게 편지 형식의 개인적인 어법으로 글을 쓰는 것이 옳은지 어떤지 잘 모르겠습니다. 그러나 이 지면은 여성신문이고, 여성들의 말하기 방식은 남성들의 말하기 방식과 사뭇 다르다는 점이 저에게 용기를 내게 하는군요. 여성들은 딱딱한 바깥의 언어로 선언하지 않지요. 여성들은 내밀한 안의 언어로 상대에게 말을 걸고 소통을 구합니다. 여성들의 말은 가상의 청자를 상정합니다. 그녀들의 언어는 상대방에게 아주 가까이 다가가 관여하는 언어입니다. 그래서 저는 언니(이런 호칭도 이해해주시겠지요?)에게 정말로 말을 거는 형식으로, 여자의 말로 글을 쓰고 싶었습니다.
>
> (『말의 귀환』, 244쪽)

편지글이 '여자의 말'에 가까운 이유로 가장 쉽게 떠올릴 수 있는 점은 그것이 말의 논리성이나 통일성이라는 중압감에서 벗어나 자유롭게 내면의 욕망을 드러낼 수 있다는 점일 것이다. 오랜 시간 동안 여성은 일상사에서 쉽게 벗어날 수 없다는 상황적 조건 때문에 사적인 존재로 규정되어 왔다. 여성이 이처럼 주변적이고 파편화된 일상을 경험하고 있다는 것은 여성의 글이 비논리적이거나 단상에 가깝다는 점을 이해할 수 있게 해준다. 그런 점에서 편지는 여성의 어법을 비교적 잘 흉내낼 수 있는 글쓰기 방식이라 할 수 있다. 그러나 무엇보다도 편지가 지닌 가장 본질적인 특징은 특정한 수신자를 상정해놓은 글쓰기라는 점일 것이다. 특별히 이 점에서 편지는 일방적이고 단정적이기보다는 대화적이고 유보적인 언술을 지향하는 여성의 말을 닮아 있다.

자서전은 편지처럼 적극적인 소통을 구하지는 않지만 타인을 향해 자기 삶의 편력을 드러내어 공감을 구하고 있다는 점에서 역시 대화적이다. 여성의 에세이는 넓은 의미에서 여성의 자서전이다. 여성 작가가 자전적 진술 속에서 자아를 재발견하고 싶어하는 것은, 편지와 마찬가지로 이 진술 방식이 다른 방식의 글쓰기에 비해 비교적 내적 욕망을 좀더 충실히 재현할 수 있기 때문이다. 다음의 글에서도 알 수 있듯이 남성과 여성의 자서전은 뚜렷하게 차이를 보인다. 사회적으로 성공한 남성의 자전적인 글은 아름다웠던 과거의 추억과 자기 도취의 산물로 나타나지만 여성의 자서전은 자기 정체성의 모색에 기여하는 것이다. 정체성은 주로 경험에 대한 반성적 성찰을 통해서 얻어지는데, 그것은 지나간 일을 종결시키거나 봉합함으로써 구해지지는 않는다. 여성에게 있어 정체성의 탐색은 지속적으로 완성해가야 할 미해결의 과제이다. 이는 여성의 자서전에서 다루어지는 경험이 대부분 대인 관계적이라는 점과 무관하지 않다.

> 자서전은 원래 공중이라는 독자를 향해 작가의 공적인 삶을 이야기하는 남성 중심의 문학장르로 규정되어 왔다. 그러므로 여성이 자서전 혹은 자전적 형태의 글을 쓸 경우 남성과 남성이 이룩한 문화의 장 속에서 타자로 지칭되어 온 여성의 자아는 남성에 비해 보다 절실한 존재론적 물음에 직면하게 된다. 자신의 정체성을 찾기 위한 이러한 물음은 곧 자아표현의 욕구와 연결되고 이때 적절한 글쓰기로써 자전적 방식이 채택되는 것이다.[12]

여성은 자신의 경험이 과거의 시간에 갇히기보다는 현재와 미래의 경험을 통해 끊임없이 재해석되고 산종(dissemination)되고 분산되기를 희망하는 것이다. 김혜순이 『여성이 글을 쓴다는 것은』에서 제안하고 있는 여성의 글쓰기 방식도 이와 밀접한 관련을 맺는다. 바리데기 연희는 연희자가 그것을 구연할 때마다 단골들과의 새로운 관계망 속에서 새로운 이본을 탄생시키게 되는데, 김혜순은 이 점에 주목하여 바리데기가 구연될 때마다 타자(독자)를 통한 역방향의 창작이 텍스트 내부에 개입하게 된다는 사실을 강조한다.

> 하나씩 같으면서도 다른 무가 속엔 같으면서도 다른 여성이 경험이 부가되고 또다시 만들어지고 해석된다. 그 하나씩의 다른 이본들 속에서 하나씩이 여성 주체가 솟아오르고, 그 주체의 경험적 내용이 정치성을 노정한다. 그러므로 수많은 바리데기 텍스트들의 각기 다른 여성 주인공들은 그 노래가 불리는 현장에서 여성적 담론이 실천을 은밀히 도모하게 된다. 나는 「바리데기」의 그 수많은 텍스트들, 그리고 그 다양한 산포의 모양을 좋아한다.
>
> (『여성이 글을 쓴다는 것은』, 35쪽)

바리데기 설화가 구연되는 동안 오구대왕은 어느새 타자로 자리바꿈을 하게 되는데, 이 과정에서 김혜순은 가부장제 여성들의 은밀한 전복적 욕망을 발견한다. 바리데기의 구약 여행도 여성적 정체성을 획득하는 과정을 그리는 여행이면서, 동시에 사랑을 통해 자신의 타자성을 벗어나고자 했던 여성적 욕망을 드러내는 여행이 되는 것이다.

오늘날 여성의 에세이가 궁극적으로 소망하는 것 또한, 이처럼 여성의 경험에 새로운 경험을 부가시킴으로써 새로운 이본을 창출하고, 나아가 여성의 실존 상황을 전복시키고, 그리고 더 나아가서 새로운 전망을 얻고자 하는 것이다.

▌5. 여성의 말의 기원과 표상

여성은 자신의 내부를 깊이 들여다보면 볼수록 더욱 극심한 분열을 느낀다. 오랜 세월동안 남성 중심적으로 사고하고 남성의 가부장적 사고를 자신의 본성으로 내재화해 왔기 때문에, 여성은 또 하나의 자신인 내면의 소리와 마주쳤을 때 몹시 낯설어하고 심지어 그것을 부정하기까지 한다. 용케 또 하나의 자신과 화해하고 그 존재를 인정하게 될지라도, 그 내면의 소리라는 것은 온전히 여성만이 알아들을 수 있는 종류의 것이어서 남성에 의해 구축된 세계 안에서는 그 소리를 표현할 수 있는 적당한 말을 찾을 수가 없다. 어쩌다 발화를 시도하면 그것은 세상 속에서 병든 목소리로 취급되고, 다만 다를 뿐임에도 불구하고 그것은 그 차이를 인정받지 못하여 마침내 광기로 취급되기도 한다.

> 우리가 정신이라고 믿었던 것 속에는 누군가에 의해 조종되어온 수많은 감각의 집적이, 그것의 관념화가 굳은살처럼 박혀있지 않은가. 그 속에서 분열된 의식들이 소리치지 않던가. 그런 것을 느끼자 몸 속의 누군가가 저 혼자, 심리적이고 육체적인 박탈에 병으로 항의한다. 그것을 그들은 병이라고 부른다. 혹은 광기라고도 부른다. 그러기에 이 세상에서 고착된 상징적 의미를 풍기는 언어로는 도저히 여성의 몸이 병들어 내지르는 목소리를 옮겨 실을 수가 없다.
>
> (『여성이 글을 쓴다는 것은』, 110쪽)

오늘날 여성에게 주어진 과제는 여성 고유의 언어를 새로 만들어내는 것이 아니라 여성의 섬세한 경험들을 더욱 충실하게 증언하는 일이다. 그런데 그것은 필연적으로 심각한 갈등을 초래한다. 왜냐하면 남성적인 담론을 모방하는 한은 결코 여성의 경험을 온전히 표현할 수가 없는데, 그렇다고 남성의 언어를 빌리지 않는다면 그 말은 도무지 알아들을 수가 없게 되어버리기 때문이다. 이러한 딜레마가 그대로 노출될 때 여성의 언어는 광기의 언어, 망설임의 언어가 된다. 이 글에서 다루고 있는 여성 에세이들은 지극히 지적인 사유의 산물이므로 이들의 화법을 텍스트로 삼아 여성 언어의 특징을 살피기는 어려우나, 이들이 공통적으로 거론하고 있는 '미친 말'(김정란)이나 '여성성에 들린 말'(김혜순)은 여성의 언어를 해명하는 데 있어서 핵심적인 단서가 된다.

광기의 언어는 상상계와 상징계의 불화와 충돌을 의미한다. 그래서 크리스테바는 전오이디푸스 단계의 어머니상과 강한 유대감을 가진 여성이 자신의 '무의식의 발작적 힘'을 상징질서를 폭발시킬 정도로 발산시키면 주체가 광기에 빠지게 된다고 말하고 있다.[13] 김혜순이 광기의 언어의 심리적인 메커니즘을 설명하면서 여성이 이러한 언어를 구사하게 되는 순간을 '여성성에 들린다'[14]고 표현한 것도 이와 무관하지 않다. 여성성에 들리는 순간, 여성은 자신의 내부에 실재하는 것을 실재하지 않는다고 말하는 자신과 싸우는 또 하나의 자신을 느끼게 되고, 마침내 이 싸움을 온전히 묘사할 수 없는 자신의 혀에 절망하게 되는 것이다. 억압되었던 여성의 말이 발화되는 방식은 남성들이 전유해온 말과는 다른 방식을 취하기 때문에 가부장제적 질서 속에서 그것은 혼란이나 광기로 인식되고 그 차이는 곧바로 차별의 근거가 된다. 이처럼 광기의 언어가 상징계와 상상계의 충돌 때문에 나타나는 언어 현상이라면, 망설임의 언어는 상상계와 상징계의 경계에 거처는 언어이다. 그것은 상상계라는 피신처에 안주하지 않으면서 '아버지'의 합리적인 문법 또한 선뜻 허락하지는 못하는 말이다. 단선적인 남성 언어의 사용을 유보하는 이 말에는 남성에 의해 거부된 여성의 욕망, 낯선 대상에 대한 공포의 감정이 혼재되어 있다. 이렇게 비논리적이고 분절된 상태로 발화되는 망설임의 언어도 결국 논리를 앞세운 남성의 언어 앞에서는 열등한 언어로 취급될 수밖에 없다.

　여기서 우리가 간과해서는 안 되는 점은 이러한 광기, 망설임, 실언 등이 증상이나 꿈과 마찬가지로 결국은 '타자를 향한 메시지'[15]라는 점이다. 억압에 의해 무의식에 가두어진 생각이나 기억들은 왜곡된 증상으로나마 본래의 위치를 되찾고 싶어한다. 그러므로 증상처럼 나타나는 여성의 언어는 억압에 대한 저항이며, 억압되기 전의 경험과 욕망에 대한 무한한 애착의 표현이라고 볼 수 있다. 여성의 언어를 이해하는 데 있어서의 가장 큰 장애는 여성의 말을 비논리적이다, 광기의 언어다, 망설임의 언어다 라고 규정만 할 뿐 그것의 건강성을 인정하지 않으려 하는 데 있다. 에세이를 통해 여성이 말하고자 하는 것은, 여성의 어눌하고 뒤틀린 말에서, 그 증상들 속에서 풍부한 메시지들을 읽어달라는 것이다. 중요한 것은 표상이 아니라 그렇게 밖에 표현될 수 없는 그것의 기원이기 때문이다.

▌ 6. 정리

　여성과 '여성의 말'에 대한 관심이 급격히 확산된 데에는 사회의 지배규범에 이의를 제기하고 주변성에 관심을 기울이기 시작한 포스트모더니즘의 영향이 크다. 여성 문제에 대한 초기의 논의는 여성이 처한 사회적 상황을 담론화 하는 데 관심을 집중시켰기 때문에 왜 여성이 말을 해야 하느냐는 질문을 중요한 화두로 삼았지만, 이제 그 관심은 여성의 생존 전략을 논의하는 것으로 이어졌다. 구체적으로 그것은 여성의 '혀'의 기능을 회복시키는 노력으로 구체화되었다.

　에세이는 구체적인 삶을 소재로 하며, 형식과 논리로부터 자유로운 글쓰기이다. 에세이의 이러한 특징은 여성에게 매우 친근하다. 여성은 자신이 접촉하고 있는 일상의 경험을 낱낱이 드러냄으로써 자기 존재를 증명하고 싶어하기 때문이다. 과거에 에세이는 남성들의 전유물처럼 여겨졌다. 여성은 지식과 권력을 독점한 남성들로부터 '타자'로 취급되어 말할 권리를 거부당해 왔기 때문에 글을 쓰는 일로부터도 배제되었다. 에세이는 그것을 전유하는 주체가 누구이냐에 따라 사회의 지배적 담론의 성격을 드러내는 지표가 되어 왔기 때문에, 오늘날 여성 에세이가 범람하고 있는 현상은 사회구조 변화의 한 징후로 여겨진다.

　이 글에서는 김정란의 『말의 귀환』과 김혜순의 『여성이 글을 쓴다는 것은』을 중심으로 여성 에세이에 나타난 여성적 글쓰기의 특징을 살펴보았다. 김정란은 여성의 말이 비록 분열되고 파열된 상태로 발화되더라도, 그래서 심지어 '미친' 언어로 취급될지라도 남성적 언어에 동화되지 말고 그 다양성을 끝까지 지켜야 한다고 강조하고 있고, 김혜순은 '바리데기 연희'를 구연하듯, 여성의 말도 대화를 통하여 끊임없이 여성성을 창조하고 완성해가야 한다는 점을 강조한다.

　이들의 에세이를 통해 크게 두 가지의 여성적 글쓰기의 특징을 찾아볼 수 있었는데, 하나는 시적 언어를 활용하고 있다는 점이고, 다른 하나는 구비문학적 속성을 지니고 있다는 점이다. 여성 에세이의 운문적 속성이 강해지면 그것은 상상계적 언어, 혼자만의 언어에 머물기 쉽다. 이러한 약점을 보완하는 것이 에세이가 지닌 또 다른 성격, 즉 대화적 속성이다.

　그러나 여성의 말이 기본적으로 다성성을 전제로 하기 때문에 여성적 글쓰기의 전범을 제시하기는 어렵다. 이 점은 여성의 말이 지닌 가능성을 암시하는 것일 수도 있고 한계일 수도 있다. 오늘날 여성에게

주어진 과제는 새로운 여성의 언어를 만들어내는 것이 아니라 여성의
섬세한 경험들을 적극적으로 드러내는 일이다. 그리고 그보다 더 중요
한 것은 겉으로 드러난 여성의 말과 글에서 풍부한 메시지를 읽어내는
일이다.

1) 여성 작가의 에세이 못지 않게 많은 남성작가의 에세이들이 근자에 쏟아져
　 나왔음은 주지의 사실이다. 그러나 과거에 비해 여성 에세이의 양이 상대
　 적으로 많아졌고 그 양식 또한 다채로워졌다는 점은 특별한 주의를 요한
　 다. 나혜석의 「이혼고백서」를 비롯하여, 박완서나 김승희는 이미 오래 전
　 부터 다수의 에세이집을 출간한 바 있으며, 최근에는 공지영의『상처없는
　 영혼』, 신경숙의『아름다운 그늘』과 같은 자전적 에세이뿐 아니라 강석경
　 의『능으로 가는 길』과 같은 기행 에세이, 신현림의『나의 아름다운 창』과
　 같은 영상 에세이, 김정란의『말의 귀환』과 같은 사회비평 에세이 등이 가
　 세하여 실로 에세이 장르의 전성기를 이루는 데 중요한 몫을 담당하였다.
　 이 글은 여성의 '말'의 구체성을 살피기 위해 김정란의『거품 아래로 깊이』
　 (생각의 나무, 1998),『말의 귀환』(개마고원, 2001), 김혜순의『여성이 글
　 을 쓴다는 것은』(문학동네, 2002)를 대상으로 하였다.
2) 뤼스 이리가라이, 이은민 역, 『하나이지 않은 성』, 동문선, 2000, 34쪽.
3) 프로이트, 임홍빈·홍혜경 역, 『새로운 정신분석 강의』, 열린책들, 1996,
　 183쪽.
4) 「성의 해부학적 차이에 따른 심리적 결과(1925)」(『성욕에 관한 세 편의 에세
　 이』, 김정일 역, 열린책들, 11~24쪽), 「여성의 성욕(1931)」(『성욕에 관한 세
　 편의 에세이』, 위의 책, 197~223쪽), 「여성성(1933)」(『새로운 정신분석 강의』,
　 위의 책, 158~192쪽) 참조.
5) 뤼스 이리가라이, 앞의 책, 176쪽.
6) 콜린 고든 편, 『권력과 지식 - 미셀 푸코와의 대담』 나남, 1991, 117쪽.
7) 가스통 바슐라르, 김현 역, 『몽상의 시학』 기린원, 1989, 56~57쪽.
8) 프로이트, 『새로운 정신분석 강의』, 앞의 책, 187쪽.
9) 토릴 모이, 임옥희·이명호·정경심 공역, 『성과 텍스트의 정치학』 한신문
　 화사, 1994, 134쪽 참조.
10) 이리가라이는 상징계에서 감지된 여성의 언어를 '액체성'(이리가라이, 앞의
　 책, 147쪽 참조)의, 유동적인 것으로 보았고, 크리스테바는 코라(chora, 그
　 리스어로 폐쇄된 공간, 자궁을 의미하는 말)의 언어, 즉 모순, 무의미, 파
　 열, 침묵, 부재 등(토릴 모이, 앞의 책, 19쪽 참조)으로 파악했다.
11) 토릴모이, 위의 책, 126쪽 참조.
12) 강금숙, 「불과 눈으로 빚는 글쓰기-겨울의 환에 대한 여성적 독서」, 『여성
　 의 글 여성의 삶』, 국학자료원, 1999, 299쪽.
13) 토릴 모이, 앞의 책, 14쪽 참조.

14) 김혜순, 앞의 책, 19쪽.

15) 브루스 핑크, 맹정현 역,『라캉과 정신의학』, 민음사, 2002, 201쪽.

여성의 자기서사 자기표현

제6장 동화 : 공선옥 『상수리나무집 사람들』

위안부 역사의
동화적 재현

▌ 1. 계몽과 소통

　동화는 어린이의 인성 계발과 지적 성장을 도모한다는 점에서 계몽
담론에 속한다. 계몽의 방법론적 전략으로는 환상적 소재가 활용될 수
도 있고 현실적 소재가 활용될 수도 있다. 환상성과 사실성은 상보적 관
계에 있으면서도 어느 한 쪽의 강화가 다른 쪽의 약화를 동반하게 마련
이어서 하나의 이야기 속에서 조화롭게 양립하기 어렵다. 마치 성인문
학이 정치사적 변화의 국면마다 예술성과 사회성의 길항을 놓고 논전을
거듭해 온 정황과 유사하다. 이는 문학이 오락성과 교훈성이라는 양면
성을 본원적 기능으로 하는 데서 초래된 태생적 갈등이라 하겠다. 공선
옥의 장편 동화 『상수리나무집 사람들』(2005)이 주목되는 이유는 동화
를 통한 계몽의 수위를 생각해보게 하기 때문이다. 이 동화는 '위안부'
역사라는, 어린이가 감당하기 어려울 것으로 보이는 소재를 채택하고

있다. 위안부 문제를 문학적으로 형상화하는 것은 그 자체만으로 보았을 때 망실된 역사를 복원한다는 측면에서 가치론적 함의를 지닌다. 그러나 그것을 동화로 구성할 때는 사정이 달라진다. 위안부 문제는 어린이의 표현방식으로 이야기하는 것이 어른들의 언어로 말하는 것보다 훨씬 어렵고 수고스럽다. 어린이의 단순한 화법에 접근하기 위해서 어른들은 역설적이게도 역사와 사회, 그리고 현실 문제의 본질을 깊이 있게 통찰하고 시야를 확대하지 않으면 안 된다. 더욱이 위안부 역사는 가해국의 증거 인멸로 어른들조차 그 진실을 온전하게 파악하지 못하고 있는 형편이다. 국제사회의 권력관계, 식민지 여성에 대한 이중적 착취구조 등도 총체적으로 이해하지 않으면 위안부 여성의 문제는 핵심에 접근하기 힘들다. 그렇다고 해서 그것이 동화의 소재로서 부적합하다고 단정하기는 어렵다. 동화의 교육적 가치를 고려해볼 때, 어린이들이 공감할 수 있는 수준으로 가공할 수만 있다면 비록 어린이에게 낯설고 어려운 소재라 할지라도 필요에 따라 자주 접촉하게 하여 친근한 문제로 바꿔줄 필요도 있다.

공선옥은 위안부 문제를 여성의 관점에서, 그리고 생태주의적 관점에서 접근함으로써 그것이 지닌 정치사적 함의를 최소화하는 전략으로 동화 『상수리나무집 사람들』을 쓰고 있다. 그러한 발상은 공선옥으로서는 지극히 자연스러운 것이다. 공선옥의 문학세계는 90년대에서 새로운 세기로 넘어오면서 뚜렷한 변화를 보인 바 있다. 공선옥은 「씨앗불」(1991)에서 출발하여 「목마른 계절」(1993), 「내 생의 알리바이」(1994) 등을 거치면서는 '광주'로 상징되는 사회적 폭력과 그로 인한 여성의 피해의식을 깊이 있게 천착했고, 산문집 『자운영 꽃밭에서 나는 울었네』(2000)와 장편 소설 『수수밭으로 오세요』(2001)에서부터는 생태의식을 분명히 드러내며 대안적 가족형태를 모색했다. 특별히 『수수밭으로 오세요』는 동화『상수리나무집 사람들』의 원형적 형태라 할 만한 작품이다.

『상수리나무집 사람들』은 무엇보다도 어린이들과의 생태적 소통을 행복하게 수행할 수 있도록 위안부 소재를 효과적으로 가공하는 것이 관건이 될 터인 바, 우선 '생태적 소통'의 조건을 생각해 볼 필요가 있다. 계몽이라는 말은 근대 이성을 기초로 한 것이며 주체가 객체를 대상화 함으로써만 성립되는 말로서, 이는 글쓰기의 주체인 어른과 어린이 독자를 수직적 관계에 각각 고정시킨다. 이 불평등한 관계 속에서 어린이는 계도의 대상이 될 뿐이므로 이야기에 능동적으로 개입할 수 없다. 피드백을 차단한 일방향적 구도는 아이들의 정서적 감응을 반감시키게 될 것이다. 이를 극복하기 위해 작가는 어린이 독자와의 유기적 관계를 상정하고 상호적이고 관계적인 소통을 목표로 글쓰기에 임해야 한다.

▌ 2. '집'이라는 생태적 환경의 은유

『상수리나무집 사람들』의 주요 활동 무대인 '상수리나무집'은 남성적 중심이 제거된 곳이자 여성의 원리가 작동하는 곳이다. 공선옥은 「홀로 어멈」(2000), 「이유는 없다」(2001) 등에서 억척스러운 여성 가장의 모습을 보여준 바 있다. 여성 가장을 정점으로 한 모계 가족 이야기가 작품에서 자주 다루어지면서 여성성, 모성에 대한 언급도 빈번해졌었다. 통상적으로 여성의 원리는 출산과 양육을 특징으로 하는 것으로 이해되지만 공선옥은 특별히 양육에 주목해왔다. "굳이 내 자식이 아니라도 세상의 모든 '불쌍한 것들'을 향해 열려있는 세상의 모든 어미된 이의 마음들"[1]을 여성 원리의 핵심이라고 생각한 것이다. 물론 '불쌍한 것들'

이란 타자화된 것, 도구화된 것, 열등하고 미약한 것을 이르는 것이니, 사실상 공선옥은 여성성의 회복이라기보다는 인간성의 회복을 '어미'라는 언표로 대신하고 있었던 것이다. 『상수리나무집 사람들』의 주인공인 옥주 할머니와 용화 할머니의 몸은 강압과 강제에 의해 여성으로서의 생리적 기능이 왜곡된 상태이다. 그러나 생식 능력을 박탈당한 몸이 여성성을 상실한 몸일 수는 없다. 두 할머니의 불임은 사회적 폭력의 증거이며, 그녀들의 몸은 오히려 모든 생명을 긍휼히 여기고 보살피는 여성의 내재적 가치가 더욱 강화된 몸이다. 한 번도 강압과 강제를 행사하지 않은 당당함으로 두 할머니는 보란듯이 새로운 공동체를 건설한다.

『상수리나무집 사람들』은 옥주 할머니가 방을 구하러 다니는 대목부터 시작된다. 생태를 뜻하는 '에코(eco)'가 '집'을 의미하는 희랍어 '오이코스(oikos)'에서 왔다는 사실로 미루어볼 때, 집은 가족의 생명을 지키고 보살피는 장소이며, 그런 점에서 여성적 본성이 발휘되는 곳이다. 옥주 할머니가 거처하게 될 '상수리나무집'이 바로 그러한 속성을 이상적으로 구현한 장소이다.

> (옥주) "혹시 방 내놓은 거 있나요?"
> (용화) "사람 들면 방이요, 사람 나가면 한데(바깥)이지, 방이 별거랍니까?"
>
> (『상수리나무집 사람들』, 14쪽)

용화 할머니의 '방'에 대한 철학에는 세속적 가치가 제거되어 있다. 방의 존재 조건이 사람이 깃드는 것으로 규정되고 있듯이, 용화 할머니의 방은 재화로 획득되는 것이 아니라 사랑으로 조성되고 완성되는 곳이다. 옥주 할머니를 비롯해서 시각 장애인 길수와 그의 아들 별이, 미군부대에서 일하던 영화와 그녀의 딸 송이가 들어와 살게 되면서 상수리나무집은 버려진 생명을 거두고 상처받은 영육을 돌보는 회생의 장소가 된다. 떠돌이 노동자가 고아인 조카와 함께 살아갈 움막을 짓는 이야기인 「타관사람」(1998), 소음의 도가니인 도시의 아파트와 시골집들을 대비시켜 생태의식을 드러낸 「한데서 울다」(1999), 남편과 이혼하고 아이들을 데리고 폐교로 들어가 신산한 삶을 꾸려가는 어미의 이야기인 「홀로어멈」(2000) 등에서 보여주고 있는 '집'에 대한 가치관으로 짐작해 볼 수 있듯이 공선옥에게 방 또는 집은 생태적 환경의 은유라 할 수 있다. 그녀가 그리는 집은 집의 외양으로 보나 집이 놓인 자리로 보나 그다지 특별할 게 없다. 그저 상수리나무집이나 영구임대 아파트처럼 도처에 널려있는 흔하디흔한 곳일 뿐이다. 그 곳을 특별하게 만드는 것은, 용화 할머니 말대로 그 곳에 모여드는 '사람'이다.

세상을 떠돌다 마침내 상수리나무집에 몸을 부리게 된 옥주 할머니, 길수, 영희는 모두 불우한 인생 내력을 지녔다. 옥주 할머니는 어릴 때 동네 아이들과 어울려 산에 나물을 캐러 갔다가 말 탄 일본 군인에게 위안부로 끌려갔었다. 아이들 중에서 가장 가난했기 때문에 위안부로 끌려갔던 옥주 할머니는 만신창이가 되어 고국에 돌아와서도 집으로 돌아가지 못하고 술집, 식당, 공사판, 시장 등을 전전하며 떠돌이 삶을 살아야 했다. 전쟁고아가 되었던 길수는 울다울다 눈이 멀어버렸고, 영희는 피부가 까만 미군의 아이를 낳아 기르고 있다. 그들이 한결같이 갈망해온 것은 '집'이었다. 살아온 인생 내력만큼 다양한 사람들이 모여 살게 된 상수리나무집은 소박한 공동체의 모습을 갖추게 되고, 상수리나무집 주인 용화 할머니는 중심의 제거를 분명히 선언한다.

"점쟁이 할멈이 주인이오?"

"나만 주인이겠소. 이 집 주인은 이 집에 사는 사람이고, 사람만 주인
이냐, 말 못하는 짐승도 이 집에 살면 이 집 주인이오. 짐승만 주인이냐,
사시사철 변함없는 지붕 위 상수리나무도 주인이오. 나무만 주인이냐,
이 집을 드나드는 새들도 주인이오. 공기도 주인이지. 이 집에는 주인
아닌 것이 없다오."

(『상수리나무집 사람들』, 59쪽)

상수리나무집의 모든 구성원이 주인이라는 것은 혼란을 의미하는 것
이 아니라 다양성의 조화를 의미한다. 가모장의 수장격인 두 할머니는
가부장적 권위의 대리인이 아니다. 두 할머니는 구성원들의 결속을 도
모하고 구성원 개개인에게서 가능성을 발견하고 성장을 지원해줄 뿐이
다. 구성원 모두가 주인인 이 공동체에서는 이항대립적인 위계구조가
형성되지도 않는다. 질서 유지를 위해 누군가 버려지거나 배척받는 일
도 없다. 이 공동체의 구성원은 그물망처럼 연결되어 서로의 생명을 의
탁하고 돌보아주는 존재가 된다.

주목할 점은, 작가가 『상수리나무집 사람들』을 통해 협동과 자립을
강조하고 있다는 사실이다. 협동과 자립은 여느 동화에서나 찾아볼 수
있는 상투적인 인성 덕목처럼 보이나, 이 동화에서는 좀 특별한 의미를
지닌다. 상수리나무집 구성원들의 협동과 자립은 양육에 대한 책임이
성 역할에 국한되지 않고 구성원 모두에게 부여되어 있음을 말해준다.
특히 이 동화에서 협동은 '어미' 역할의 분담을 의미한다. 가령, 길수는
옥주 할머니의 다친 다리를 고치기 위해, 그리고 아픈 용화 할머니의 병
원비를 벌기 위해 일을 하러 다닌다. 다른 존재를 살리는 것이 나를 살
리는 것이라는 유기체적 세계관이 아무 갈등 없이 길수의 마음에 깃들
어 있는 것이다. 그런가 하면 이 동화에서 자립은 곧 자신을 키우는 어
미 되기를 의미한다. 옥주 할머니는 영희에게 시장에 나가 생선가게에

서 일을 하라고 권유한다. 영희와 송이를 모두 살리기 위해 옥주 할머니
는 자신이 그들을 보살피기보다 그들 스스로가 살아갈 힘을 지니도록
유도하는 것이다.

> 세상 사람들이 욕하고 손가락질한다고 처음부터 아무것도 안 하고
> 죄 지은 것도 없이 죄인처럼 숨어 살면 영희는 살 수 없다. 그러면 송이
> 도 살 수 없다. 영희는 살기 위해서라도 험한 세상으로 나와야 한다.
>
> (『상수리나무집 사람들』, 142쪽)

> 길수는 영희를 도와줄 수 없어서 슬플 것이다. 그렇지만 영희는 일을
> 해야 한다. 일을 해서 방세도 내고 연탄도 사고 밥도 스스로 해 먹고
> 송이도 학교에 보내야 한다. 영희가 그런 사람이 되면 길수도 지금처럼
> 슬퍼하지는 않을 것이다. 영희가 강해지면 길수도 기쁠 것이다. 왜냐하
> 면 강해진 영희는 더욱 아름다운 사람이 될 테니까.
>
> (『상수리나무집 사람들』, 142쪽)

'어미'는 생물학적인 어머니만을 뜻하는 것이 아니라 생명을 보호할
줄 아는 모든 것의 마음을 상징한다. 생명력에 대한 신뢰, 타인에 대한
이해와 배려, 미래에 대한 공동의 구상이 이 '어미'라는 말 속에 함축되
어 있는 것이다. 아울러 양육도 여성만의 본성이라고 할 수는 없다. 지
금까지 많은 논자들이 지적해 왔듯이 가계를 돌보는 일을 여성적 본성
으로 규정하는 것은 남성적 이데올로기에 의해 이루어진 여성 이미지를
수용하는 것이나 다름없다. 그것은 여성을 남성중심의 세계에 종속시키
는 결과를 초래할 수 있다. 그러나 어미의 마음이 모두에게 편재되어 있
는 상태에서는 누구도 타자로 존재하지 않는다. 다만, 자립할 능력이 없
으면 타인에 대한 의존상태에서 벗어날 수 없다. 그래서 옥주 할머니는
영희에게 충고하고 있는 것이다. 강해지라고, 험한 세상을 견딘 사람이

진정 아름다운 거라고. 옥주 할머니의 말대로 옥주 할머니 자신, 용화 할머니, 기형아를 낳은 히로시마 원폭 피해자, 혼혈아를 낳은 양공주 영희 모두 추운 겨울을 견디고 피어난 제비꽃 같은 아름다운 존재들이다.

▌ 3. '집' 밖에서의 실천과 연대

작가 공선옥에게 '상수리나무집'은 고발과 대안이라는 이중 전략을 관철시키기 위해 고안된 곳이다. 불임, 시각 장애, 혼혈아 등 상수리나무집 사람들이 지니고 있는 증상과 특이성이 곧 고발의 근거가 되었으며 그 다양성이 다시 대안으로 기능했다. 생태학자 머레이 북친의 통찰에 의하면, 한 공동체 내에서 빚어지는 모순들은 그 다양성과 활력의 증거이며 다양성이 있는 공동체는 회복력이 있는 공동체이다.[2]

『상수리나무집 사람들』의 결미에 용화 할머니가 죽음을 맞이하는데, 그의 죽음은 불행한 사건이기는 하나 공동체의 재생력을 확인시키는 계기가 된다. 공선옥은 산문집에서 "오랜 세월 딸만 낳은 죄인으로 한스럽게 살다 어머니는 돌아가셨다. 어머니가 돌아가시자 한 가정이 자연적으로 소멸되었다."[3]고 회고한 바 있다. 그러나 상수리나무집 공동체는 용화 할머니가 죽어도 해체되지 않는다. 어떤 경우에서도 상수리나무집이 무력하게 소멸되지 않도록 구성원 각자가 스스로의 능력을 키워왔기 때문이다. 중심이 없으되 어미의 마음을 나눠가졌던 상수리나무집 사람들은 다양성의 조화를 실천할 수 있었다. 그것이 위기에 대한 대응력, 그리고 재생력으로 전환된 것이다.

그렇지만 상수리나무집 구성원이 이루어낸 생태적 환경은 '집 안'에 국한된 것이다. 집 밖으로 나가면 여전히 이원적이고 위계적인 질서가 현실을 장악하고 있고 합리성과 논리를 명분으로 약자에 대한 억압과 착취가 이루어지고 있다. 작가의 시선이 상수리나무집 안에 머물지 않는 이유는 그 때문이다. 용화 할머니가 죽은 뒤 솔밭골 반장이 상수리나무집으로 찾아오는데, 옥주 할머니와 솔밭골 반장의 어긋나는 대화는 상수리나무집 안팎의 불균형, 이상과 현실의 괴리를 단적으로 보여준다.

> "솔밭골에 아파트를 짓는대요."
> "살고 있는 사람 허락도 없이요?"
> "이 집 주인은 용화 할머니잖아요. 그런데 할머니가 돌아가셔서 이 집은 어쩔 수가 없어요."
> "우리가 있잖아요."
> "그렇지만 할머니랑 다른 사람들은 모두 세 들어 사는 사람들이잖아요."
> "우리는 그냥 한 식구예요."
> "법에는 한 식구로 나와 있지 않잖아요."
> "그럼, 우린 어디로 가야 하나요?"
> "세입자들에게는 이사비를 준대요."
> "가족은 없나요?"
> "없어요. 아니지요. 지금은 손자가 둘이나 되고, 아들도 있고 딸도 있어요.
> "진짜 가족은 아니지요?"
>
> (『상수리나무집 사람들』, 154~155쪽)

삶의 실제와 법적 해석이 충돌하는 이 장면은 여성적 원리와 남성적 원리의 차이를 증명하는 것이기도 하다. 만일 작가가 집 밖으로 눈을 돌리지 않는다면 '집 안'은 현실로부터 유폐된 공간으로 이미지화될 공산이 크다. 이는 동화의 결말과 전망에 관련된 문제이다. 작가가 이야기의 내적 긴장을 끝까지 유지하지 못하고 현실의 일부를 진공 상태로 만듦으로서 비현실적인 결말로 봉합시킨다면 그 결말은 실패한 결말이 될 것이다. 공선옥이 상수리나무집 사람들로 하여금 집 밖으로 걸어 나가게 한 이유는 바른 전망을 구하기 위해서이다. 『상수리나무집 사람들』이 사실주의를 창작의 방법론으로 삼고 있는 동화이니만큼 작가로서는 현실의 구조적 모순을 좀더 솔직하게 보여줄 필요가 있었다. 이는 어린이에게 현실적이고도 실현 가능한 해결 과제를 제시해주는 일에 다름 아니다.

상수리나무집이 허물어진 뒤 영구임대 아파트에 살게 된 옥주 할머니는 옛날 위안부 시절 친구 옥희 할머니를 만나 매주 한 번씩 수요 집회에 나간다. 일본 대사관 앞에서 피켓을 들고 구호를 외치며 사과와 배상을 요구하는 것이다. 생태적 세계 인식이 이원론적 세계관을 부정한다는 점을 상기해 본다면 할머니들의 '투쟁'은 이율배반적인 모습으로 비칠 수도 있다. 그러나 섣부른 화해는 현실적 과제에 대한 무책임한 대응이 될 수밖에 없다. 생태적 공간을 의미 없이 확대하는 것 또한 환상으로의 도피나 다를 게 없다. 모순된 현실을 앞에 놓고 작가가 말할 수 있는 것은, 생태적 공동체는 부단한 노력 속에서 서서히 완성되는 것이라는 사실일 뿐이다. 이 공동체의 존재방식을 제안한 것만으로도 작가의 소임은 다한 것이다. 어쩌면 이 동화의 열린 결말은 생태의식의 정확한 반영일지도 모른다. 앞서 말한 바와 같이 생태적 존재방식이란 유기적 관계의 유지를 말하는 것이다. 이 관계는 고정불변하는 것이 아니라 끊임없이 변화하고 확장되는 생산적 관계이다. 생태학자들이 자연을 '요동치는 자연'[4]으로 규정하고 있듯이 생태적 환경은 한계를 부단히 허물고 관계성을 증폭시킴으로써 완성될 수 있는 것이다.

'광주'를 계기로 한 여성수난사에 직접적으로 연루되어 있는 작가 공선옥에게 글쓰기는 시대적 소명의식의 산물이다. 역사가 성공한 남성들의 연대기를 기념하고 기록하기 위해 여성의 수난사를 삭제했다면, 이 여성 작가는 다소 불편하고 수고스럽더라도 여성 역사의 음화를 찾아 삭제되었던 사실을 복원시키려 한다. 『상수리나무집 사람들』에서 작가는 다음과 같이 옥주 할머니의 심정을 빌려 왜 위안부 역사를 이야기하고 싶었는지를 말하고 있다.

> 광복이 되었을 때, 일본군대로, 탄광으로, 비행장 공사장으로 끌려간 남자들에 대해서는 곧잘 말해도 정신대로 끌려간 여자들에 대해서는 누구도 말하지 않았다. 정신대라는 것이 있었으면 정신대에 끌려간 여자들이 있을 터인데, 누구도 그 여자들을 찾아보려 하지 않았다. 궁금해하는 사람도 없었다.
> 그런 사람들 틈에서 옥주는 용화가 말한 것처럼 '아무 소리' 안 하고 살아왔다. 혼자서 살아왔다. 조용히, 그러나 터져버릴 것 같은 슬픔을 안고.
>
> (『상수리나무집 사람들』, 42쪽)

옥주 할머니가 정신대 보상 문제를 문의하러 동사무소에 갔을 때 직원이 "정신대는 솔직히 일본 노리개가 아니었소. 누가 알까 부끄럽지도 않소?"라고 반문한다. 부끄럽게도 이것이 사실상 우리 사회의 보편적 정서이다. 역사를 바로잡을 뿐 아니라 이러한 사회적 인식을 바로잡아야 하는 것이 작가의 임무이다. 동화가 동심의 소유자를 대상으로 한다는 것은 세속의 논리와 가치관으로부터 비교적 자유롭다는 것을 의미한다. 그러므로 동화를 통한 소통은 사회적 인식을 교정하는 데 있어 효과를 극대화할 수 있는 방편이 되는 것이다. 공선옥은 『상수리나무집 사람들』의 서문에서 "정신대 할머니"문제를 다루되 "세상에는 아무리 슬프게 살았어도, 아름답게 사는 사람들이 있다는 것"을 보여주고 싶다고 말한다. 산문집에서도 작가는 다가오는 연대는 "모든 아픈 사람들, 지금 울고 있는 사람들의 것이어야 하고, 작가의 촉수는 그곳에, 그런 것들에 그런 사람들에 닿아야 한다. 그리고 그것은 여성작가들에게 훨씬 용이하다. 왜냐하면 여성에게는 어린 생명을 품고 기르는 모성이 깃들여 있기 때문이다"[5]라고 말하고 있는데 그것은 모성을 여성의 생물학적 본질로 간주하여 남성과 대척적인 관계에 위치시키고자 한 것이라기보다 모성의 자연친화적 속성을 강조하고 있는 말이라 할 수 있다. "농사를 짓듯이 아이를 키우고 싶고 생명을 키우듯이 글을 쓰고 싶다. 그것이 내 삶과 내 글의 지향점이다"[6]라고 밝힌 여성 작가로서의 소회가 그것을 뒷받침해 준다.

▌4. 동화문법 활용의 한계와 가능성

동화가 신화, 전설, 민담 등을 모태로 하고 있듯이 동화의 본원적 세계는 비현실적이고 초현실적인 세계이다. 그러나 『상수리나무집 사람들』에서 작가는 판타지를 거의 활용하지 않는다. 이야기 속에서 벌어지는 사건들 또한 대체로 자연법칙으로 설명될 수 있는 것들이거나 자연법칙을 이해시키기 위한 장치로서 동원된다. 이 동화에서 굳이 마술 같은 변화가 나타난 경우를 찾아보자면, 마음이 굳게 닫혀 있던 영희가 마음의 빗장을 풀게 되거나 봉사 아빠 때문에 놀림 받는 별이와 양색시 엄마 때문에 놀림 받는 송이가 씩씩하게 슬픔을 견디는 것 정도이다. 이러한 변화들을 가능케 한 것은 구성원 개개인에게 편재되어 있는 '어미' 능력이다. 이처럼 기인이나 동물, 도깨비의 도움을 받거나 하늘나라나

지하세계로 이동하여 기행을 펼치는 환상동화와는 전혀 다른 문제해결 방식을 제출함으로써 작가는 인간이 몸담고 있는 현실세계에 대한 깊은 신뢰를 보여주고 있다.

이러한 득의의 영역이 있는 반면에,『상수리나무집 사람들』은 동화로서의 치명적인 약점도 지니고 있다. 어린이들의 인지능력으로 볼 때, 시간의 역순이나 장면의 빠른 전환은 동화의 창작기법으로 권장하기 어렵다. 예컨대, 용화의 집에 들게 된 옥주는 방앗잎 된장국을 끓이는 용화를 보고는 "옥주는 어느새 60년도 넘은 세월 저편으로 가 있다"라고 회상하는데, 이는 동화문법에는 잘 맞지 않는다. 60년 전이라는 시간 역행이 가져오는 부담 때문이기도 하거니와 그 시절에 대한 예비지식이 없이는 어린이뿐 아니라 어른들도 이야기에 몰입하기 힘들기 때문이다. 이 동화의 근본적인 약점으로 무엇보다도 위안부 문제에 자체가 가지고 있는 질료로서의 한계도 지적하지 않을 수 없다. 우선 위안부 문제는 고의적으로 망실된 역사라는 점에서 다른 역사적 소재들과는 달리 해석보다 복원이 우선적으로 요청되는 문제이다. 복원이란 필연적으로 가공을 제한할 수밖에 없다. 그러나 동화는 모든 현실적 소재들을 어린이들의 인식 수준에 맞게 가공하지 않으면 안 된다. 이야기가 복원과 가공 사이의 균형을 상실했을 때 작가의 기대도 독자의 기대도 만족시킬 수가 없다. 『상수리나무집 사람들』의 경우, 지금까지 살펴본 바와 같이 생태의식이라는 대안을 통해 이러한 갈등을 다소나마 해소하고는 있으나 그것은 문제를 우회적으로 다루었기 때문에 가능했다.

만일 복원만을 목표로 했다면 동화보다는 소설을 쓰는 편이 훨씬 효과적이고 경제적이었을 것이다. 작가가 군이 동화장르를 선택한 것은, 동화의 긍정적이고 미래 지향적인 속성이 슬픈 위안부 역사를 밝게 전망해줄 것이라 기대했기 때문일 것이다. 동화는 초자연, 비합리의 세계, 환상, 모험을 추구하는 경향이 강한 반면에, 창조적 생명력, 권선징악, 자연, 원시성, 본능 등에 친화적이라는 특징을 지니기도 한다.『상수리나무집 사람들』은 바로 후자의 장점들을 창작의 동력으로 활용한 것이다.

　『상수리나무집 사람들』에서 위안부 할머니들이 보여 준 강인함과 포용력은 스스로 무한한 능력을 보유하고도 타인을 함부로 지배하지 않는 바리데기 대모신의 이미지를 환기시킨다. 우리에게 친숙한 여성 무조신화「바리데기 신화」에서 바리데기는 딸이라는 이유로 아버지의 집에서 추방됐었다. 그러나 아버지의 병을 구하고 난 뒤에는 바리데기 스스로 아버지의 집으로 돌아갈 것을 거부한다. 차라리 황천길에서 망자들을 정토로 인도하는 인로왕이 되기로 한다. 그것은 남성적 원리에 대한 저항, 그리고 여성적 원리에 대한 지향을 의미하는 것이라 할 수 있다. 위안부 할머니들의 저항과 지향도 그와 같을 것이다. 바리데기가 마침내 생명수를 얻어 세계의 상처를 치유하였듯이 공선옥이 동화로 재생시킨 옥주 할머니, 용화 할머니 이야기도 세상의 폭거로부터 훼손된 인간성을 서서히 치유하게 될 것이다.

1) 공선옥, 「빈나무의 마음」, 『자운영 꽃밭에서 나는 울었네』, 창작과 비평사, 2000, 98쪽.
2) 이우봉, 「새로운 환경관」, 『인문학과 생태학』, 백의, 2001, 112쪽 참조.
3) 공선옥, 「가장인 여성으로서의 글쓰기」, 앞의 책, 222쪽.
4) 문순홍, 「생태 패러다임, 생태 담론, 그리고 생태비평의 언어 전략」, 『생태학의 담론』, 솔, 1999, 29쪽.
5) 공선옥, 「여성작가와 모성」, 앞의 책, 155~156쪽.
6) 공선옥, 「가장인 여성으로서의 글쓰기」, 위의 책, 224쪽.

여성의 자기서사 자기표현

제7장 어른동화 : 김선우 『바리공주』

에코페미니즘 문학의
신화 해석

▌ 1. 에코페미니즘의 목표

'에코페미니즘(Ecofeminism)'[1]은 생태주의(Ecology)와 여성주의 (Feminism)의 합성어로서, 자연과 여성의 내재적 속성의 동질성, 그리고 자연 착취와 여성 억압의 유사성에 주목하면서 생태 위기에 대한 대안을 모색하기 위해 고안된 용어이다. 에코페미니스트들이 '환경(Environment)'이라는 용어를 사용하지 않고 '생태(Ecology)'라는 용어를 선택적으로 사용하는 이유는 자연을 정복과 지배, 조작의 대상으로 취급하려는 인간중심주의적 관점과 거리를 두고 인간을 생태계 구성의 일부로 환원시키기 위해서라 할 수 있다. 자연과 마찬가지로 여성도 오랜 시간 동안 자본주의적 가부장제의 경쟁적이고 차별적이며 폭력적인 사회구조 속에서 도구적 존재로 취급되어 왔다. 이를 반성하여 여성의 권익 보호를 위한 제도적 개선과 교육이 추진되어 왔고, 다른 한편으로는 자연과 인간의 생태학적 균형과 조화만이 인류의 생존을 보장해줄 수 있으리라는 기대 아래 임신, 출산, 양육과 같은 생산적 능력을 지닌 여성의 위상을 새롭게 평가하게 되었다. 그리하여 제출된 에코페미니즘은 여성의 특성이 여성의 삶을 희생적인 가사노동에 구속하지 않도록 경계하는 동시에, 여성의 권위를 과도하게 내세워 또 다른 위계질서를 형성하지 않도록 주의하면서 유기체적 사유태도를 바탕으로 생태학적 균형과 조화를 추구하고 있다.

잘 알려져 있는 바와 같이 에코페미니즘은 생태학적 논의를 참조하면서 그것과는 분명히 차별화된 전략을 내세우고 있다. 생태학 가운데 아르네 네스(Arne Naess)가 처음 제시한 '심층생태학'[2]과 머레이 북친(Murray Bookchin)을 중심으로 한 '사회생태학'은 궁극적으로 자연과 인간의 조화로운 공생을 추구한다는 점에서 페미니즘과 깊은 친연성을 지녔다. 다만 심층생태론이 신비주의적인 영성에 주목하고 있다면, 사회생태론은 사회학적 합리주의에 기반하여 인간이 다른 인간을 억압하고 착취하는 구조를 시정해야만 현실적으로 생태문제를 해결할 수 있다고 본다는 점에서 차이가 있다.[3] 반인간중심주의적 세계관을 중심으로 하는 심층생태학은 생물평등주의를 표방한 생물중심주의로 경사된 면이 있으며, 위계적이고 가부장적이고 권위주의적인 사회 구조와 제도에서 생태계 위기의 원인을 찾고 있는 사회생태학은 자연을 도외시한 채 인간 사회의 불평등 문제를 강조함으로써 인간중심주의로 경사된 면이 있다.[4] 에코페미니스트들은 양 측의 편향을 지양하면서 여성 억압과 자연 착취의 문제를 해결하기 위한 대안으로 생태학적 공동체의 구성을 제시하였던 것이다.

생태 위기에 대한 심각성이 널리 인식되고 있는 것과는 달리 문학 작품 가운데 생태문제를 다룬 작품을 찾아보기란 그리 쉽지 않다. 얼마 안

되는 작품 가운데 고발에 초점을 맞춘 작품은 주로 남성작가에 의해, 대안적 세계에 초점을 맞춘 작품은 주로 여성작가에 의해 씌어졌다. 다시 말해 남성작가들은 인간중심주의적 문명을 비판하면서 환경 파괴의 주요 원인을 산업화에서 찾고 있는 반면에, 여성 작가들은 여성이 가지고 있는 잠재력을 발견하고 그것과 남성적 속성의 차별성을 부각시키며 자연과의 공생관계를 전망하는 데 관심을 보여왔다. 특히 에코페미니즘을 뚜렷하게 의식하고 씌어진 작품은 대개 여성 작가들의 작품 가운데에서 발견되는데, 대표적으로 여성 소설가 중에서는 공선옥을, 여성 시인 중에서는 김선우를 꼽을 수 있다. 사회성이 강한 작가 공선옥은 장편소설 『수수밭으로 오세요』나 장편동화『상수리나무집 사람들』에서 우리 사회의 경제적 정치적 불평등 문제를 고발하고 비판하였으며, 대안적 공동체로서 모성을 중심으로 한 가모장 가족 또는 다문화 가족을 제안하였다. 이에 비해 여성의 언어를 발견하고 계발하는 데 주력해온 김선우는 여성적 정서와 감수성으로 독자를 감화시키는 전술로 여성의 소중함을 일깨워 왔다. 특히 김선우는 바리데기 신화를 새롭게 해석한 성인동화『바리공주』에서 에코페미니스트로서의 진수를 보여준 바 있다.

어른이 읽는 동화『바리공주』는 제목에서부터 여성을 비하하는 '데기'라는 표현을 순화하여 '공주'라는 표현으로 바꿈으로써 여성에 대한 왜곡된 인식을 바로잡겠다는 의지를 드러내고 있다. 동화가 도덕교과서와 같이 권위적인 화법을 구사하지 않고도 어린이에 대한 교육과 계몽을 효과적으로 수행하듯이 동화 형식을 빌린『바리공주』도 거창한 논리와 이론을 동원하지 않고도 자연스럽게 여성들의 이해와 공감을 얻고 있다. 무엇보다도 이 동화는 자기 치유를 목적으로 하고 있어서 여성의 자기고백서로 읽힌다.

▌2. 생명의 순환성 구현

널리 알려진 바와 같이 바리데기 신화는 딸이라는 이유로 버려진 바리가 온갖 고난을 감내하며 생명수를 구해 와 죽어가는 아비를 살린다는 내용으로 되어 있다. 이 신화는 심층적으로는 가부장제적 위계질서의 전복을 기도하고 있지만 표층적으로는 효행 미담의 성격으로 전승되어 왔다. 그런데 김선우의 동화『바리공주』는 이 신화가 오랫동안 지녀온 효 이데올로기에 대한 강박을 과감하게 해소하고 새로운 해석을 제시하고 있다. 신화의 재해석에 대한 작가의 접근방식은 전통윤리를 과격하게 파열시키는 방식이 아니라 자비와 포용의 미덕 안에 효행을 포괄하는 방식을 취하고 있다. 동화 속에서 이러한 전략이 가장 뚜렷하게 나타나고 있는 대목은 말할 것도 없이 버려졌던 바리공주가 오구대왕과 대면하게 되는 대목이다.

동화에서 바리공주는 아버지 오구대왕을 두 번 만나는데, 한 번은 구약 여행을 떠나기 전이고 또 한 번은 구약 여행을 하고 돌아와서이다. 처음 궁에 불려 왔을 때 바리공주는 자신을 버린 아버지가 오만한 모습으로 용상을 지키고 있기를 바랐으나 실제로는 제 죄로 죽을 병에 걸려 이미 피폐해질 대로 피폐해져버린 모습을 보게 된다. 바리공주는 굳이 가지 않아도 된다는 길대부인의 만류에도 불구하고 생명수 구하러 가는 일을 자청한다. 다만, 그것은 아비를 살리려는 효행심 때문이 아니라 버려지고 낳고 늙고 병들고 결국은 죽음을 향해가는 모든 목숨 얻은 것들에 대한 자비심 때문이었다. 서역서천국에서 갖은 시련을 겪고 생명수를 구해온 뒤에 바리공주는 또 한 번 아버지를 만나는데, 이때 바리공주는 아버지 오구대왕에게 다음과 같이 무엄한 말을 한다.

"죽으소서, 아비여. 완전히 죽어 죄업을 벗으소서. 완전히 죽어 다시 소생하소서."

(중략)

바리공주가 다시 호리병을 오구대왕의 입에 대어주었다. 입술에 힘이 들어오기 시작하는지 오구대왕이 천천히 약수를 삼키기 시작했다. 썩어 가는 늙은 시신 한 구가 호리병의 입구에 입을 대고 배고픈 어린 아이가 어미의 젖을 빨듯이 맹렬하게 약수를 받아 마시는 기이한 풍경이었다.

(『바리공주』, 186쪽)

위의 장면은 바리공주가 오구대왕에게 자신이 구해온 생명수를 먹이는 장면이다. 특징적인 것은 생명수를 받아 마시는 오구대왕의 모습이 어미의 젖을 빠는 어린 아이처럼 묘사되어 있다는 점이다. 이러한 묘사는 페터 파울 루벤스의 그림 「시몬과 페로」(1612년경)를 떠올리게 한다. 「시몬과 페로」는 감옥에 갇힌 늙은 사내에게 한 젊은 여인이 젖을 먹이는 장면을 담고 있는데, 잘 알려진 바와 같이 늙은 사내 시몬은 옥중에서 굶어 죽는 형을 받은 상태이고 젊은 여인 페로는 그의 딸이다. 죽어가는 아비에게 젖을 먹인 딸의 효행은 자기희생 및 아비를 향한 딸의 최고 애정의 사표로 받아들여졌다고 한다.5) 특기할 점은 15세기에서 18세기에 걸쳐 이와 유사한 소재가 유행하자 이를 '자비'를 뜻하는 '카리타스 로마나'로 일컫게 되었다는 사실이다. 효와 자비를 등치시키는 것은 윗사람에 대한 존대가 각별한 한국 사회의 정서로는 자연스럽게 받아들여지지 않는다. 효의 대상인 부모를 뭇 중생들과 동격으로 취급하는 것이 불효라고 여겨지기 때문이다. 생명수를 구해 와 죽어가는 아비를 살린 바리공주의 행위를 '카리타스 로마나', 즉 자비심에서 비롯된 것이라고 볼 때 그것이 효 이데올로기를 부정하는 뜻으로 받아들여지는 것은 그 때문이다. 김선우는 이미 시 「어머목(木)의 자살2」에서 피곤에 지친 바리공주가 제 죄로 죽을 병에 걸린 아비에게 불어터진 젖을 물리는 모습을 그린 바 있다. '카리타스 로마나'의 완전한 차용이다.

> 그랬지 저 눈동자, 허공을 발라내어 아직 따뜻한 살점 당신 숟가락에 얹어주고 싶었지만 바리, 내 어머니, 죽음은 한 쌍으로 날아들더라 저승을 헤매어 구해온 영약은 기진한 그네의 희보얀 젖줄기가 아니었을까 바리, 피곤에 지쳐, 불어터진 젖을 아비에게 물리고 한잠 곤히 든 저 겨울나무의 쐐기풀 같은 육신이 아니었을까 생이라는 이름의 죽음이 더 지독하더라. 거듭거듭 제 죄로 죽을병에 걸려 앓아눕는 아버지, 이제 그만 죽어주세요. 달같이 벗은 자작나무 온몸에 열꽃이 돋아 꽃잎을, 하혈을, 마지막 꽃잎을, 강물처럼 쏟아내는 밤이 오고 있었는데
> (「어미목(木)의 자살 2」, 『내 혀가 입 속에 갇혀 있길 거부한다면』, 74쪽)

『바리공주』에서 바리공주가 아버지에게 생명수를 먹이면서 '죽으소서, 아비여'라고 주문하는 역설적인 행동을 보였듯이, 위의 시에서도 바리는 '아버지, 이제 그만 죽어주세요'라고 강력하게 요청하고 있다. 위의 시에 쓰인 죽어달라는 표현은 아버지를 증오하는 감정에서 비롯된 말로, 이때 바리가 요구한 죽음은 징벌의 의미를 지닌다. 하지만 『바리공주』에서 바리공주가 요구한 죽음은 소생을 전제로 한 것이어서 징벌의 의도를 찾아보기 힘들다. 죽어달라는 말은 회생하라는 말의 반어로 쓰인 것이다. 「어미목(木)의 자살 2」(2000)와 『바리공주』(2003) 사이에 존재하는 이 의식의 차이는 작가가 산문집 『물 밑에 달이 열릴 때』(2002)를 집필하면서 경험한 관찰과 사색에서 기인한 것으로 짐작된다.

『물 밑에 달이 열릴 때』의 표제에 암시되어 있는 바와 같이 김선우는 소생하는 달의 이미지를 여성성에 일치시키면서 달이 상징하는 포용력과 자비심을 여성적 성정으로 적극적으로 끌어들였다. 물론 이는 발견

이라 할 수 없을 만큼 진부한 착상이지만, 생명의 순환적 속성에 대한
뚜렷한 자각과 실감은 작가 자신으로 하여금 징벌의 대상으로 낙인찍었
던 '아버지'를 용서하게 하는 변화를 가져왔다. 「어미목(木)의 자살 2」
에서 아버지에 대한 감정이 다소 격앙되어 있었던 것은 어미목이 '자살'
이라는 극단적인 선택을 했기 때문이다. 「어미목(木)의 자살 1」에서 벼
락 맞아 죽은 오래된 은행나무를 바라보며 작가는 나무가 죽은 원인을,
'꿈 없는 길, 인간에 절망한 그녀의 자살의지가 낙뢰를 불러들였는지도
몰라'(『내 혀가 입 속에 갇혀 있길 거부한다면』, 22쪽)라고 분석하였다.
이로 미루어 볼 때 어미목의 자살은 '거듭거듭 제 죄로 죽을병에 걸려
앓아눕는 아버지'에 대한 절망에서 기인한 것이며, 그렇기 때문에 바리
는 어머니의 '자살'에 상응하는 수위의 징벌로서 아버지에게 죽음을 요
구한 것이라 할 수 있다.

　　그러나 『바리공주』에서 바리공주는 징벌 의지를 철회하는 대신 아비
에게 자연이 지닌 순환의 법칙과 여성적 원리를 깨우쳐주고자 한다. 이
를 위해 작가는 오구대왕의 모습을 절대 권력의 중심에 있던 동일자의
모습에서 어미젖을 빠는 배고픈 어린 아이의 모습으로 바꾸고 남자와
여자의 구분을 허무는 동시에 동일자와 타자의 경계를 허물었다. 물론
이러한 역할 전복의 전략 속에는 모든 인간이 자연과 같이 낮고 겸허한
자세로 살아가야 한다는 뜻이 내포되어 있다. 작가는 오구대왕의 모습
을 어미젖을 빠는 어린 아기로 묘사함으로써 인간의 기원에 대한 사유
를 환기시켰다. 즉, 오구대왕 자신이 버린 '여자'의 몸이 사실은 자신의
기원이었다는 사실을 강조하고 있는 것이다. 딸이 어미가 되고 아비가
아기가 되는 이 역할의 유동성에는 세계를 지배하는 이원론에 대한 비판
적 성찰이 내포되어 있다. 김선우는 산문집에서 남성적 원리와 여성적
원리를 대비시키며 생명의 기원에 대한 성찰을 좀더 분명히 보여준다.

생명 가진 모든 것들이 단 하나도 빠짐없이 여자의 몸을 통해 세상에
나오듯이, 우리가 놓여 있는 이 생명계를 주관하고 유지해가는 것은 여
자의, 어머니의 힘입니다. 어미의 태 안에 든 또 하나의 어미이자 그 어
미의 어미들…… 여자의 영육은 모든 생명을 꽃피우고 주관하는 대지
의 기억에 근본적으로 가까우며 가장 본래적인 기억들이 겹겹의 지층을
이루며 소용돌이치는 곳입니다. 하여 자기 속의 여성을 발견하지 못하
는 남성의 언어는 흔히 표면장력에 떠밀리며 피상적인 것으로부터의 힘
을 구가하게 되곤 하지요. 남성의 언어가 획득한 힘은 어머니의 힘과 근
원적으로 다릅니다. 그것은 흔히 파괴적이고 배타적이며 경쟁적이고 연
민을 모르는 문법의 질서 속에 있습니다. (중략) 야만과 폭력 위에 세워
진 남성적 질서로서의 국가와 민족 개념을 넘어서고 가로지르며 여성의
말은 근원적인 대지의 힘으로 귀환합니다.

(『물 밑에 날이 열릴 때』, 34쪽)

여성의 기원을 생각해보기에 앞서 잠시 페터 파울 루벤스의 또 다른
그림 한 점을 떠올려 볼 필요가 있다. 루벤스의 그림 「시몬과 페로」
1625년 작에는 1612년 작에는 보이지 않던 엿보는 자 2인이 등장한다.
엿보는 자는 페로의 여체를 관음의 대상으로, 시몬과 페로의 행위를 외
설적으로 바라보려 한다. 이 그림에서 자비의 주인공 페로는 남성적 시
선에 의해 대상화되어 비천한 존재로 전락하고 있었던 것이다. 이를 상
기시키듯 김선우는 『물 밑에 달이 열릴 때』에서 귀스타브 쿠르베의
1866년 그림 「세계의 기원」을 소개하며 '여체를 대상화시켜 관음증의
노예로 전락시키곤 하는 천박한 인습에 대한 혁명'이라는 해설을 붙였
다. 그림의 소재는 알몸으로 당당하게 다리를 벌린 채 누워있는 여체이
다. 해설에 이어 작가는 "이 몸 앞에서조차 관음과 유린을 욕망하는 이
들에게 묻습니다. 너는 어디에서 왔느냐. 누구도 이 '기원' 바깥에서 오
지 못합니다"(57쪽)라고 말하고 있다. 남성적 질서로 구축된 세계 속에

서 여성은 오랜 시간 동안 남성들이 추구하는 합리적 이성에 의해 무기력하고 천한 존재로 홀대를 받아온 것이 사실이다. 자연도 마찬가지였다. 인류가 문명의 이기를 추구함에 따라 자연은 무기력하고 파편화된 물질로 다루어짐으로써 그 창조적인 재생 및 갱신 능력을 상실해 왔다.6) 그러나 만인류, 만물의 기원이 여성과 자연이라는 생각에 이르면 인간 사회의 성장과 발전이라는 것이 얼마나 일면적인 것이었던가를 반성하지 않을 수 없다. 여성과 자연이 지닌 창조력과 재생력의 소실은 결국 만인류, 만물의 공멸을 초래할 것이기 때문이다. 그러므로『바리공주』에서 오구대왕이 아기가 되어봄으로써 자기 생의 기원 앞에서 깨달아야 할 것은 세계의 운용이 순환의 법칙, 공생의 법칙에 따라야 한다는 사실일 것이다.

『바리공주』가 "기어코 이 핏덩이를 버려야하겠나이까"라는 길대 부인의 절규에서 시작되었음을 상기해볼 필요가 있다. 이 동화가 가부장의 명령에 따라 딸을 버려야 했던 가부장제의 또 다른 희생자 길대 부인을 조명하는 것으로 시작된 것은 기원으로서의 여성의 존재를 환기시키기 위해서였을 것이다. 길대 부인은 가부장의 명령에 의해 피해자이자 공범자가 될 수밖에 없는 여성의 모순적 상황과 심리를 상징적으로 보여주는 인물이다. 곧 버려질 아기에게 피눈물 같은 젖을 먹이고 오른손 무명지를 끊어 선혈로 아기의 생월생시를 비단에 적는 길대부인의 모습에서 자기 본성을 배반해야 하는 한 여성의 고통이 읽혀진다. 그렇지만 길대 부인은 기어코 여성적 본성이 제도의 횡포로 완전히 다스려질 수 없는 것임을 증명하고 만다. 서해 바다 용왕께 아기를 진상하라는 왕의 명을 어기고 수미산 속 어진 이들이 약초 캐러 왔다가 쉬어갈 만한 너럭바위를 찾아 아기의 옥함을 놓고 오도록 함으로써 훗날 바리공주와 조우할 수 있는 길을 만들어 놓았던 것이다. 그것은 가부장제의 굴

레에 갇혀 있는 그녀가 여성이자 어미로서 행할 수 있었던 최선의 반역
이자 배려였다.

이상과 같이 『바리공주』에서 작가는 '아비'나 '왕'을 정점으로 하는
관습적 질서에 구애받지 않고 등장인물들을 순환적 관계 속에 평등하게
배치함으로써 생태적 원리의 하나인 순환성을 강조하였다. 무엇보다도
에코페미니즘적 사유에 기초하여 생명의 기원이 자연과 여성이라는 사
실을 뚜렷하게 부각시켰다. 김선우는 이미 「어라연」, 「엄마의 뼈와 찹
쌀 석 되」, 「무덤이 아기들을 기른다」, 「둥근 기억들의 저녁」, 「내력」
등의 시에서 어머니의 육체를 대지, 혹은 자연과 거의 동일한 것으로 보
았다.[7] 또한 『물 밑에서 달이 열릴 때』에서는 달의 상징을 통해 여성과
자연이 지닌 순환성을 용서와 포용의 근거로 제시하기도 하였다. 바리
공주가 자신을 버린 아비를 용서할 수 있었던 것은 그녀가 대지와 달의
분신이기 때문에 가능했던 것이라 할 수 있다.

▌3. 여성원리와 남성원리의 조화

신화 바리데기의 클라이막스는 생명수를 구해 온 바리데기가 오구대
왕을 살리는 대목일 것이다. 그러나 김선우의 동화 『바리공주』의 클라
이막스는 바리공주가 무장승을 만나 사랑으로 생명수를 구하는 대목이
다. 바리공주와 오구대왕 관계의 핵심을 효심에서 자비심으로 바꾸어놓
았던 작가는, 이제 무장승과의 관계에서는 남성 중심의 위계적 관계를
남녀간의 동반자적 관계로 전환시킨다. 바리공주와 무장승의 사랑은 누
구도 일방적으로 명령하지 않고 누구도 함부로 정복되지 않으며 끝없이
공존 공생의 관계를 유지할 수 있는 일원화된 세계를 지향한다. 주목할

점은 이러한 사랑을 성취하기 위해 작가가 두 가지 전제조건을 제안하고 있다는 점이다. 하나는 여성 자신이 자기행위의 주체가 되는 것, 다른 하나는 타인을 받아들이기에 앞서 자기를 치유하는 것이다.

신화에서 바리데기는 생명수 구하는 일이 무엇보다 중요하기 때문에 무장승의 일방적인 요구를 무조건 수용한다. 이본에 따라 차이가 있지만 신화의 바리데기는 무장승의 요구에 따라 물 삼 년, 불 삼 년, 나무 삼 년의 노동을 수행하고 아들 셋을 낳아준다. 그런데 김선우의 동화에서 바리공주는 생명수 구하는 일보다 사랑이 더 중요하다는 사실을 깨닫는다. 그래서 깊은 사색과 번민 끝에 결단을 내려 무장승에게 사랑을 고백하고 청혼도 한다. 바리공주의 주체적이고 능동적인 행위는 상대적으로 무장승이라는 인물을 구약이라는 과제 수행에 수반되는 도구적 존재가 아니라 인격적이며 목적적인 존재로 승격시킨다. 다음 장면은 바리공주가 무장승과의 사랑에 얼마나 집중했는지를 보여준다.

> 달 밝은 밤이면 온산을 알몸으로 누비면서 바리공주와 무장승은 흘러가는 모든 것들을 있는 그대로 사랑했다. 온산이 살아 있는 것들 속에서 날마다 사랑을 나누었고 사랑이라는 만남 속에서 날마다 근원으로 돌아갔다. 살아 있거나 이미 죽어버린 것들의 소리와 빛과 냄새와 촉감과 맛이 두 사람의 기나긴 포옹 속에서 새롭게 태어나고 사라지고 있었다. 사랑의 행위는 서로의 몸을 통해 자신의 의식을 들여다보는 일이었고 무장승과 바리공주는 지극한 쾌감 속에서 자신을 들여다보며 날마다 다시 태어나고 있었다. 사랑 속에서는 모든 방위에 신이 있었다.
>
> (『바리공주』, 162쪽)

『바리공주』에서 바리공주와 오구대왕, 그리고 바리공주와 무장승의 관계는 여성문제의 두 가지 층위를 효과적으로 대비시켜 보여준다. 바리공주와 오구대왕의 관계가 문화적 특성으로서의 성차(젠더)의 차원에서 여성에 대한 오해를 풀어가고 있었다면, 무장승과의 관계에서는 생물학적 특성으로서의 성별(섹스)의 차원에서 대안적 세계를 모색한다. 다시 말해 오구대왕이 바리공주의 여성으로서의 억압적 측면을 환기시켰다면 무장승은 바리공주에게 내재해 있는 여성원리와 여성의 고유한 가치를 일깨워주고 있는 것이다. 동화에서 바리공주의 모습은 본래 중성적인 이미지로 묘사되고 있었다. 동화 속의 표현에 의하면, "반듯한 이마에 숱이 많은 눈썹이 단정하게 박혀 있었고 깊은 눈빛의 눈동자가 긴 속눈썹 속에 두레박처럼 드리워져 있었지만 사시사철 산야를 쏘다니는 바리공주의 얼굴은 구리빛으로 그을려 있어 중성적인 느낌이 강했다. 이목구비가 큼직하고 시원스러웠지만 여성적인 느낌을 주는 곳은 고집스럽게 다문 도톰한 붉은 입술 정도였다."(69쪽)라고 되어 있다. 바리공주는 구약 여정을 떠날 때도 무쇠로 지은 남자 의복을 하고 무쇠 주령을 흔들며 갔다. 그처럼 바리공주는 여자도 남자도 아닌, 그저 한 인간의 모습으로만 살아오다가 이제 무장승을 만나게 됨으로써 비로소 여성성을 완성하게 된 것이다. 바리공주에게 첫꽃이 비치던 날, 비럭공덕 할멈은 그것이 바리공주가 진짜 여자가 되었다는 뜻이라고 말해준 적이 있었다. 태어날 때부터 여자라서 버려졌던 바리공주는 몸에서 피를 흘리고서야 여자가 되었다는 말을 그때는 이해할 수 없었는데, 이제 생명을 잉태할 수 있는 몸으로 사랑을 하게 되어 비로소 완전한 여자가 된다는 것이 무슨 뜻인지를 실감하게 된 것이다.

버려진 여성이 완전한 여성으로 거듭나기 위해서는 모종의 강박으로부터 스스로를 해방시켜야 한다. 그래서 『바리공주』에서 사랑을 성취하기 위한 또 하나의 조건으로 제시되고 있는 것이 자기치유이다. 바리공주는 무장승에게 청혼하던 날 새벽에 어머니목(木)인 신목으로부터 생명수를 얻으려면 사랑을 배우라는 말을 듣는데, 그 때 비로소 바리공주는 자신의 마음에 원망이 남아 있음을 깨닫고 자신을 먼저 치유해야 한다는 사실을 깨닫게 된다.

> "…… 당신을 만나기 아주 오래 전부터 나는 당신을 사랑해왔는지도 모릅니다. 내가 당신을 그리워한다는 것을 깨달았을 때 나는 내가 불완전한 존재라는 것을 알았습니다. 그리고 갈등했지요. 내 마음의 목소리는 당신을 갈망하고 있었지만 내게 요구된 소명은 그것을 피해야 한다고 말하고 있었습니다. 신목은 내 마음의 갈등을 알고 있었고 불완전한 존재로서의 나를 더 깊이 들여다보라고 말했습니다. 그리고 사랑의 실천을 요구했지요. 그 새벽에, 나는 비로소 깨닫기 시작한 겁니다. 내가 치유되어야만 아버지를 살릴 수 있다는 것을, 무엇이 불완전한 나를 완성하고 생명수의 힘을 완성하는 것인지를 말이지요."
>
> (『바리공주』, 165쪽)

위의 인용에서 작가가 강조하고 있는 것은 여성은 남성에 의해, 남성은 여성에 의해 완성되는 불완전한 존재들이라는 사실이다. 타자의 존재를 받아들이는 일이 선행되어야 비로소 성립되는 것이 '사랑'이며 사랑이 이루어져야 비로소 일어나는 기적이 생명의 탄생이다. 임신, 출산과 같은 여성적 특성이 여성의 독자적인 노력으로 수행될 수 없다는 것을 말하기 위해 『바리공주』는 생명수를 얻는 데 필요한 제일의적 수행 조건으로 사랑을 내세운 것이다. 바리공주는 사랑의 진정한 의미를 배우고 난 뒤에야 신목의 자궁 속으로 들어가 뼈 살리고 살 살리고 피 살리고 숨 살리는 오색 도화꽃을 발견하게 된다.

> 두 장의 맞물린 석문이 조금씩 열리면서 그 틈새로 붉은 빛이 새어나오는가 싶더니 이내 캄캄한 속을 보이면서 석문이 완전히 열렸다. 완전

한 어둠을 품은, 알 모양의 거대한 구멍이었다. 석문 저편의 가늠할 수 없는 깊은 어둠 속에서 무언가 비릿하고 달큰한 냄새가 훅, 끼쳐오고 있었다.

바리공주가 촛불을 들고 신목의 몸 속으로 들어섰다. 석문은 바리공주가 몸을 완전히 오므리고 무릎걸음으로 걸어 들어갈 만큼의 크기에 딱 맞았다. …… 가끔씩 굴의 내벽이 미끄러운 점액을 씌운 듯 손끝에서 미끄러졌고 그럴 때마다 비릿한 갯내음이 코끝을 스쳐갔다. 놀랍게도 굴의 내벽에는 사람의 체온처럼 따스한 온기가 번져 있었다

(『바리공주』, 170쪽)

꽃이로구나, 피 살리고 살 살리고 뼈 살리고 숨 살리는 바로 그 꽃잎이로구나. 백 년마다 한 번씩 꽃핀다는 신목이 몸 속에 날마다 수천 수만 송이 꽃들을 피우고 있었구나. 사시사철 꽃피는 나무였구나.

(『바리공주』, 173쪽)

바리공주가 생명을 잉태하고 출산하게 되어서야 비로소 완전한 여자가 되었다든가, 생명초를 구할 수 있었던 장소가 신목의 자궁 속이라는 식의 설정은 김선우의 생태의식이 생물학적 본질주의에 가깝다는 사실을 말해준다. 그런데 역사적으로 볼 때 여성의 생물학적 본성을 강조하는 것은 여성에게 그리 이로운 일이 되지 못했다. 그것은 오히려 여성을 억압하고 가정이나 남성에게 종속시키기 위한 근거로 이용되곤 했다. 즉 남성중심의 사회에서는 임신과 출산뿐 아니라 보육이나 가계 돌보는 일까지를 여성의 내재적 속성으로 간주하고 국가나 민족을 위해 여성이 그러한 일들을 충실히 수행해 줄 것을 강요해 왔던 것이다. 즉, 생물학적 본질주의의 강조는 남성 이데올로기로 구축된 여성 이미지를 그대로 수용하는 결과로 이어질 수 있는 것이다.

그러나 『바리공주』에서 바리공주가 삶과 죽음의 문턱을 넘나드는 구

약 여정을 통해 깨달은 것은 임신, 출산, 자궁 등 여성이 지닌 생물학적 기능 자체의 중요성이 아니다. 동화에서 작가가 방점을 찍고 있는 것은 그러한 여성적 기능을 활성화시킨 '사랑'의 중요성이다. 바리공주가 자신의 여성성을 확인하고 여성적 원리로써 타인을 대할 수 있게 된 것은 '사랑' 때문이었다. 사랑은 일방적인 것이 아니어서 사랑으로 인한 변화는 바리공주에게만 찾아오는 것이 아니라 무장승에게도 찾아온다. 무장승은 바리공주를 배필로 만나 아들 셋을 얻었으니 죄를 탕감받고 천계로 돌아갈 수 있게 되었지만 한울님께 허락을 얻어 바리공주와 동행하기로 한다. 결국 죄인이었던 무장승의 구제는 천계로 돌아가는 것으로써가 아니라 바리공주라는 한 여성과 온전하게 하나가 됨으로써 완성된 셈이다. 바리공주와 무장승의 사랑이 형상적으로 보여준 것은 결과적으로 여성적 원리와 남성적 원리의 조화, 그리고 공존의 법칙에 대한 통찰이었다.

사랑으로 맺어진 관계는 생산성을 증대시킬 뿐 아니라 생명 파괴를 줄이는 데 기여한다. 생명의 파괴를 줄이려면 생명을 대하는 태도부터 바꾸어야 한다. 그런데 이항대립적인 이성 중심주의에 입각하여 남성 중심적이고 위계적인 질서를 유지하고 있는 상태에서는 사고의 전환이 잘 이루어지지 않는다. 거꾸로 여성의 영적, 직관적 능력에만 의존하는 경우도 공정한 시선을 갖추었다고 보기 힘들다. 선험적으로 만들어진 판단의 기준을 해체하고 사랑이라는 이름으로 조성된 관계성 속에서 시각을 조율한다면 보다 공정한 태도를 구축할 수 있을 것이다. 공존, 공생을 지향하는 마음으로 세상을 본다면 징벌을 자제하고 포용하게 될 것임은 자명한 일이다.

▌ 4. 다원성의 회복

바리공주에게 있어 자기치유는 자신을 버린 아버지를 용서할 때 비로소 완성된다. 용서와 포용은 이분법적 논리에 입각하여 징벌과 배제를 일삼아 온 가부장제적 사회가 보강해야 할 윤리적 덕목이다. 타인을 용서하고 포용한다는 것은 권력의 양태를 혁신하는 것과 다름없는 것으로, "타인에게 무엇을 하지 못하도록 통제하는 힘"과 같은 부정적 양상으로서가 아니라 "무엇을 하도록 하는 힘"과 같은 긍정적 양상으로 힘의 용도를 전환하는 것이다.[8] 이를 위해서는 우선적으로 입장이 다르거나 시각이 다른 사람을 배제하지 않는 자세가 필요하다. 『바리공주』에서 바리공주가 자신을 버렸던 아버지를 용서하는 것은 자신에게는 자기치유의 길이 되지만 아버지에게는 세계의 운용에 긍정적인 힘으로 참여하는 길이 되는 것이다. 아버지를 용서하고 나서야 비로소 바리데기가 생명수를 구하고 지옥에 던져진 원혼들을 구제할 힘과 자격을 얻게 된 것은 용서를 통한 자기치유가 자신의 잠재력을 더욱 강화시키는 길이기도 하다는 사실을 암시한다.

오구대왕의 오랜 병중으로 정사가 엉망이 된 지 오래인 연유도 있었지만 사람살이의 안팎이 곧바로 극락과 지옥의 양면이었다. 도처에 거지들이 들끓고 부자들은 가난한 백성들의 고혈을 죄의식 없이 착취했으며 화적떼가 난무했다. 집집마다 다투고 미워하고 불신하는 형국이 그대로 철성에 가두면 지옥도가 될 듯했다. 현실이 곧 지옥인 세상을 간신히 견디다가 다시금 하늘의 법도가 정한 죄인이 되어 지옥에 던져진 저 원혼들을 어찌 구할꼬. 바리공주의 눈에 피눈물이 스몄다.

휘여, 불나국 내 아버지도 지옥불의 고통을 면치 못하겠구나. 남아에게 권좌를 전수하여 대통을 잇게 해야 한다는 법도는 대저 어디에서 왔으며 그 법의 감옥에 갇혀 제 자식을 버려야했던 우매한 영혼을 어찌 구제 받을까나. 인간의 제도 자체가 악이라면 그 구렁텅이 속에서 자유로울 수 있는 인간이란 도대체 누구인가. 생로병사가 애초에 고통일지라도 생로병사는 자연의 이치건만, 인간의 제도가 강제하여 얻은 우매한 마음의 생로병사는 도대체 어찌 치유한단 말인가.

바리공주가 금주령을 흔들며 가여운 혼귀들을 위해 기도하였다. 금주령이 한 번 흔들릴 때마다 그나마 죄 가벼운 혼귀들이 죄값을 탕감받으며 철성 밖으로 떨어져내렸다.

(『바리공주』, 123쪽)

위의 인용에서 볼 수 있는 바와 같이 바리공주는 죄인들을 용서하기 전에 그 죄의 원인을 따져보고 죄의 근원이 인간이 만든 제도들에 있다고 진단한다. 바리공주가 말하는 '인간의 제도'란, 가령 남아에게 권좌를 전수하여 대통을 잇게 해야 한다는 법도 따위를 말한다. 문제가 되는 것은 바리공주가 '인간의 제도 자체가 악이라면 그 구렁텅이 속에서 자유로울 수 있는 인간이란 도대체 누구인가'라는 말로 시사하고 있듯이, 그 법의 감옥에 갇혀 제 자식을 버려야 했던 길대 부인뿐 아니라 그 법에 따라 자식을 버리라고 명령했던 오구대왕까지 용서의 대상에 포함시키고 있다는 점이다. 사실상 오구대왕을 용서하는 문제는 동화에서처럼 단순하게 해결될 수 있는 일이 아니다. 용서의 대상을 무한정 확장시키게 되면 '제도'의 입안과 집행을 담당한 자에게까지 면죄부를 주게 되는 상황이 초래될 수 있다. 또한 입장과 시각의 다양성을 존중한다고 해서 죄인의 입장과 시각까지 존중하는 경우도 생길 수 있다. 제국주의의 식민지 침탈이 그러했듯이, 생태의 법칙 가운데 약육강식, 적자생존의 원리를 특별히 강조하여 강자의 전횡을 자연스러운 생명활동의 일환으로 인정해버리는 오류도 범할 수 있다. 『바리공주』는 용서에 따르는 이러한 복잡한 사정들을 고려하지 않은 채, 다만 징벌보다는 계도가 생태 법칙에 더 잘 부합된다는 판단에 입각해 오구대왕을 용서하고 있는 듯하다.

『바리공주』에서 작가의 관심은 유토피아의 건설에 집중되어 있다. 바리공주의 구약노정 중에 삽입되어 있는 탑 쌓기 과제는 유토피아의 핵심이 무엇인지를 효과적으로 설명하고 있다. 구약노정에서 길을 묻는 바리공주에게 '백발노인'은 백팔일 동안 돌탑을 쌓으면 길을 가르쳐주겠노라고 대답한다. 바리공주는 애써 쌓은 탑이 무너지기를 수십 번 반복하자 무너진 돌탑 앞에서 기진한 채 잠시 잠이 든다. 이때 애기탑을 쌓고 있는 비럭공덕 할아범을 꿈에서 보는데, 비럭공덕 할아범은 하루 한 개의 돌을 올리기 위해 그날 하루의 바람과 물의 흐름을 읽고 천기를 읽은 후 음의 날에는 양의 돌을 골라 올리고 양의 날에는 음의 돌을 골라 올리고 있었던 것이다. 돌을 올리기 전에 먼저 읽어야 하는 것이 돌 하나를 빚어낸 하늘의 마음과 땅의 마음, 그리고 돌의 마음이라는 사실을 깨달은 바리공주는 마침내 견고한 탑 하나를 쌓게 된다. 『물 밑에서 달이 열릴 때』에서도 작가는 돌탑에서 타인을 배려하는 마음을 읽고 있다.

> 돌탑을 쌓는 일은 오로지 타인을 위한 일이었다. 자신의 구복을 위한 마음이 깃들어서는 돌이 응답해주지 않았다. (중략) 그렇게 백 개의 돌이 하나의 탑신을 이루는 동안 바리공주는 매일같이 비럭공덕 할아범을 만나고 비럭공덕 할멈을 만나고 오구대왕과 길대 부인을 만나고 불나국 마을에서 본 가난한 아이들의 눈동자를 만나고 수미산의 초목들과 산짐승들을 만나고 있었다.
>
> (『바리공주』, 110~111쪽)

의도하지 않은 공동창작 예술인 셈인 산사 근처의 돌탑들이 아름다운 것은, 백개의 돌탑 안에 천명이 기원이 깃들여 있기 때문이며 누군가 앞서 쌓아놓고 간 기원의 말을 무너뜨리지 않기 위해 조심하는 마음이 빌원되어 있기 때문일 것입니다.

（『물 밑에 달이 열릴 때』, 138쪽）

백발노인이 바리공주가 쌓아놓은 돌탑을 보고 "탑 하나 속에 백 개의 탑이 제대로 들어가 앉으셨"다고 표현하고 있듯이, 하나의 공동체 속에는 생명 하나하나의 본성이 존중되고 다양성이 인정되어야 한다. 그리고 전체적으로는 다양한 개체들이 상호의존적으로 튼튼하게 결합되어 있어야 공동체도 무너지지 않는 돌탑 같은 건강성을 유지할 수 있다. 버려진 딸이 생명의 은인이 될 수 있다는 이 상호연관성의 원리를 무시했기 때문에 오구대왕은 호된 죄값을 치러야 했다. 바리공주와 무장승의 사랑이 남성 중심적 시각을 해체하는 대신 상호보완적이고 균형잡힌 시각을 새로이 구축할 수 있었듯이, 돌탑은 이원화를 통해 학습해온 세계관을 해체하는 대신 다원성을 기초로 한 상호의존적, 유기체적 세계의 가능성을 보여주었다. 작가는 그것이 '비효율적이고 낭만적인 유토피아의 추구'처럼 보일지라도 가장 바람직한 형태의 유토피아임을 역설하고 있다.

다양한 집단들의 상이한 투쟁이 인정되고 다양한 정치적 제안들이 논의될 수 있는 공간이 만들어지며 모든 사회 부문들이 자신들의 삶에 대한 직접적인 민주적 통제를 할 수 있기를 희망하는 그들의 혁명론은 전통적 의미의 좌파의 입장에서라면 비효율적이고 낭만적인 유토피아의 추구처럼 보일지도 모릅니다. 그러나 내가 그들의 전언에 깊은 공감을 보이게 되는 것은 내가 꿈꾸어온 모든 혁명의 방법론을 통틀어 그들에게서 가장 유토피아적인 지향성을 보기 때문입니다.

（『물 밑에서 달이 열릴 때』, 160쪽）

바리공주가 성장해 온 수미산은 그러한 유토피아가 이미 이상적으로 구현된 공간이었다. 비럭공덕 할멈과 할아범은 수미산이 주는 것을 그대로 받고 사는 사람들로, 그들에게는 수미산 전체가 집이고 구들이었다. 상처 입은 짐승들을 보살펴주거나 아픈 나무들을 돌보아주면서 살아온 그들이었기에 버려진 생명체인 바리공주도 데려다 키울 수 있었던 것이다. 비럭공덕 내외의 손에서 자란 바리공주는 수미산을 누비며 갖은 초목과 산짐승들을 벗삼아 지내며, 어미를 잃은 아기 늑대를 움막으로 데려와 겨우내 뜨물죽과 약초를 먹여 살려 보내기도 하고 비럭공덕 할아범을 따라다니며 약초 보는 법도 배웠다. 그렇게 해서 바리공주는 산에 깃들어 사는 모든 것들과 말이 통하는 아이로 자라난 것이다. 바리공주가 타인을 이해하고 용서할 수 있었던 것은 그러한 에코토피아의 체험이 체화되어 있었기 때문이라 할 수 있다.

에코토피아의 질서는 외부로부터 강요된 질서가 아니다. 기왕의 중심을 해체하되 그것을 다른 중심으로 대체하려 하지는 않는다. 무규정 상태란 혼란 상태를 의미할 수도 있으나 에코토피아는 무질서하고 혼란한 상태가 아니라 다양성이 조화를 이룬 상태로, 그 조화는 상호의존성을 기반으로 하고 있기 때문에 끊임없이 변화를 겪는다. 역동적 변화는 한편으로는 불안정하다는 것을 뜻하지만 다른 한편으로는 새롭고 창조적이라는 것을 뜻하기도 한다.[9] 이러한 생태적 속성에 대한 암시로서, 머레이 북친은 어떤 공동체 내에서 빚어지는 모순들은 그 다양성과 활력의 증거이며 그 시스템의 생존 가능성을 높이는 데 기여한다고[10] 말한 바 있다. 『바리공주』의 결말이 에코토피아의 완성으로 끝나지 않고 에코토피아를 지향하는 단계에 머물러 있는 이유는 에코토피아가 정형화할 수 없는 개념이기 때문이다.

『바리공주』의 끝에서, 오구대왕은 자기 병을 고쳐준 바리공주에게 갖은 포상을 제안한다. 그러나 바리공주는 모두 사양하고 억울하고 슬픈 혼령들을 위로하는 인로왕이 되겠다고 한다. 이는 신화의 결말과 일치한다. 그러나 『바리공주』에서 인로왕이 된 바리는 혼자가 아니라 무장승과 세 아들이 함께 하고 있다는 점에서 신화와 다르다. '가족'은 가족으로부터 버림받은 바리에게는 가장 큰 보상이라 할 수 있다. 그러므로 버려졌던 바리공주를 '가족'이라는 작은 공동체의 구성원으로 재배치한 것은 바리공주가 지녀온 상처를 뿌리부터 치유해주려 한 작가의 섬세한 배려라 할 수 있다.

▌5. 정리

작가의 말에서 김선우는 『바리공주』를 '세상의 지배 질서 속에서 부정된-버림받은 자신의 운명과 싸우는 한 여인의 구도기'(202쪽)라고 정의하였다. 동화의 주인공 바리공주가 신화의 주인공 바리데기와는 달리 구약의 길을 자청하거나 무장승에게 먼저 청혼하는 능동성을 보인 것은 그녀가 자기 운명과 대결하고 있음을 말해준다.

바리공주가 자기 운명과 대결하는 과정에서 가장 시급하게 해결해야 했던 문제는 자기치유였다. 이는 작가의 문학관과 관련된 것으로, 김선우는 『물 밑에 달이 열릴 때』에서도 "나는 세계에 대해 작용하려는 의지를 버린 자이며, 단지 나 자신으로 머무르기 위해 노력하는 자일 뿐이지만 동시에 '나 자신'을 구하기 위해 선택한 내 문학이 닿아야 할 근원의 목소리를 찾는 자입니다."(112쪽)라고 하고 자기치유의 문학을 하겠다는 의지를 분명하게 피력하고 있다. 자기를 치유하는 방법은, 동화에서 암시한 바에 의하면 자신의 마음속에 남아있는 증오와 원망을 해소하는 것, 그리고 자신을 부정한 존재가 아닌 긍정적인 존재로 끌어안는 것이었다. 타인과의 순환성, 상호의존성, 상호보완성을 전제로 할 때 개인적인 차원의 노력으로 보이는 자기치유는 공동체 안의 모든 존재가 평화롭게 공생할 수 있는 유토피아의 초석이 될 수 있다.

동화 『바리공주』의 에코페미니즘적 성격을 요약하면 다음과 같다. 우선, 동화에서 바리공주는 자비심을 발휘하여 아버지 오구대왕을 용서함으로써 아비에게 자연이 지닌 순환의 법칙과 여성적 원리를 깨우쳐주고자 하였다. 특히 생명수를 받아 마시는 오구대왕의 모습이 '카리타스 로마나'로 표현되어 있다는 것은 효 이데올로기를 중심으로 한 신화의 보수성을 극복하고 있다는 점에서 중요한 의미를 지닌다. 또한 오구대왕이 어린 아이 모습처럼 보이는 이 장면은 그의 생의 기원이 여성이라는 것을 깨닫게 하였다. 다음으로, 동화에서 바리공주와 무장승의 관계는 남녀 간의 이상적인 동반자 관계로 제시되어 있다. 사랑을 기반으로 한 그들의 상호의존적 관계는 그들을 생명의 창조에 참여시키는 동시에 그것이 생명의 파괴를 줄이는 데도 기여한다는 사실을 보여준다. 끝으로 『바리공주』는 다원성이 강조된 에코토피아를 대안의 세계로 제시하고 있다. 단, 에코토피아가 정형화할 수 없는 개념이기 때문에 『바리공주』의 결말도 에코토피아의 완성으로 끝나지 않고 에코토피아에 대한 지향에 머물러 있다.

1) 1970년대 말에 본격적으로 사용하기 시작한 이 용어는 프랑스의 프랑수아 드본느의 저서『여성해방인가 아니면 죽음인가』(1974)에서 처음 씌어졌다. 지구 파괴의 원흉을 남성중심적 체제로 파악하고 있는 그녀는 생태위기로부터 탈출할 수 있는 유일한 길은 여성의 잠재력이라고 주장한다. 장우주, 「에코페미니즘의 논리와 과제」, 『환경과 생명』 제12호, 환경과 생명, 1997. 3, 152쪽 참조.

2) 김욱동, 『생태학적 상상력』, 나무를 심는 사람, 2003, 48쪽. 노르웨이 철학자 아르네 네스의 「표층생태운동과 장기적인 심층생태운동」이라는 논문에서 이 용어가 처음 사용된다.

3) 박준건, 「생태적 세계관, 생명의 철학」, 경상대학교 인문학연구소 편, 『인문학과 생태학』, 백의, 2001, 73∼75쪽 참조.

4) 김용민, 『생태문학 : 대안사회를 위한 꿈』, 책세상, 2003, 56쪽, 김욱동, 「에코페미니즘의 철학적 기초」, 『영미문학페미니즘』 제4집, 한국영미문학페미니즘학회, 1997, 54∼55쪽 참조.

5) 미와 교코·진중권 공저, 『성의 미학』, 세종서적, 2005, 109쪽.

6) 마리아 미스 외, 손덕 수 외 역, 『에코페미니즘』, 창작과 비평사, 2000, 38∼39쪽 참조.

7) 김춘식, 「날개 상한 벌이 백일홍 꽃잎 속으로 들어가듯이」, 『내 혀가 입 속에 갇혀 있길 거부한다면』 해설, 114쪽 참조.

8) 문순홍, 「에코페미니즘이란 무엇인가」, 『여성과 사회』 6집, 한국여성연구소, 1995, 322쪽 참조.

9) 김욱동, 「에코페미니즘의 철학적 기초」, 앞의 책, 48쪽.

10) 이우봉, 「새로운 환경관」, 경상대학교 인문학연구소 편, 『인문학과 생태학』, 백의, 2001, 111쪽에서 재인용.

여성의 자기서사 자기표현

제8장 소설 : 박완서 「꿈꾸는 인큐베이터」 외

현대 여성작가의
글쓰기 경향

▌ 1. 여성의 글쓰기 전략

여성문학에는 독특한 특징이 존재하는가. 남성 중심으로 권력화된 이 사회의 관습망 속에서 여성은 과연 독자적인 목소리를 지닐 수 있는가. 여성이 남성과는 명백히 다른 경험 세계를 가지고 있다 하더라도 그 세계가 여성 개개인의 다양한 경험들을 두루 포괄할 수 없다면 우리가 규정하고 싶어 하는 여성 세계의 특징은 또 하나의 이데올로기이자 과장된 수사에 불과한 것이 되지는 않을까. 어떤 작품이 보편적 가치와 문학적 완성도를 지니고 있다면 굳이 여성 문학이라는 전제 아래에서 논의할 필요가 있을까. 우리가 갖게 되는 수많은 회의와 의혹들은 결국 왜 여성 문제를 고민해야 하는가라는 질문으로 집결된다. 그러한 근본적인 고민에 충실하지 못했기 때문에 여성 문제에 대한 과거의 접근 방식은 대체로 성 대결의 구도 아래 배타적이고 공격적인 포즈를 취했다.

여성 문제의 해결책 또한 대안 없는 홀로 서기라든가 가정으로부터의 일탈 등으로, 실로 미봉책에 그친 감이 없지 않았다. 그리고 한 편에서는 여전히 어머니나 누이, 혹은 아내를 희생과 관용의 상징으로 내세움으로써 그들로 하여금 남성 지배 이데올로기를 보조하도록 하는 음모가 추진되기도 하였다.

바흐친 식으로 말하면 모든 언어는 다성복합(polyphony)적 특징을 지니는 바, 거기에는 종교, 예술, 사회, 과학 등과의 접촉을 통해서 형성된 수많은 정보들이 깊숙이 내장되어 있다. 남성 중심의 제도적 메커니즘이 여성에게 내면화되는 과정은 여성이 다성복합의 언어를 습득하는 과정과 일치한다. 그만큼 그 내면화 과정은 거의 자각 없이 이루어지며, 그것이 사회적 관습이나 통념, 상식 등으로 굳어지는 것은 시간 문제이다. 그러나 고정불변의 관습이란 존재하지 않는다. 인류는 시대의 변화에 따라 의식의 변천을 함께 겪어왔다. 여성을 관조의 대상으로 취급해온 사회적 인습도 끊임없는 문제제기를 통해서 바로잡을 수 있다. 여성이 남성 이데올로기의 억압으로부터 자유로워지는 길은 새로운 방식의 자유를 시도하는 데 있는 것이 아니라, 억압의 정체를 드러내 놓고 그것에 대해 남성과 함께 진지한 대화를 나누는 데 있다.

여성의 글쓰기에는 불규칙한 기억과 비논리적인 연상, 추상적이고 단편적인 사고가 표출되는 경향이 있는데, 이는 일상적이고 단편적인 여성의 삶과 무관하지 않다. 작가의 개인적인 기호에 따라 선택되는 것처럼 보이는 문체도 사실은 경험과 기억, 상황의 산물이라 할 수 있다. 그러므로 여성의 경험이나 일상을 이해하는 일은 여성적 글쓰기를 이해하는 일의 전제가 된다. 여성의 일상이 본격적으로 그 위상을 복원하기 시작한 것은 1990년대부터이다. 이 시기에 포스트모더니즘의 영향과 동구권의 몰락 등이 직접적인 원인이 되어 주변적이거나 일상적인 문제, 혹은 개인의 실존적 차원의 문제들이 집중적으로 조명되기 시작하였다. 그러한 긍정적인 변화에 힘입어 여성 작가들은 여성의 체험과 현실을 직접 여성의 육성으로 담아내기 시작하였다. 과거의 여성 문학은, 애당초 보편적 가치를 부여받고 있는 남성 작가의 문학을 준거로 평가되었으며, 남성의 시각에 길들여진 독법으로 이해되어 왔다. 여성적 글쓰기에 대한 관심은 이러한 문학적 관행에 대한 자각과 반성에서 비롯되었다.

여성의 목소리를 기록하는 문체는 대체로 머뭇거림, 망설임의 양상을 보여왔다. 그것은 가부장적 권위에 대한 두려움과 열등의식의 발로였다. 이데올로기와 지배권력의 이면에는 언제나 침묵 당하는 목소리들이 존재해 왔다. 인종이나 성 차이에 의해 차별받는 목소리들은 애초부터 지배 담론에서 배제되었기 때문에 미약하거나 아예 없는 것으로 치부되곤 하였다. 그들은 사회 속에서 언어의 풍부한 자원의 사용을 거절당하고, 침묵을 강요당하고, 완곡어법 또는 완곡한 표현을 사용하도록 강요당해 왔으나[1], 이제는 고유의 육성을 회복하고 나름대로 새로운 소통의 방식을 마련하게 된 것이다.

신경숙의 『풍금이 있던 자리』는 머뭇거리고 망설이는 여성문체의 특징을 서사적 전략으로 이용하는 데 성공한 경우이다.

> 저, 저만큼 집이 보이는데,
> 저는, 집으로 바로 들어가질 못하고, 송두리째 텅 빈 것 같은 마을을 한바퀴 돌고도… 또 들어가질 못하고… 서성대다가 시끄러운 새소리를 들었어요. 미루나무를 올려다보니 부부일까? 두 마리의 까치가, 참으로 부지런히 둥지를… 둥지를 틀고 있었어요. 오래 바라보았습니다, 둘이 서로 번갈아가며 부지런히 나뭇잎이며 가지들을 물어나르는 것을.
> (「풍금이 있던 자리」, 12쪽)

기혼자를 사랑하게 된 여성을 주인공으로 내세우고 있는 이 작품은 다분히 통속적이다. 그러나 이 작품이 특별하게 읽히는 것은, 편지글로 섬세하게 이어지는 한 여자의 유약한 의식이 사실은 사회적 통념의 전복을 획책하고 있기 때문이다. 여자는 남자와 멀리 여행을 떠나기로 하고 그 전에 부모님과의 작별을 위해 고향집으로 돌아온다. 그러나 막상 집 앞에서 여자는 집으로 곧바로 들어가지 못하고 서성거린다. 쉼표와 말줄임표는 서글픔과 안타까움과 고통스러움으로 뒤범벅된 여자의 심리를 감출 듯 은밀히 드러내어 감정의 공명의 일으킨다.

여자의 머뭇거림은 이미 심경의 변화를 예고하고 있다. 신경숙은 과거의 기억을 지표로 삼아 현재의 행로를 결정하는 습관이 있는데 이 작품의 주인공인 여자 역시 어린 시절의 기억을 떠올리며, 그 시절에 보았던 아버지의 여자가 자신과 다르지 않음을 깨닫고 아버지의 여자가 아버지를 떠났듯이 자신도 남자에게 돌아가지 않게 되리라는 것을 예감한다. 그리고 그 예감은 머뭇거리다가 결국 떠날 시간을 놓쳐버림으로써 확고해진다.

즉각적인 판단은 무심코 절대적이고 권위적인 목소리를 따르도록 훈련되어 있다. 그것을 알기 때문에 이 작품에서 작가는 즉각적인 판단을 유보한 채 주변의 정황들을 두루 살핌으로써 주인공이 겪는 특별한 사랑과 이별의 방식을 정당화시킨다. 동의나 설득을 구하는 방식, 단정적이고 중압적인 표현들은 거의 배제되어 있다. 이 작품은 불륜이라는 통속적인 소재를 다루고 있지만 아버지의 사랑은 아름답게만 추억되고 주인공의 이별은 처연하게만 느껴진다. 이처럼 이 작가는 사회적으로 공감을 얻기 어려운 문제들도 자연스럽게 소설의 맥락 위에 펼쳐놓고 통념과는 다른 진실도 있다는 사실을 보여준다.

여성이 글을 쓰는 이유에 대해 좀더 직접적인 설명을 제공하고 있는 작품으로는 신경숙의 「베드민턴 치는 여자」와 오정희의 「야회」가 있다. 이들의 작품에는 여성의 글쓰기 행위 자체가 작품의 소재로 선택되어 있을 뿐 아니라, 작가의 의도가 문면에 노출되어 있어 여성의 글쓰기 전략이 가져오는 효과를 쉽게 가늠해볼 수 있다. 3인칭 시점을 사용하고 있는 이 두 작품은 서술자가 등장 인물과 거리를 두며 미적 통제를 하고 있음에도 불구하고, 어느덧 그 서술자가 등장 인물 내부로까지 침투하여 독자와의 거리를 밀착시켜 공감을 유도하고 있다.

우선 「베드민턴 치는 여자」에서의 글쓰기는 복잡한 감정을 갈무리하는 수단으로 기능한다. 이 작품의 주인공은 한 꽃집의 점원이다. 유리 너머로 안이 훤히 들여다보이는 그녀의 일터에서 그녀는 노트에 삶의 자취를 기록하곤 한다. 그 기록은 욕망의 발견이자 그것의 은폐이다. '그녀에게 있어서 글을 쓴다는 것은, 그 글 속으로 그녀 자신이 숨는 일'이지만, 그것은 슬프고 고통스러웠던 기억을 아름다운 추억으로 윤색시키는 일이기도 하다. 그래서 그 은폐는 회피라기보다는 극복에 가깝다. 어느날 우연히 고요한 일상을 침범해온 한 사진 작가로부터 사랑의 감정을 기만당한 그녀는 그 기억을 애써 노트에 적어보려고 시도한다. 어릴 때 알았던 '그 애'에 대한 기억을 노트에 기록함으로써 그 애의 영상에 아름다운 무늬를 입혔듯이, 사진 작가와의 아픈 기억도 하나의 아름다운 추억으로 환치시킬 수 있게 되기를 그녀는 희망한다. 그러나 상처 받은 사랑은 끝내 치유될 기미를 보이지 않는다.

> 그녀는 다시 거리에 있다. 탁자에 엎드려서 눈물을 글썽이며 그 애에 대한 영상을 새 노트에 적어놓고 나니, 나흘 전부터 그에게 품었던 슬픔이 어느 정도 사라진 듯하다. 아니다. 어쩌면 바로 눈앞에 두고도 그녀를 못 알아보는 그 남자에게서 받은 놀라움이 아직도 그녀 마음속에 풀기

를 세우고 있어서일지도 모른다. 그날, 소매가 없는 자주색 실크 블라우
스 아래 좁쌀만한 소름이 돋은 채로 얌전하게 놓여져 있던 그녀의 팔은,
추운가보군, 무심한 그의 한마디로, 무심한 그의 쓰다듬음으로, 그랬다,
욕망을 품게 된 것이다. 아직 추억이 되지 못한 욕망은 파릇파릇하다.
(「베드민턴 치는 여자」, 173쪽)

소설의 결말에 가서 여자는 남성의 횡포를 상징하는 포크레인 위에
올라가 흙으로 몸을 덮고 다시 글쓰기를 시도해본다. 그러나 그것도 곧
포기하고 만다. '그 애'에 대해 가졌던 욕망은 이미 오랜 시간을 건너오
는 동안 닳고 퇴색한 기억이 되어 글쓰기를 통해 쉽게 관조할 수 있었
지만, 사진 작가에게 품었던 욕망은 글쓰기로 정돈되기에는 아직 이른,
너무 생생한 좌절이기 때문에 끝내 기록되지 못한 것이다.

이처럼 신경숙은 감정의 정돈을 위하여 자신의 욕망을 반추해내고
그것을 정면에서 응시하였는데, 오정희의 경우는 좀 다르다. 오정희는
억압된 일상의 돌파구를 마련하기 위해 욕망의 발견을 기도한다. 「야회」
의 명혜는 겨울이 다가오면 새벽마다 밥을 짓기에 앞서 아랫목에 남편
길모의 구두를 녹이는 일과 천식기 있는 아이들을 업고 걸려 사흘거리
로 병원 걸음을 해야 할 걱정 먼저 앞서는 평범한 가정주부이다. 꽉 막
힌 일상 속에서 날개 꺾인 욕망을 파닥거려보는 그녀에게 있어 글쓰기
는 현실과 욕망간의, 결코 순조롭지 않은 타협의 산물이다.

밤마다 명혜는 늦도록 불을 켜놓고 책상 앞에 앉아 스쳐간 인상, 자
신이 살아온, 그리고 살아갈, 또한 다른 사람들이 살아가는 내력과 얽힘
을 더듬고 그것이 그 스스로의 활성을 얻어 작용하여 생의 은유로서 형
상화되기를 바라며 몇 자씩 쓰곤 했다. 그러나 흰 종이 위에서 인생은
보잘것없는 일상의 연속이고 통속적인 흐름이었다. 흰 종이 위에서는
어떤 것도 유치하고 흔한 이야기가 되어 버렸다. 하지만 명혜는 밤마다

책상 앞에 앉는 일을 포기하지 않았다.

(「야회」, 231쪽)

오정희는 단조로운 일상 뒤에 가려진 공포와 불안, 억제된 열망 등을 복원함으로써, 인생이란 우리 눈에 보여지는 것보다 더욱 복잡하고 다단한 것임을 말하고 싶어한다. 그것은 인간이 누릴 수 있는 생의 자유와 권한을 회복하는 일이기도 한데, 겉으로 표현될 수 있는 욕망은 여전히 사회적 규범이 허용한 공식적 약호, 즉 보조관념에 불과하다. 원관념을 생생하게 드러내 놓기에는 윤리적 기준, 금기, 사회적 통념 들이 쌓은 철옹성이 너무 견고하다.

> 명혜는 유리컵에 눈을 댄 채 멍하니 서서 자신의 내부에 괴롭게 끓고 있는 욕망을 형상화시킬 하찮은 실마리를 찾아 헤맨 시간과 길목들을 생각했다.

(「야회」, 244쪽)

주인공 명혜가 자신의 욕망을 형상화시킬 단서로서 현실 위에서 건져올린 것들은, 사실은 구체적인 실체가 아니라 무수한 은유일 뿐이다. 신경숙과 오정희의 작품에서 공통적으로 발견되는 글쓰기 전략의 하나는 이처럼 주로 은유나 암시를 통해서 상황과 심리를 설명하려고 한다는 점이다.

신경숙의 「풍금이 있던 자리」에서 아버지와 그 여자의 관계가 당신과 나의 관계를 거울처럼 비추었듯이, 그리고 「베드민턴 치는 여자」에서는 그와의 관계를 통해서 얻은 슬픔을 그 애와의 기억으로 치환시켜 극복하려고 하였듯이, 신경숙은 관계 양상들의 유사성을 통해서 특수한 관계들을 이해하게 하고 그럼으로써 가치체계의 다양성을 수긍하게 하

였다. 오정희 역시 은유적 글쓰기를 통해 현실의 경계를 허물고 감추어
진 진실을 들추는 일에 몰두한다. 「야회」에서 명혜의 의식의 그물에 걸
린 은유는 '흰 새'이다. 평범한 중년 주부인 그녀는 부엌의 선반 위에
놓인 노트에 '흰 새'에 대한 인상을 짤막하게 기록한다. 저녁에 파충류
의 몸 속 같은 김원장의 정원에서 화려한 야회가 펼쳐지고, 그 안에서
기만과 허위로 가득찬 사람들이 얼굴을 마주한 채 의례적인 대화를 나
누는 동안에도 명혜의 가슴 속에는 '흰 새'에 대한 열망만이 꿈틀거린
다. 그녀에게 '흰 새'는 상식과 교양에 갇혀있지 않은 자유 의지의 표상
이었다.

▌ 2. 회상의 형식과 자아 성찰

정체성(identity)은 주로 경험에 대한 반성적 성찰을 통해서 얻어진
다. 여성 작가가 대체로 자전적 진술 속에서 자아를 재발견하고 싶어하
는 것은 이 진술 방식이 다른 방식의 글쓰기에 비해 내적 욕망을 좀더
충실히 재현할 수 있기 때문이다. 자전적 진술은 개인적인 체험을 바탕
으로 한다는 특징이 있다. 자아라든가, 정체성의 개념에는 억제된 욕망
이 포함되어 있으며, 과거의 체험은 단순히 회상의 자원으로써만 활용되
는 것이 아니라 그 자체가 욕망이 맺혀 있는 하나의 메타포이기도 하다.

신경숙의 「풍금이 있던 자리」가 내성의 목소리를 극대화시킬 수 있
었던 것은 그 소설의 형식이 자전적 회상을 담은 편지글 형식이기 때문
이다. 실로 자전적 진술은 과거를 재구성해내는 회상의 형식에 의해 그
빛을 발휘한다. 회상의 형식은 성장을 목표로 이용되는 게 보편적이지
만 반드시 그런 것만은 아니다. 이를테면 박완서의 「엄마의 말뚝1」은

회상이 성장의 계기로 작용하여 성장 소설의 모범적 사례가 되고 있지만, 오정희의 「유년의 뜰」의 회상은 불안과 공포의 기억만을 되살려 놓을 뿐 반성이나 성찰이 따르지 않는다.

오정희가 과거의 기억을 성장의 계기로 삼지 않는데도 불구하고 회상의 형식을 논하는 자리에서 그녀의 작품을 빼놓지 않는 이유는, 그녀가 여성의 심리 상태와 반응과 변화 등을 살피는 데 남다른 치밀성을 보이고 있기 때문이다. 오정희 소설의 여성 주인공은 사회성이 결여되어 있거나 환경과 단절된 것처럼 보이지만 실제로는 환경과 긴밀히 유착되어 있다. 「유년의 뜰」의 주인공 노랑눈이만 해도 환경의 질곡을 온몸으로 체현하는 인물이다. 아버지가 집을 나간 뒤 어머니가 읍네의 밥집에 나가 수상한 일을 하여 돈을 벌어오고, 오빠가 아버지 대신 가장 노릇을 하고, 할아버지의 기생 첩이었던 할머니가 어머니의 눈치를 살피며 살아가는 남루한 일상의 틈새에서 노랑눈이는 걷잡을 수 없는 식탐에 빠져 비정상적으로 살이 찐다.

「유년의 뜰」은 성장을 기억하는 것이 아니라, 정체성을 상실해간 비극적 체험을 회고하고 있다. 노랑눈이의 눈에 비치는 가족의 모습은 하나같이 불운하고 절망적인 모습들뿐이다. 가족들의 불행은 근본적으로 전쟁과 분단, 그리고 그로 인한 아버지의 부재가 초래했다. 흔히 한 가정 내에서 남성이 부재하게 되면 모계 가족 구조로 재편성되는 과정에서 여성은 심각한 정체성의 위기와 혼란을 겪게 된다. 그리고 그 혼란이 가라앉을 때쯤에는 새로운 정체성을 얻게 마련이다. 그러나 오정희의 인물들은 혼란의 복판에 멈추어 선 채 도무지 정체성 획득의 가능성을 보이지 않는다. 어머니, 할머니, 언니, 노랑눈이, 그리고 혀를 깨물고 죽은 부네 등은 모두 현실에 항거할 힘을 잃은 열패아들일 뿐이다. 「유년의 뜰」의 연작으로 읽히는 「중국인 거리」에도, 여덟 번째 아이를 배고 있는 어머니, 미군 검둥이의 양갈보인 매기언니, 양갈보가 되고 싶어하는 치옥이 등 한 시대의 횡포에 유린당한, 남성 이데올로기의 희생자들이 존재한다. 오정희의 여성 인물들은 이처럼 성장하지 않을 뿐 아니라 심각하게 병들어 있다.

한편 박완서의 작품은 서사적으로 완결되어 있고 내용적으로도 작가의 계몽적인 의도가 충분히 반영된다. 「유년의 뜰」이 박완서의 작품이라면 작품을 마무리하기 전에 회상의 주체를 앞세워 과거의 경험에 의미를 부여하고 화자가 처해 있는 현재 상황을 점검할 것이다. 그리고 주제를 명확히 명시해줄 것이다. 완결돼 있지 않고 비논리적이고 충동적인 오정희의 서술 태도와는 판이한 방식으로 박완서의 소설은 전개될 것이다.

박완서의 「엄마의 말뚝1」은 작가의 가족사를 사실적으로 그려놓은 자전적 소설이다. 이 작품에도 노랑눈이 만한 어린 시골 소녀가 등장하고, 아버지가 갑자기 죽고, 어머니가 새로운 가정 질서를 구축해간다. 이 작품이 「유년의 뜰」과 크게 다른 점은 어머니에게 결단력과 추진력이 있다는 점이다. 어머니의 혁명적이고 도전적인 성격은 '나'의 의식 변화에 결정적인 영향을 미친다. 이 소설이 성장 소설의 요건을 갖출 수 있었던 것은 바로 이 '어머니'의 역할 때문이라 할 수 있다.

> "이것아, 계집애 공부시키는 건 아들 공부시키는 것하고 달라서 순전히 저 한 몸 좋으라고 시키는 거지 집안이 덕 보자고 시키는 거 아니다. 느이 오래비 성공하면 우리 집안이 다 일어나는 거지만 너 공부 많이 해서 신여성 되면 네 신세가 피는 거야, 이것아. 알았지?"
> 이럴 때 엄마의 눈빛은 도저히 거부하거나 비켜갈 엄두가 나지 않을 만큼 절박한 열기를 담고 있었다.
>
> (「엄마의 말뚝1」, 168쪽)

　　어머니가 세운 신여성이란 것의 기준이 되었던 너무 뒤떨어진 외양
과 터무니없이 높은 이상과의 갈등, 점잖은 근거와 속된 허영과의 모순,
영원한 문 밖 의식, 그건 아직도 나의 의식내용이었다. 그러고 보니 나
의 의식은 아직도 말뚝을 가지고 있었다. 제아무리 멀리 벗어난 것 같아
도 말뚝이 풀어준 새끼줄 길이일 것이다.

(「엄마의 말뚝1」, 179쪽)

　거의 집착에 가까운 어머니의 자녀 교육열에 힘입어 '나'와 오빠는
어머니를 따라 박적골에서 서울로 이사를 오게 된다. 어머니가 새로운
말뚝을 서울에 박는 동안 '나'는 박적골에서는 경험해보지 못한 '죄악'
을 경험함으로써 서서히 새로운 세계에 눈을 뜬다. '나'의 서울 생활은
남성 중심의 사회와 전통 중심의 사회를 객관화시킬 수 있는 계기가 되
었으며, 동시에 한 여성인 '어머니'의 열망과 그 한계를 타진해 볼 수도
있는 계기가 되었다. 세월이 흐른 뒤에 '나'는 어린 시절에 어머니가 세
운 '신여성이란 것의 기준'이 단지 '뒤떨어진 외양과 터무니없이 높은
이상과의 갈등, 점잖은 근거와 속된 허영과 모순, 영원한 문 밖 의식'에
불과한 것이었음을 깨닫는다. '신여성'은 어머니의 열망의 상징이었으
며, 단지 어머니가 알고 있던 세상에 대한 욕망만을 압축해 놓은 것이
었다.

　박완서에게 있어서, 과거를 해석하고 이해하는 일은 곧 현재를 반성
하고 성찰하는 일로 직결된다. 이 점이 오정희와의 가장 큰 차이점이다.
성장한 '나'는 어머니의 모순된 생각이 고스란히 자신의 의식을 채우고
있다는 사실을 인정한다. '나'는 허물어진 성터처럼 초라하고 보잘것없
는 과거의 시절들을 현재와 연결시켜 보면서, 자신의 성장도 결국 어머
니가 욕망하던 수준을 벗어나지 못했음을 알게 된다.

▌3. 모성의 탐색

「엄마의 말뚝1」이 대표적인 예가 되겠지만, 성장기의 여성의 정체성
은 대부분 어머니와 딸의 관계를 통해서 형성된다. 배반하고 싶은 대상
으로서든 모방하고 싶은 대상으로서든 딸의 주된 상대는 어머니이다.
전통적인 의미의 '모성'은 그 동안 많은 비판을 받아왔다. 모성은 혈육
중심의 편협한 인간애일 수 있다는 것, 그리고 모성을 신성시하는 관습
은 남성 중심적 이데올로기의 권력화를 부추기고 여성의 욕망을 억압
한다는 것이 그 비판의 골자였다. 실제로 남성 작가들이 즐겨 그려온
모성의 이미지는 가부장제적 관습을 묵묵히 수용하고 자식에게는 무조
건 희생하면서 살아가는 전통적 어머니 상이었다. 이러한 인물들은 실
제로 사회의 가부장적 관념들을 재생산하고 세습하는 데에 크게 기여
해왔다. 1990년대의 여성 소설에서 모성을 거부하거나 모성에 대한 공
포심을 자주 드러내는 것은 이러한 가부장적 이데올로기에 대한 반격
이나 다름없었다.

우리 사회는 역사적으로 전쟁, 분단 등의 시대적 격변기를 거치면서
어머니 혼자 비루한 현실을 힘겹게 이끌어가야 했던 시절을 경험했다.
아버지나 남편의 부재는 어머니, 아내, 누이의 위상을 바꾸어 놓는 결정
적인 계기가 되었다. 그러나 엄밀히 말하여 그것은 권력의 이동을 의미
하는 것이 아니라 여성의 희생을 강화한 것이었다. 「유년의 뜰」의 노랑
눈이 어머니가 수상한 일을 하여 돈을 벌기 시작한 것은 그러한 맥락에
서 볼 때 매우 문제적이다. 일터에서 돌아온 어머니가 자신의 밥을 훔
쳐먹은 딸에게 '내가 낳은 자식 같지 않다'고 한 말은 전통적인 관념으
로 볼 때 '나쁜' 어머니의 일탈적인 발언처럼 들리지만, 그것은 사실 어
머니 삶의 피로와 절망을 노출시킨 것이기도 하다.

공선옥은 이러한 '노랑눈이의 어머니' 들에게 남다른 애정을 쏟는다. 공선옥의 「우리 생애의 꽃」에서 말단 공무원으로 있다가 순직한 남편은 「유년의 뜰」 못지 않게 황폐한 삶을 아내에게 떠넘겼다. 이 작품의 '어머니'인 '나'는 혼자서 모든 어려움을 감당해야 하는 현실에 그리 순종적이지만은 않은 태도를 취한다. 이 어머니는 맹목적인 생존에 매달리기보다는 인간적인 방황을 택한다.

> 미망인. 나는 순직 공무원의 미망인이다. 그는 말단이었으므로 말단 공무원의 미망인인 나의 생계는 순직이라는 이름으로 남편인 그가 남기고 간 몇 푼의 연금에 전적으로 의지하고 있는 상태에 있다. 순직한 남편의 연금에 생활을 의지하며 나는 위태한 일상을 살아내고 있는 형편이다. 생활의 기반은 취약하다. 꼭 사야할 것만 사기에도 불충분한 경제조건이다. 취직을 하자하자 하면서도 미룬다. 아이가 젖먹이였을 때는 그애가 유아원에 갈 때쯤이면 했다가 막상 유치원에 다닐 무렵엔 아이가 학교 가면 그때 취직하자 하자 한다. 그렇게 취직하자 하자 하는 세월만 살아낸 지 오년째다. 위태한 일상은 위태한 의식을 낳기 쉽다. 위태한 일상은 위태한 의식에게 잔인하다. 내 추억은 위태한 의식에 퇴적된 하나의 낡은 관념이다. 그러나 일상은 그 관념과 늘 상충한다. 내 추억이라고 이름붙여진 관념 속의 그 반동의 기운들을 나는 지금 실감한다. 이제 추억 속의 관념은 육화된 현실이다. 아이가 집에 들어올 시간에 집을 도망친 지금. 나는 아이로부터 벗어나서 천천히 어둠의 빛이 요염한 길고 아득한 길을 간다.
>
> (「우리 생애의 꽃」, 169쪽)

'나'는 집을 나가고 길에서 방황하고 술을 마시면서 모종의 일탈을 시도해보지만 결국에는 다시 제자리로 돌아온다. 강요된 모성을 거부하고 싶은 충동은 가족의 생존을 보호해야 한다는 책임의식을 이기지는 못한다. 그리하여 '나'는 여성성과 모성의 충돌로 생긴 반란의 기분을 숙명의 논리나 이성의 힘으로 간신히 억누르고 만다. 특히 가슴 큰 여자 '수자 씨'의 '일상이 된 반란'은 '나'의 충동적인 반란을 부끄럽게 한다. 기층 여성인 수자 씨는 애가 셋 딸린 어미이며, 그녀의 풍만한 젖가슴에는 세 아이들의 생존이 달려 있다. 수자 씨에게 '반란'이 '일상'이 되었다는 것은 일탈의 길이 완전히 봉쇄되었음을 뜻하는 것이기에 그녀 앞에서 '나'의 반란은 한갓 사치에 불과하다.

일상으로부터의 여성의 일탈은 여성 문학의 단골소재가 된 지 오래다. 입센, 엘렌 케이, 콜론타이 등이 우리 나라에 소개되기 시작한 1920년 무렵의 여성 문학은 주로 성의 해방이나 자유연애, 신 정조관을 주장하였다. 그 이후에도 여성의 문학은 가정 내에서 남성 중심적인 가치관에 의해 창백하게 질식해가는 여성을 구해내기 위해 홀로 서기를 가르치고 직장 여성을 가정 밖으로 끌어내는 일에 관심을 집중시켰다. 그러나 거기에는 모성에 대한 사색이 부족했다. 여성성은 자아를 찾아 나서는 탈주를 거침없이 부추기지만, 모성은 기껏해야 '말뚝이 풀어준 새끼줄 길이' 만큼밖에 벗어날 수 없도록 단속되었다. 공선옥은 일탈을 시도한 여성 인물들을 다시 집으로 돌려 보내기 때문에 가부장제 이데올로기에서 크게 벗어나지 못하고 있는 게 아니냐는 비난을 받곤 한다. 그러나 공선옥의 여성 인물이 가정으로 돌아간 것은 그녀가 여성이기 때문이 아니라 어미이기 때문이며, 이때의 '어미'는 생물학적 성별보다는 문화적 성별에 더 가까운 여성을 의미한다. 어미가 가정을 선택하는 것은 가부장적 질서에 복무하는 것이 아니라 윤리적 책임을 다하는 것이다.

실존적인 차원에서 모성의 의미를 모색하고 있는 오정희의 「옛우물」역시 전통적인 맥락에서의 모성을 통해 여성의 정체성을 탐구하고 있다. 「옛우물」은 오정희 문학의 변화가 가장 현저하게 나타나고 있는 작품으로, 이전의 오정희 작품의 특징으로 지적되어 온 요나컴플렉스를 완전히 벗어나 있다. 「옛우물」의 주인공은 마흔 다섯 살의 생일날 아침에 '스물 세 살부터 십년에 걸쳐 해거름으로 아이 낳기를 한 서른 세 살의, 아마 그녀로서는 마지막 출산이기를 바랐을 여자'에게서 태어났다는 사실을 상기한다. 「중국인 거리」에서만 해도 여덟 번째 아이를 낳은 어머니는 생산성과는 거리가 먼 동물적인 모습을 그려져 있었다. 그러나 이제 중년의 나이에 회고해 보는 여성의 출산은 그 신성함과 경이로움을 완전히 회복하여, '나'의 어머니는 '다산의 축복을 받은 농경민의 마지막 후예'로 새롭게 인식되고, '나'는 어머니와 함께 여성의 삶의 유장한 질서에 속해 있음을 깨닫는다.

> 젊은 처녀들로부터 둥글고 기름진 몸매의 중년여자, 만삭의 임부, 다산의 주름이 겹겹이 늘어진 노파 들이 열심히 때를 밀고 비누칠을 하고 마사지를 한다. 남편이 지난해 가을 러시아 여행에서 민속인형을 샀다. 얇은 나무로 만든 것으로 볼이 붉은 처녀의 얼굴이 그려지고 민속의상의 무의와 채색을 입힌, 얼핏 오뚜기처럼 단순한 모양이었지만 그 안에는 똑같은 모양의 인형들이 크기의 차례대로 겹겹이 들어 있었다. 그것은 내게 인생의 중첩된 이미지로 받아들여졌다. 앙상한 뼈 위로 남루하고 커다란 덧옷을 걸친 듯 살가죽이 늘어진 한 늙은 여자 속에 얼마나 많은 여자들이 들어 있는 것일까. 보다 덜 늙은 여자, 늙어가는 여자, 젊은 여자, 파과기의 소녀, 이윽고 누군가, 무엇인가가 눈 틔워주기를 기다리는 씨앗으로, 열매의 비밀로 조그맣게 존재하는 어린 여자 아이.
>
> (「옛우물」, 34∼35쪽)

한 여성의 몸은 과거의 무수한 여성들의 누적이며 미래 여성들의 예비이며, 그 모든 여성들의 현현이다. 「옛우물」은 이처럼 여성의 잉태와 출산에 창조적 권능을 부여함으로써, 가부장제적 질서를 와해시키지 않는 범위 내에서 그것의 재조정을 꾀한다.

▌4. 중년 여성의 시각

중년 여성에게 찾아오는 위기 의식과 정체 모를 불안감은 역설적이게도 경제적 안정과 견고한 가정 질서로부터 비롯되는 경우가 많다. 주지하는 바와 같이 한국의 급진적 근대화 과정은 경제제일주의 원칙을 앞세워 배금주의, 속물주의의 사회풍조를 조장하였다. 그리고 중년 여성, 특히 중산층 가정의 주부는 자본주의의 산물인 성별 분업 구조에 의하여 가사 노동에만 종사하게 되었으며, 그 대가로 여성은 경제력을 지닌 남편에게 기생하는 존재로 전락했다.

중년 여성은 물질주의, 허위 의식, 속물성과 결탁한 안락한 일상을 행복으로 착각하며 살아가도록 길들여지다가, 어느 날 문득 아내와 어머니로서의 역할에 파묻혀 있는 자신을 되돌아보는 계기를 맞는다. 그때 느끼는 심각한 소외감과 위기 의식이 오정희의 작품에서는 파괴적 충동과 일탈로 표출되곤 하였다. 박완서의 「지렁이 울음소리」나 「꿈꾸는 인큐베이터」와 같은 작품에서 합리적이고 명시적으로 그 원인을 파헤쳐 여성 인물에게 주체적인 삶을 회복할 수 있는 기회를 제공했던 것과 대조적이다. 즉, 오정희는 남성 중심적 사회 윤리나 이기적 속성을 여성이 저항할 수 없는 힘으로 간주했는데, 박완서는 거기에 정공법으로 부딪혀 그것의 속성과 본질을 이해하려고 노력한 것이다.

박완서의 「지렁이 울음소리」에는 어느날 문득 자신이 누리고 있는 경제적 풍요와 안락한 가정 생활이 진정한 행복이 아닐 수도 있다는 의

심을 품게 되는 중년 여성 숙이가 등장한다. 이 여성은 은행의 지점장인 남편이 있고, 유산으로 물려받은 부동산이 있고, 알토란 같은 세 아이들이 있는 중산층 주부이다. 작품의 주제는 일차적으로 이 사회의 물질주의, 속물성을 비판하는 것이지만 그에 따라 내면 의식, 정신성, 정체성을 잃고 살아가는 주부의 안일한 일상을 치밀한 구체성을 통해 지적한다.

숙이는 '행복한 것의 행복감과는 무관한' 행복을 철석같이 믿고 살지만, 그것이 사실은 이웃이 만들어 놓은 '행복'이라는 영지에 갇힌 것에 불과하다는 것을 안다. 그녀는 어느날 우연히 욕쟁이 선생을 만나게 되고, 그 욕쟁이 선생이 과거에 가졌던 비판의식, 정의감에 향수를 느끼며 그 정신을 재현해 보려고 집착에 가까운 노력을 보인다.

> 그가 지금 와서 욕쟁이가 아닌 척하는 것은 참을 수 없는 배신이다. 나는 그의 배신을 용서할 수 없다. 어떻든 그를 다시 욕쟁이로 만들고 말 테다.
> 그의 욕이 내 생활을 꿰뚫고 내 행복을 간섭하고, 그의 욕이 이 기름진 시대를 동강내어 그 싱싱한 단면을 보여주며 이것은 허파, 이것은 염통, 이것은 똥집, 이것은 암종, 이것은 기생충 하고 고래고래 소리지르게 하고 싶다. 나는 이런 부질없는 소망으로 몸이 달았다.
>
> (「지렁이 울음소리」, 364쪽)

욕쟁이 선생의 역할은 「꿈꾸는 인큐베이터」에 등장하는, '딸만 둘 가진 남자'의 역할과 유사한 면이 있다. 중년 여성의 허위성과 소시민 의식을 낱낱이 해부하기 위해 여성 주인공 자신이 일부러 유인해낸 서사적 장치라는 점에서 그렇다. 특히 「꿈꾸는 인큐베이터」의 '딸만 둘 가진 남자'는 '나'와의 끈질긴 설전을 통해 여성의 억압적인 삶과 남성 중심 사회의 이기적 속성, 사회적 편견, 여성 자신에게 내면화된 가부장제 이데올로기를 치밀하게 묘파해내고 있다.

「꿈꾸는 인큐베이터」의 '나'의 경제적, 사회적 위치도 「지렁이 울음 소리」의 숙이와 크게 다를 바가 없다. '나'는 중국으로 출장 가 있는 사업가의 아내이며, '두 딸은 과외공부 가고 아들은 숙제를 하고 있는 호젓한 시간'을 가진 중산층 가정의 전업 주부이다. 그녀는 시어머니, 시누이의 부추김 아래 아들을 낳기 위해 양수검사를 하고 딸로 판명난 아기를 지워가며 마침내 아들을 얻었다. 그 과정에서 그녀는 남성 이데올로기의 실질적인 수행자가 시어머니, 시누이, 며느리 들임을 목도한다. 그런 가운데 그녀가 낳은 아들은 그녀의 후천적인 남성 성기의 효력을 발휘하여 그녀로 하여금 딸들의 어머니로서는 가지지 못할 당당함을 누리게 한다.

> 아들을 낳음으로써 나는 내가 남자가 된 것처럼 당당해졌다. 정말이지 나는 그들 앞에서는 더는 여자 노릇을 할 필요가 없었다. 아들 생각만 하면 나는 겁날 게 없었다. 아들은 나에게 있어서 후천적인 남성성기였다. 그러나 남자가 된 느낌이 고작 남을 해치고 싶은 충동일까. 그건 아닐 것이다. 유난히 시어머니하고 시누이를 보는 게 견디기 어려웠던 것은 공범위식 때문이 아니었을까. 그들만 보면 병원 침대머리에서 나를 지켜보던 두 얼굴이 떠올라 저절로 진저리가 쳐진다.
>
> (「꿈꾸는 인큐베이터」, 62쪽)

'나'는 아들을 얻었다는 이유로 시어머니 앞에서 도도한 며느리로 돌변하지만, 정작 아들은 순간순간 멱살을 잡고 싶을 정도로 엄마에게 관심도 없는 아들이 되어간다. '아들'은 그저 한 가정 안에 공허하게 떠도는 허위의식의 현신일 뿐이다. '나'는 '아들 없이도 불행하기는커녕 쓸쓸하지도 허전하지도 않은 인간'인 '그'를 우연히 만나게 되면서 차츰 자신의 행복이 허위와 환상에 불과한 것이었음을 깨닫게 된다. 여성은 한낱 '인큐베이터'로 기능함으로써, 남성적 편견과 이기심을 채우는 일에 가담해 왔다는 사실을 자각하게 된 것이다.

이 작품에서 딸만 둘 가진 남자가 딸을 옹호하는 논리는 그다지 상식적인 목소리로 들리지 않는다. 그렇기 때문에 그 남자는 곧 자신이 과거에 운동권이었음을 밝히게 되는데, 그조차도 어딘지 작위적이고 돌출적인 발언으로 들린다. 다시 말해, 이 사회에서 남자가 아들 욕심을 내지 않고도 잘 살 수 있는 것은 욕망을 철저히 통제하는 이성적 노력의 결과라고밖에는 보이지 않는다. '나'는 그것이 위선일 수도 있다는 의심을 버리지 않고 집요하게 그의 본심을 파고든다. 그러나 그럴수록 더욱 명료해지는 것은 자신의 허위의식뿐이다. 결국 '나'는 이데올로기의 억압에 의해 희생되었던 과거를 반성하고 '무거운 임을 인 어머니의 당당한 걸음걸이를 모범삼아 남성적 억압에 굴하지 않는 당당한 태도를 갖기를 희망한다.

박완서가 중산층 여성을 자주 문제삼는 이유는, 중산층 여성은 한편으로 중산층적 삶을 유지시켜주는 가족중심의 제도나 이데올로기의 보호와 혜택을 받으면서, 다른 한편으로는 그것으로 인해 자기 나름의 주체적 삶을 봉쇄당하는 이중성[2]을 띠고 있기 때문이다.

▌ 5. 여성성과 사회성의 연대

우리의 일상은 어느 장면도 사회적 성격을 지니지 않은 것이 없다. 일상은 또한 과거의 시간에 깊이 뿌리를 내린 채 일정한 역사적 맥락에 의거하여 운용되게 마련이다. 몽상이나 환상조차도 현실의 기호를 통하여 생성되므로 사회적, 혹은 역사적 현장으로부터 자유로울 수는 없다. 여성문학도 마찬가지이다. 지금까지 한국 문학사에서는 여성의 생활감정, 여성으로서의 운명을 제재로 삼은 작품의 경우, 역사나 사회의 논의에서 벗어났다 하여 주제가 박약하다거나 신변잡기적이라고 폄하하는 일이 비일비재하였다. 이는 여성의 삶을 사회적 현상으로부터 무리하게 절연시킨 데서 발생한 오류가 아닐 수 없다.

여성적 문체와 여성적 시각을 가지고도 사회적인 문제에 깊이 있게 천착해 갈 수 있음을 보여준 여성 작가로 가장 먼저 꼽히는 작가는 박완서이다. 앞에서 살펴본 박완서의 「꿈꾸는 인큐베이터」는 남성 중심적 인습을 문제삼고 있을 뿐 아니라, 그로 인해 발생하는 사회적 폐단을 지적하고 있기도 하다. 그 사회적 폐단은 인간을 사물화함으로써 함부로 태아를 살해하는 도덕적 불감증으로 구체화되었다. 따라서 '나'의 자각은 여성의 해방에만 국한된 것이 아니라 인간다운 삶의 복원으로까지 확장된다. 이 작품뿐만 아니라 박완서 작품은 대체로 도시화되고 산업화된 사회적 맥락 안에서 여성의 일상적 삶을 그리고 있기 때문에 한 개인의 실존 문제에 머물러 있지 않다.

박완서 못지 않게 사회성을 자주 거론한 여성 작가로 최윤을 들지 않을 수 없다. 최윤의 「회색 눈사람」은 여성의 부정적 자질로 간주되어 온 주변성이 오히려 여성으로 하여금 섬세하고 객관적인 시선을 갖게 한다는 사실을 말해주고 있다. 7, 80년대에 운동권 학생들의 이야기는 거대 담론의 틀 속에서 사회의 총체성을 담아내고 전망을 제시하기 위하여 자주 동원되었다. 그러한 작품의 중심에는 언제나 남성 운동가가 나서서 투쟁하고 핍박받으면서 승리의 예감을 전해주곤 하였다. 그러나 「회색 눈사람」은 남성 운동가의 주변에서 서성이는 한 대학 신입생 강하원을 주인공으로 하여 그 시대의 정치적 '총체성'에서 배제되었던 여성의 존재를 복원하고 있다. 다음의 인용에서 볼 수 있듯이 이십 년 전 일을 회고하기 시작하는 강하원의 목소리에는 개인적 아픔과 시대적 아픔이 교차하고 있다.

> 그 시절 우리 – 왜 나는 우리라는 단어 앞에서 여전히 수줍고 불편함을 겪는가 – 는 모두 넷이었다. 물론 우리는 처음부터 우리가 아니었다. 그들을 알았던 많은 사람들은 나의 이 우리라는 단어의 사용에 반대할 수도 있다. 그러나 나는 감히, 그들의 견해와는 무관하게 이 단어를 쓰기로 한다.
>
> (「회색눈사람」, 16쪽)

강하원은 우연히 운동권 학생들이 운영하는 인쇄소에 들어가 시위 현장이나 지방에 배포될 전단의 인쇄와 교정을 돕게 되면서 '그들'의 일에 깊이 연루된다. 그녀가 처음부터 '우리' 속에 당당하게 끼지 못한 이유는 대학 초년생으로서의 경험의 한계와 여성의 역량에 대한 무시 때문이었다. 하지만 그들이 아무리 그녀를 소외시켜도 그녀는 자신이 만들어낸 인쇄물이 어떤 경로로 어떻게 쓰이고 그들이 바라는 효과가 무엇인지를 조금씩 구체적으로 알게 된다.

강하원은 '우리'가 되지 못한 채 '그들' 주변에서 겉도는 동안 남성들이 꾸미는 일의 전말을 낱낱이 목도하게 된다. 인쇄소 일이 발각되고 동지들이 수배되었을 때 강하원이 급박해진 그들에게 자신의 여권을 내어줄 수 있었던 것은 그들에 대한 이해가 바탕에 깔려 있었기 때문이었다. 강하원의 여권은 김희진이라는 운동권 여성을 도미시키기 위해 위조되고, 마침내 그 여성을 먼 이국 땅에서 죽게 만들고 만다. 강하원은 결국 운동권 남성들의 이기적인 선택에 의해 김희진을 죽인 공범자가 된 것이다. 구태의연한 운동권 이야기가 이처럼 신선한 소재로 탈바꿈할 수 있었던 것은 그녀가 남성의 사각지대에 머물면서 침착한 관찰을 지속시킬 수 있었기 때문이었다. 「꿈꾸는 인큐베이터」와 「우리 생애의 꽃」이 그러했듯이 「회색 눈사람」에서도 사적 공간에서의 여성 문제와 공적 공간에서의 한 인간의 문제가 나란히 그 빛을 발휘하고 있다.

한 여성으로서의 강하원은 결코 나약하고 수동적인 자세를 보이지 않는다. 동료들이 수배된 상황에 하릴없이 산동네의 자취방에 기거하는 동안 그녀는 '겨울바다에 불안정하게 떠다니는 섬이 되'지만, '그 무언의 섬에 누군가가 와서 불러주기를 간절히 기다'림으로써 인간에 대한 기대와 예의를 저버리지 않는다. 기다림은 그녀의 의리와 진실과 애정을 담은 가장 적극적인 실천이었다.

> 나의 초라한 육신을 관리하기에도 지쳐 있는 상태에서 한밤중 나는 깨어 일어났다. 나는 둔화된 기억의 촉수를 다시 갈아세우고 절망에서 벗어날 수 있는 전파를 보내기 시작했다. 수신자 없는 고독한 전파였다. 나는 책상에 공책을 펴고 앉았다. 나의 모든 기억을 동원하여, 내가 적어도 두 번 이상 교정을 본 바 있는, 준비하던 책자에 수록된 원고들의 제목을 하나하나 공책에 쓰고, 생각나는 대로 각 원고의 내용을 거칠게 요점만이라도 정리해 내려가기 시작했다 …(중략)…그것은 일종의 기도라면 기도였다. 기억이 살아있는 한 그들을 향한 나의 송신기가 작동을 하고 있다는 미신적인 자기 암시였다.
>
> (「회색 눈사람」, 40쪽)

끊임없이 소외되고 주변으로 밀려나면서도 절망에서 허덕이지 않고, 동지애로 맺은 신의를 지켜나가는 강하원에게서 우리는 여성의 잠재력을 확인한다. 전통적인 의미의 희생과는 다른 차원의 희생이 강하원에게서 발견되고 있는 것이다.

■ 6. 정리

지금까지 현대 여성 작가의 글쓰기 경향을 살펴봄으로써 여성이 자신의 정체성을 형성해 가는 과정을 살펴보았다. 과기의 여성은 성 대결을 통해 남성들과 대등한 삶의 조건들을 쟁탈하려고 고심하였다. 그러나 현대의 여성은 남성을 적대적으로 대하기보다는 남성 중심적 이데올로기3)와 사회적 관습을 문제삼고 있다.

여성의 일상적이고 파편화된 삶은 여성의 글쓰기에까지 영향을 미쳐, 여성의 문체에서는 남성적 권위에 대한 두려움과 열등의식이 표출되기도 한다. 여성은 자신의 욕망을 반추해내고 성찰하기 위해서 글을 쓰기도 하고 일상에 가려진 불안과 공포로부터 벗어나기 위해서 글을 쓰기도 하는데, 그것은 모두 궁극적으로 남성적 사회가 여성에게 가한 횡포와 억압으로부터 생의 자유와 권한을 회복하고자 하는 희원으로 모아진다.

현대의 여성 작가는 여성의 정체성을 찾기 위하여 회상을 통해 자아를 발견하고, 모성을 새롭게 해석하고, 일상 속을 비집고 들어가 둔감해진 의식을 일깨운다. 그러다 보니 여성은 「유년의 뜰」에서처럼 과거로 거슬러 올라가 상한 의식을 만나기도 하고, 「엄마의 말뚝1」에서처럼 성장의 계기들을 만나기도 하고, 또 「지렁이 울음소리」나 「우리 생애의 꽃」에서처럼 일상의 언저리를 돌며 방황을 하기도 한다. 어디에도 여성의 정체성을 위해 분명하게 마련된 길은 없다. 다만 발자취를 많이 남긴 자리가 길이 되듯, 여성이 가야 할 길을 끊임없이 모색하고 있을 뿐이다.

그 동안 여성 문학이 문학사 논의에서 배제되어 온 가장 큰 이유는 사회성이 결여되어 있다는 점이었다. 그러나 「꿈꾸는 인큐베이터」, 「우리 생애의 꽃」 그리고 「회색 눈사람」 등은 여성성과 사회성을 결합시켜, 사적 공간에서의 여성문제와 공적 공간에서의 한 인간의 문제를 나란히 조명했다. 현대의 여성문학에 요구되는 것은 여성의 경험과 소망, 가치관 등을 좀더 다양하게 드러내는 일이다.

1) 엘레인 쇼월터, 「황무지에 있는 페미니즘 비평」, 김열규 외 공역, 『페미니즘과 문학』, 문예출판사, 1988, 38쪽.

2) 김영희, 「근대 체험과 여성」, 『창작과 비평』, 1995. 가을, 81쪽.

3) 이데올로기는 단순한 인위적 구성물이 아니라 특정한 역사적 문화적 컨텍스트 속에서 조성되는 것이다(페터 지마, 허창운, 김태환 역, 『이데올로기와 이론』, 문학과 지성사, 1996, 47쪽 참조). 그러므로 남성적 이데올로기는 남성에게만 책임을 전가할 것이 아니라 사회 공동의 문제로 취급되어야 한다.

여성의 자기서사 자기표현

제9장 소설 : 공선옥 『수수밭으로 오세요』 외

사랑과 모성,
그리고 휴머니티의 서사

1. 체험적 소설, 전망의 유보

논리에 의해 인식된 것은 경험에 의한 체득된 것의 힘을 능가하기 어렵다. 생의 구체성을 일일이 참조하지 못한 총체성의 지향은 자기모순에 빠지거나 이상화되기 쉽다. 근대적 이성에 대한 비판 경향이 확산된 이래 현실 변화에 조응한 형이상학적 인식의 소산으로 동아시아 담론, 생태주의 담론, 여성해방론 등이 제출되었지만 어느 것도 이상화의 위험으로부터 자유로운 것은 없었다. 생의 통찰은, 비록 오랜 시간이 걸릴지라도 일상의 청정지대에서뿐 아니라 척박한 음지와 세부들에서까지 풍부한 암시를 얻어야 비로소 완성되는 것이다. 문학이 추상적 논리에 복종하지 않고 구체적 형상화에 골몰하는 것은 부단한 성찰로써, 가능하면 모든 예외들을 통합할 수 있는 이상적 세계를 건설하기 위해서일 것이다. 그런 점에서 작가 공선옥이 강점으로 보유하고 있는 체질적 근기는 이 시대 문학인들이 공유해야 할 창작상의 최고 덕목이 아닌가 한다. 잘 알려진 바와 같이 공선옥의 문학은 우리 사회에서 여성이 가장으로 살아가는 데 따르는 고충을 질박한 기층민의 육성과 화법으로 토로해왔다. 체험에 기반한, 가공되지 않은 자연스러움을 미학적 원리로 하여 공선옥은 지식인의 가식과 위선을 단호하게 거절하고 사회적 통념의 허구성을 통쾌하게 폭로하였으며 그 힘으로 리얼리즘이 퇴조한 90년대의 정신적 공황상태를 호젓이 헤치고 나와 지금껏 일관된 행보를 보이고 있다.

　그러나 일관성이란 때로 구태의연함으로 통한다. 자기 갱신의 노력이 없으면 일관성은 퇴행으로 이어질 수도 있다. 공선옥의 문학이 꽤 오랜 시간 유사한 소재와 주제를 반복해온 것은, 우려할 만한 일일 수도 있다. 개인의 생존문제에 머물기보다 '관계'나 '연대'를 모색하라, 좀더 거시적인 안목으로 현상의 근원을 진단하고 방향성을 제시하라, 리얼리즘의 위상을 확보할 수 있도록 총체성을 구현하라고 많은 논자들이 작가에게 충고했다. 한편으로 생각해볼 때 육체가 경험할 수 있는 세계는 현상적이고 파편적일 수밖에 없기 때문에 실체에 다가서거나 전체를 조망하기 위해서는 논리적 비약에 의거하지 않을 수 없다. 그러니 경험에만 의존할 수도, 섣부른 이상을 제시할 수도 없는 것이 이 시대 세계의 변혁을 꿈꾸는 대부분의 이즘들이 공통적으로 지닌 딜레마라 아니 할 수 없다. 그런 점에서 공선옥의 작품들이 유사한 소재와 주제를 끊임없이 반복해온 것은 체험의 한계를 의미하는 것일 수도 있지만 논리적 비약의 유보를 의미하는 것일 수도 있다. 모름지기 공선옥의 문학처럼 자전적 성격이 강한 글일수록 글쓰기는 작가에게 자기 정의이자 치유이자 완성의 도정으로 기능할 것이기에 리얼리즘 작가이자 여성인 공선옥의 체험적 소설은 그 문학적 성취뿐 아니라 시행착오와 한계까지도 리얼리즘과 페미니즘의 성장에 도움을 줄 것이다.

▌2. 인생 공식의 생성과 소멸

90년대 초, 범람하는 이미지들 속에서 도덕적 불감증에 젖어있던 독자들에게 '광주'의 후유증을 환기시키고 나선 공선옥의 선택은 오히려 신선했다. 그러나 90년대 말에 이르러 전에 광주의 시민군이 있던 자리에 작가가 국가의 부도사태로 정리해고 되었거나 그에 준하는 이유로 경제력을 상실한 가장들을 들여놓았을 때 독자의 반응은 둘로 갈라졌다. 작가의 여전한 근기를 예찬하는 한편 그 식상함을 비판했으며, 그것을 개성이라고 말하는 한편 한계라고도 했다. 새로운 세기에 들어서서 공선옥 문학에 생태의식이 현저하게 부각되기 시작했으나 주인공들은 여전히 개인의 의지와는 무관하게 가장이 된 어미들이 대부분이었고, 사회적 환난은 그 사태의 국소나 말단만 요약적으로 언급된 반면 생존을 위협하는 가난 앞에서 비장하고 치열하게 생계를 꾸려가는 '어미'의 모습은 그 누추한 현실과 정서까지 비교적 섬세하게 그려졌다. 그렇게 된 데에는 작가의 고정관념이 한 몫을 한 듯하며, 그것을 입증하는 작품이 「홀로어멈」(2000)이다. 이혼 후 생계를 위해 세 아이들을 데리고 폐교로 찾아들어간 정옥의 간고한 삶을 그린 이 작품에서 정옥은 '사회에서 실패한 남자한테 가장 만만한 것이 자기 마누라인 것은 공식'[1]이라고 말한다. 소설에서 정옥은 남편이 직장에서 해고당한 후 자신을 폭행했기 때문에 이혼한 것으로 되어 있다. 가정파탄의 배후에 '실패한 남성'이 있었던 것이다. 이처럼 한 가정의 붕괴 과정이 '공식'으로 간단히 봉합되었기 때문에 홀로어멈이 탄생하게 된 적나라한 경과는 생략돼도 무방한 것이 되어버렸다. 「별이 총총한 언덕」(2002)에서도 사회적으로 실패하여 삐딱하게 살아가는 남편의 이야기가 이어지는데, '바르게 살자' 비석 앞에서 아내 윤자와 함께 이혼문제를 상의하던 도중 남편 상배는 "돈 없으면, 마 바르게 살고 싶어도 바를 수가 없는 게 우리 인생이야, 마. 바르게 살자? 웃기지 마라, 그래라. 마……"[2]라고 항변한다. 예의 공식은 이처럼 논리를 넘어서 있어 가정파탄과 성격파탄을 극복할 의지와 지혜를 한꺼번에 소거해버린다. 아울러 관계의 행로를 결정하는 이 운명과도 같은 공식 때문에 부부관계 또한 역경을 함께 헤쳐 갈 동반자로서의 '연대'로 성찰될 기회를 애초부터 차단당하고 만다.

공선옥 문학의 핵심은, 가난이 인간성과 가정의 파탄으로 이어질 수밖에 없다는 이 '공식'을 가장이 된 여성이 어떻게 극복해 나가는지를 보여주는 것이다. 「이유는 없다」(2001)에서 딸과 어머니로 구성된 모계 가족의 가장노릇을 하는 여성 '나'는 가족 부양의 부담으로부터 벗어나고 싶어 했던 남성 가장들의 '공식'을 일단은 거의 그대로 반복한다. 18평 다세대 주택 안에서 두려움에 떨고 있는 '아귀 같은 인생들'을 방기한 채 가출을 감행한 이 여성 가장은 그러나 가정 파탄에 이르기 전에 귀가함으로써 가장으로서의 수고를 감내하기로 한다. 이 작품은 일탈하는 어미의 모습을 그리고 있다는 점에서 이상화된 모성담론의 허구성을 드러낸 「피어라 수선화」 「우리 생애의 꽃」 「술 먹고 담배 피는 엄마」의 계보를 잇고 있는데, 색다른 점은 가출보다 귀환에 대해 더 깊이 사색하고 있다는 점이다. 주인공이 여성이기 때문에 이 가장의 귀환은 결과적으로 여성과 남성의 본성적 차이를 증거하는 듯하지만, 소설 내적으로 여성가장이 동일시하고 있는 인물은 아버지와 남편이기도 하고 아버지의 애인인 김영분과 남편의 아내인 세탁일 잘하는 여자이기도 하다. 이렇듯 남/녀의 대립이 사실상 무의미해진 중성적 심리상태로 보아 '여성'

가장의 가출 충동은 엄밀히 말해 모성의 억압된 충동을 반영한 것이라
고 보기는 어렵다. 그것은 그저 가족의 생계를 책임져야 하는 여성'가장'
의 현실적 도피 욕구를 반영한 것에 불과하다. '도덕적 결단'3)이라 할
귀가 역시 성별차에서 비롯된 것이라기보다 개인차에 의한 것이라고 할
수 있다. 그렇다고 이 '여성'가장의 귀가가 생물학적 본질에 따른 지향
과는 전혀 무관하다고 단정할 만한 근거도 없다. '나'가 왜 아버지와 남
편보다 도덕적이어야 했는가는 좀더 따져보아야 할 일이다.

　그 오류의 결과로 나타나게 된 것이 「아무도 기다리지 않았다」(2000)
의 주인공 경희가 보여준 모순적 자기규정과 분열적 행각이다. 경희는
왜 미혼모만 있고 미혼부는 없는 줄 아느냐는 질문을 던져놓고 마땅히
외부로 향하게 해 왜곡된 제도와 통념을 비판해야 할 이 질문을 내면화
하여 "여성성이란 무언가를 속에 품지 않으면 키워내지 않으면 안 되는
속성을 가진 것"4)이라는 신념을 만들어내기에 이른다. 특정 여성의 윤
리적 가치관을 사회학적 심리학적 메커니즘으로 무리하게 확장시키는
과정에서 일반화의 오류를 범하고 만 것이다. 아이아빠 한상득한테 남
편 한상득을 한번 빼앗겨봤으면 원이 없겠다는, 어찌 보면 소박하기까
지 한 문제의식이 '여성성'으로 확대되어버리는 바람에 남편 한상득의
결함도 남성 일반의 속성으로 비약되었다. 경희 스스로도 하나의 인격
안에 여성성과 남성성이 공존하고 애 잘 키우는 옆집 홀애비와 같은 예
외도 있다는 사실을 인정하고 있음에도 불구하고 '여성성'을 생물학적
본성으로 규정하는 모순을 만든 것이다. 이러한 발상이 남/녀를 대립적
관계로 규정하고 말 것은 자명하다. 경희 자신이 초래한 이 내적 모순이
끝내 순조롭게 해소되지 못했기 때문에 경희는 사라진 남편을 찾으러
밖으로 나간 것이 자신의 진정성인지, 다시는 그를 집에 들이지 않으리
라 다짐하는 것이 자신의 진정성인지 혼동하게 된다. 이처럼 경희라는

여성의 '실제'와 또 하나의 공식이 되려 하는 '여성성'이 거리를 좁히지 못하는 가운데 작품의 결말에 가서 경희는 "우리 모두 당신을 기다렸다구"(212쪽)라는, 자기 마음을 배반한 자기 입술의 말을 듣는다. 그러나 이 말이 진정으로 배반한 것은 '기다리지 않았다는 사실'을 말하지 않은 것이라기보다 '기다리지 않겠다는 다짐'을 지키지 못한 것이라 할 수 있다.

이처럼 관념과 실제가 조화되지 못했을 때 수정이 불가피해지는 쪽은 관념 쪽이다. 「별이 총총한 언덕」(2002)에서 이 관념의 변화가 감지되는데, 이 작품에서 공선옥은 책방 남자의 입을 빌려 무책임한 남성의 배후에 '이기적인 모성'이 있을 수도 있다는 새로운 가설 내놓았다가 금방 철회한다. 책방 남자의 말대로 아이들의 양육을 어미가 혼자 책임지려는 태도가 아비의 무책임성을 키울 수도 있다. 또한 가정 파탄은 무책임하고 무능력한 아비와 자식에 대한 책임의식이 투철한 어미가 쌍을 이루고 있을 때 더 쉽게 진행되게 마련이다. 이기적인 모성은 일탈하는 모성과 더불어 모성성을 구성하는 또 다른 극단이 될 수 있을 터인데 소설은 윤자가 아이는 원하지 않고 여자만 원하는 책방 남자의 이기심을 간파하여 남편뿐만 아니라 책방남자와의 관계도 정리하는 것으로 이기적인 모성에 대한 생각을 중단해버린다. 박완서의 「꿈꾸는 인큐베이터」에서 볼 수 있었던 집요한 추궁이 이 소설에도 필요하지 않았나 한다. 다만 이야기를 전개하는 과정에서 이 작품은 매우 중요한 점 하나를 시사하게 되는데 그것은 관계는 상대적인 것이라는 사실이다.

▌3. 사랑을 척도로 한 관계의 상대성

여성 가장인 '나'가 왜 아버지와 남편보다 도덕적이었어야 했는가에 대한 답은 사실 작품 「이유는 없다」(2001) 안에 있다. '나'가 가출하여 깨달은 점은 '사랑하지 않으면 먹여 살리는 일도 포기하게 된다는 것'(『멋진 한세상』, 270쪽)이 사랑하지 않는 사람들의 공통된 속성이라는 사실이다. '나'는 '나는 내가 딸을 사랑하지 않는데도 먹여 살리고 있는 것이 부담스러운가'라고 스스로에게도 묻는다. 이 말의 응답이 바로 귀가였던 것이다. 말하자면 가장으로의 귀환은 모성 본능의 결과가 아니라 '사랑'의 결과였던 것이다.

장편 『수수밭으로 오세요』(2001)에서 공선옥은 사랑을 척도로 한 관계의 상대성을 좀더 집중적으로 탐색한다. 이 작품의 남자 주인공 심이섭은 돈이 없어 성격이 파탄 난 '공식' 속의 남성들과는 그 계층적 근거가 다르다. 이른바 사회지도층에 속하는 의사이며 차가운 이성 따뜻한 감성의 소유자이다. 필순 모자의 간고한 삶에 '선물'처럼 개입해 들어갔던 그는 그러나 끝내 정상적인 가정생활을 유지하지 못한 채 무책임한 모습으로 필순 곁을 떠나버린다. 필순의 입장에서 볼 때 파경의 발단은 심이섭이 자기 혈육이 아닌 아이 한수에게 무관심한 태도를 보이곤 했기 때문인데, 그 마음의 실체를 파헤치기 위해 필순은 "그는 왜 그럴까"라고 스스로에게 묻고 마침내 "사랑 안 하니까"라는 단순명료한 답을 얻는다.

> "지가 나 먹여 살려주는 게 지겹겠죠. 내가 그럴 만한 가치도 없는 사람인데, 거기다 줄줄이 남의 새끼들까지 책임져야 하고. 그거는 다 사랑이 없어서 그런 거랍니다, 바우 엄마, 아니 전병순 씨. 지가 나 사랑 안 하니까, 그러니까… 구체적인 거, 너무 좋아하지 마세요. 사랑 말고 또 뭐가 필요해. 사랑하면 불쌍하고 그러면 내 몸 던져 먹여살리고 싶고, 다아 세상이 그런 거랍니다. 사랑, 그 잘나빠진 거 하나 없으면 끝장이야."
>
> "왜 이섭 씨가 필순 씨 사랑 안 한다고 생각해요?"

"사랑해서 불쌍한 게 아니고 불쌍해서 사랑하려고 했는데 그게 잘 안
된 거야. 누굴 병신으로 아나? 인간들이?"

(『수수밭으로 오세요』, 249쪽)

심이섭의 성격은 「어린 부처」(1998)의 장세환의 성격과 유사하면서
도 대조적이다. 장세환은 잘 나가던 노동소설가였다가 '참 좋은 포클레
인 아저씨'가 되어 어미로부터 유기된 아이들에게 '사랑의 냄새'를 맡게
해준 인물이다. 심이섭처럼 장세환 역시 자기 혈육 아닌 아이에게 큰소
리로 야단이라도 치면서 관심을 가져주기를 바라는 아내의 소망을 외면
하고 결국 가족을 해체 위기로까지 몰아가게 된다. 그렇지만 가정파탄
의 위기에 직면하여 그는 처가에 가서 자기 처지를 호소하고 아이에게
는 인형을 사들고 오는 노력을 보임으로써 『수수밭으로 오세요』와는
다른 결과를 가져온다. 결국 관계의 상대성은 '사랑'을 핵심으로 하는
것임을 두 소설의 차이가 보여준다. 『수수밭으로 오세요』의 파경의 원
인이 사랑하지 않는다는 데 있다는 것은 올바른 진단이라 하겠지만, 심
이섭의 사랑만 문제가 되는 것은 아니다. 사랑하는 것은 부양책임이 있
는 사람만의 몫은 아니기 때문이다. 소설에서 필순은 솔직함을 핑계로
이섭을 향해 폐쇄적이고 배타적이라 할 만한 언사를 쏟아놓는다. 가령,
심이섭이 '가난을 선택한 사람들의 모임'에 대해 언급할 때 필순은 번데
기 앞에서 주름잡지 말라며 대화의 흐름 자체를 원천적으로 봉쇄한다.
비록 억하심정에서 하는 역설일지라도 방세 걱정, 전기세 걱정, 쌀값 걱
정 안 하고 살아서 심이섭과 사는 게 편했다고 말하는 장면에 이르러서
는 이 가정의 존재 이유마저 회의하게 한다. 공선옥의 작품에서 이처럼
계산적이고 도구적인 관계방식에 함몰되어 있는 이른바 '약자들'을 발
견하는 일은 어렵지 않다. 「이유는 없다」의 여성 가장이 '남자'와의 만

남을 지속하려는 것도 '남자'의 아이를 가르치는 글쓰기 과외 수입을 줄이지 않기 위해서이고, 이 여성의 상대적 약자인 어머니와 딸도 가장인 여성을 계산적인 태도로 대하기는 마찬가지이다. '남자'가 자기 아내와의 이혼을 결심하며 "그 여자는 순전히 먹고살기 위해 나하고 결혼한 사람이야. 순전히 나를 돈 벌어다 주는 기계로 알지."(269쪽)라고 한 말은 어머니와 딸을 향한 여성 가장의 말일 수도 있고, 필순을 향한 이섭의 말일 수도 있다. 필순 가정이 파경에 이르게 된 진짜 원인은 필순에게 있었을 수도 있다는 말이다.

『수수밭으로 오세요』에서 작가는「아무도 기다리지 않았다」에서와 유사한 방식으로 개별적인 상황을 일반화시킴으로써 작품의 서사성을 훼손시킨다. 필순이 "어미는 자고로 모질어야 하는 것이다. 모질지 않으면 그나마 자기 자식에게 내어줄 따스운 품 한 뼘 남아나지 않을 것이기에. 그런 어미 마음을 조금이라도 가진 아비가 있다면 그를 지아비 삼아 살아갈 수 있으련만, 그는 왜 그럴까. 왜 그럴까."(210쪽)라며 자신의 강점뿐 아니라 약점과 결점까지도 '어미 마음'으로 봉합해버린 대목이 그것이다. 그 반작용으로 심이섭이 남성 일반의 은유로 확대되어 이야기는 결국 남녀의 대립구도로 정렬되어가는 인상을 주었다. "아무도 기다리지 않았다"와 마찬가지로 "어미는 자고로 모질어야 하는 것이다"라는 말을 다짐이나 반어의 일종으로 이해한다 하더라도 그것이 작품의 완성도에 미치는 부정적 효과는 크게 해소되지 않을 것으로 보인다.

▌ 4. 사랑의 중의성

'사랑'은 고발이 아닌 대안을, 해체가 아닌 연대를, 그리고 자연주의적 편린성이 아닌 리얼리즘적 총체성을 모색하는 과정에서 공선옥이 자주 활용하고 있는 소설적 장치이다. 특히 공선옥은 사랑의 중의성을 기술적으로 구사함으로써 인물들 사이의 정서적 긴장감을 유지한다. 가령 「영희는 언제 우는가」(2003), 「꽃 진 자리」(2006) 등에서 표면적으로 전개되는 '낭만적 사랑'은 또 다른 종류의 사랑을 감추는 연막장치로 기능한다. 「영희는 언제 우는가」의 '나'는 몸살이 날 정도로 격렬하게 남편과 다투고 이튿날 문상 가는 버스에 오르는데 우연히 자신의 기대지평에 부응하는 한 남자와 접촉하게 됨으로써 급기야 걷잡을 수 없는 사랑의 열정에 사로잡힌다. 그렇지만 다정하고 평화롭고 온순하고 정상적인 것의 냄새가 나는 그는 실제로는 '나'가 일방적으로 자기 망상이 낳은 환상적 이미지에 불과하다. 결국 '나'가 빠져든 열망과 사랑은 정상적인 이성애가 아니라 일종의 자기애로서 그 감정의 표출은 쓸쓸한 자위행위에 지나지 않았던 것이다. 「꽃 진 자리」의 '나'는 통제 불능의 딸아이에게 새 아빠를 만들어주기 위해 한층 적극적으로 구애활동에 나선다. 큰맘 먹고 산 메이커 청바지에 시폰 블라우스, 양모스웨터, 굽 있는 구두, 프리지어향 샤워코롱에 이르기까지 수컷을 유혹할 수 있는 장식들로 치장하고 집을 나섰다가 그 모든 관능의 표적인 '그'의 집에 도발적으로 잠입하게 되는데, 정작 목표지점에 도달했을 때 '나'의 레이더망에 걸려든 것은 전혀 다른 종류의 사랑을 증거하는 '그'의 생활의 흔적들이다. 염탐을 통해 '그'처럼 식구들과 다정하고 따뜻하게 살아갈 힌트를 얻어서 돌아오는 길에 '나'는 가족 사랑으로 충만해져 콩나물과 시금치를 사기도 한다. 이처럼 특별한 계기 없이 이성애적 사랑이 가족 사랑으로 전이될 수 있었던 이유는 홀어미와 홀아비인 나와 그의 관계가 성적 차이가 부각된 관계가 아니라 환경적 동일성이 전제된 관계이기 때문이다. 환경적 조건이 유사한 '그'는 나에게 타인이 아니라 '나'와 동류의 족속이며 나를 고스란히 돌아보게 하는 거울 같은 존재이다. 그래서 소설에서 나는 그의 집에 잠입하고도 별다른 흔적을 남기지 않음으로써 애초에 기대했던 '낭만적 사랑'의 관계를 더 이상 진전시키지 않는다. 남편과 함께 육아의 어려움을 공유하며 아이를 키웠다면 아이도 제멋대로 크지 않았을 것이라는 생각에서 시작된 구애행각이었으나 정작 아이에게 필요한 것은 아비가 아니라 사랑이었음을 환기시키고 있는 것이다. 물론 이 작품의 묘미는 반전에 있다. '나'는 집으로 오는 길에 불량한 아이들 틈에서 담배 냄새를 풍기는 내 아이와 마주치게 되고 그 바람에 오기와 발악으로 요리를 하게 된다. 이는 현실에 배반당한 '나'에게 있어 진정으로 '낭만적'인 사랑은 이성과의 사랑이 아니라 '정상적인 가족 사랑'임을 말해준다.

'사랑'이라는 단어 자체를 유희적으로 구사함으로써 사랑의 중의성을 더욱 자각적으로 드러낸 작품이 「지독한 우정」(2007)이다. 다른 건 몰라도 무엇이 사랑이고 무엇이 사랑이 아닌지만은 분명히 안다는 이 소설의 마흔 다섯 살 어머니는 사랑해서 가진 아기를 사랑을 위해 떼어버려야 하는 상황 때문에 고민에 빠져있다. 어머니를 임신시킨 어머니의 남자친구 말에 의하면 어머니의 나이 마흔 다섯 살은 '즐기기만 하고 살기에도 모자랄 나이'이다. 그리고 어머니의 딸 수정의 남자친구 말에 의하면 수정의 나이 스무 살 역시 '즐기기에도 모자랄 나이'이다. 그래서 두 남자는 모두 아기한테 코 꿰는 일 따위는 원치 않는다. 이 작품에서 작가의 목소리는 수정이의 메모를 통해 전달된다. 메모의 내용은, 「엄마, 제 동생 낳아주세요. 그래도 이번 아이는 사랑해서 생긴 아이잖아요. 제가 보기에 이젠 사랑이 아닌 것이 확실하지만요.」(『명랑한 밤길』, 2007)라는 것. 작가는 생명을 잉태할 줄 아는 사랑이 진짜 사랑이며 생명을 버리는 사랑은 가짜 사랑이라고 말하고 있다. 산문집 『자운영 꽃밭에서 나는 울었네』(2000)와 장편소설 『수수밭으로 오세요』(2001)에서 보이기 시작한 생태의식이 이 작품의 근간이 되고 있음은 물론이다.

공선옥이 의식적으로 활용하고 있는 사랑의 중의성을 염두에 두고 『수수밭으로 오세요』에서 필순이 '사랑 안 하니까'라고 말하게 된 배경을 다시 한 번 생각해 볼 필요가 있다. 필순과 이섭 사이에 뚜렷한 멜로라인이 없었기 때문에 '사랑'이라는 표현이 맥락 없이 돌출된 듯하지만 두 사람의 결합은 남녀의 결합인 동시에 이질적인 두 계층의 결합이기도 하므로 그들의 특수한 상황을 표현하기에는 '사랑'이라는 중의적인 단어만큼 적당한 단어도 없다. 필순이 '사랑해서 불쌍한 게 아니라 불쌍해서 사랑하려고 했는데 그게 잘 안 된 거야.'라고 부연하고 있듯이 이섭은 어쨌든 두 층위의 사랑을 조화시키는 데 실패했다. 이혼을 원치 않았던 필순에게 모계 가족의 구성은 최선이 아니라 차선이기 때문에, 그리고 최선의 상태는 이혼하지 않는 것이 아니라 사랑하는 것이기 때문에 이 작품은 "사랑이야기는 껍데기처럼 느껴지고 모계적 가족구성의 이야기가 알맹이처럼 느껴진다"[5]기보다 모계적 가족구성의 이야기가 껍데기처럼 느껴지고 '사랑' 이야기가 알맹이처럼 느껴진다. 필순의 이웃 한생이, 집을 나가 애를 배서 돌아온 순나를 내치지 않고 받아들인 것, 그리고 필순이 죽은 친구 은자의 아이들, 부모를 알 수 없는 보람이, 그리고 한수와 태수를 품을 수 있었던 것은 바로 그들을 '사랑'했기 때문이며 그들이 '사랑해서 불쌍했기' 때문이다.

▌5. 작가의 토마토밭, 글쓰기

혈연가족을 벗어난 새로운 공동체의 모색은 포용성이 발휘된 '연대'

의 기획을 의미한다. 다만, 공선옥 소설에서 행위의 주체가 대체로 여성이기 때문에 그 연대는 모계 가족을 구성하는 것으로 표현되곤 했고, 그것은 다시 보수적인 모성 이데올로기를 재생산하는 것으로 오인되곤 하였다. 그러나 모성은 무한한 포용성의 상징이며 공선옥이 만들어가는 새로운 연대는 가정과 집단, 사회에서 부당하게 배제되거나 버림받은 이들을 끌어안는다는 점에서 진보적이다. 그러한 포용성의 기반은 휴머니티로서, 공선옥은 산문집『자운영 꽃밭에서 나는 울었네』(2000)에서 "굳이 내 자식이 아니라도 세상의 모든 '불쌍한 것들'을 향해 열려있는 세상의 모든 어미된 이의 마음들"(「빈 나무의 마음」, 98쪽)을 저마다 가슴에 품고 살아갈 것을 제안한다.

초기 작품에서부터 꾸준히 타인과의 관계방식을 고민해온 공선옥에게 휴머니티는 학습되어야 할 교양의 덕목이 아니라 체질적인 것이다. 잘 알려진 바와 같이 「피어라 수선화」, 「내 생애의 꽃」, 「목마른 계절」은 자매애로, 「타관 사람」은 삼촌과 조카가 암시하는 뿌리 뽑힌 민중의 연대로 평단의 주목을 받았다. 그리고『수수밭으로 오세요』에서는 생태주의를 화두로 휴머니티가 확장되어가는 변화를 보였다.

「어린 부처」와『수수밭으로 오세요』의 도입부분을 통해 짐작해볼 수 있듯이 공선옥의 '사랑' 타령은 한편으로 혈통의식에 대한 반발의 소치였다고도 볼 수 있다. 그런 점에서 「79년의 아이」(2007)에서 다뤄진 입양 문제는『수수밭으로 오세요』가 보여준 문제의식의 연장선상에 있는 것이라 할 수 있는데, 앞에서도 거듭 확인했거니와 그것은 공선옥의 사랑은 부계 혈통을 부정하고 모계 가족을 구성하겠다는 선동적인 의지의 표현은 아니다.『수수밭으로 오세요』에서 근거가 다른 다섯 아이를 기르는 어미 필순은 가부장을 대체하는 가모장의 수장이 아니다. 필순은 사랑의 전령사로서, 비록 관념일지라도 현실적으로 막강한 효력을 발휘하는 것이 사랑임을 작가는 그녀를 통해 공들여 말하고 있는 것이다.

근자에 공선옥은 연변에서 온 불법 체류자, 국제결혼으로 이주해 온 베트남 여성, 노숙인, 외국인 노동자 등을 소설의 프레임 안으로 끌어들이고 있다. 이러한 시점 이동의 동인은 물론 자각적인 휴머니티에 있다. 그 중 「도넛과 토마토」(2004)는 소설 안에 또 하나의 소설을 배치해 작가의 글쓰기의 태도를 암시해주고 있어 눈여겨볼 만하다. 작중 주인공 문희에게 초면부터 "어니(언니)"라는 서툰 한국말로 호칭하며 다가온 외국인 여자 도넛은 내가 결코 사랑하기 어려운, 전남편의 아내이다. 그러나 남편이 죽고 궁지에 몰린 도넛이 결사적으로 부르짖는 "나 싸랑해"라는 말을 문희는 '도넛이 문희를 사랑한다'고도 해석해보고 '문희가 도넛을 사랑해야 한다고'도 해석해봄으로써 현실과 당위의 세계를 넘나드는 생의 애환과 인간의 도의에 대해 숙고한다. 요구르트 아줌마인 문희는 한편 회사 사보의 문예공모에 응모할 소설을 쓰면서 공원의 토마토밭이 어느 노숙인에게 '살아갈 힘과 용기'가 되었으면 하고 바라며 살아가고 있는데, 가난한 문희에게, 그리고 작가에게 글쓰기는 어쩌면 노숙인의 토마토밭처럼 살아가는 힘과 용기의 객관적 상관물인지도 모른다.

과거에 비해 공선옥 소설의 소재가 다양해진 것은 분명 환영할 일이다. 그러나 그것이 소재로서의 활용으로 끝나서는 안 될 것이다. 휴머니즘적 연대는 그것이 초민족적, 초계급적, 초시대적인 차원으로 무한확장 되었을 때 현대 사회의 구체적인 모순들을 봉합해버릴 우려가 있다. 과거 30년대에 안함광과 임화가 백철을 비판하며 휴머니즘은 정치성을 배제한 문화주의라 지적한 이유도 이 때문이다. 무엇보다도 연대에 대한 동기부여가 분명하지 않으면 지난 날 공선옥이 '가난'의 근거와 경과를 '공식'으로 간단히 생략해버렸듯이 새로운 문제제기도 피상적인 수준에 머무르게 하여 구체적인 실천을 유보한 채 막연한 인간성 회복만을 지향하게 할 것이다. 무엇보다도 대화적인 방식이 아니라 독화적인 방식으로 연대가 추구되면 그것은 여느 이념들처럼 이상화될 공산이 크다. 체험을 글쓰기의 자산으로 삼아온 작가 공선옥이 「아무도 기다리지 않았다」나 『수수밭으로 오세요』에서 체화되지 않은, 어색하고 서툰 화술로 여성성과 모성성을 정의하려 했을 때 자기모순에 빠져 서사성의 균형을 잃은 경우와 마찬가지로, 여성성이든, 모성성이든, 휴머니티든, 그것은 발견되어야 할 종류의 것이지 앞장 세워져서 감상적으로 경도되기를 기다리는 것은 아닐 터이다. 연대는 대화와 타협의 결과일 수도 있고 대립과 투쟁의 결과일 수도 있으며, 그 과정에서 인간적 욕구가 발랄하게 발산되어야 하는 것임을 기억해야 한다.

1) 공선옥, 「홀로 어멈」, 『멋진 한세상』, 창작과 비평사, 2002, 119쪽.

2) 공선옥, 「별이 총총한 언덕」, 『명랑한 밤길』, 2007, 286쪽.

3) 김영희, 「근대체험과 여성 : 박완서, 김인숙, 공선옥의 소설」, 『창작과 비평』 1995. 가을, 89쪽.

4) 공선옥, 「아무도 기다리지 않았다」, 『멋진 한세상』, 앞의 책, 195쪽.

5) 한기욱, 「우리 시대의 사랑, 성, 환경 이야기 : 신경숙과 공선옥」, 『창작과 비평』 2003. 봄, 93쪽. 임규찬, 「공선옥 문학은 어느만큼 와 있는가」, 『창작과 비평』 2004. 여름, 92쪽.

제10장 소설 : 신경숙 『외딴 방』

천형과 같은 고독, 천성과 같은 순종

▮ 1. 창조적 예술행위의 원천

'자발성'이란 의지의 자유를 뜻하는 라틴어 Sua Sponte에서 나온 말로, 자신이 원하는 일을 능동적으로 선택하고 추구할 때 발휘되는 힘의 성질을 말한다. 자신이 원하는 일을 하기 위해서는 그 일을 방해하거나 억압하는 것에 대결적인 자세를 취하게 되는데, 예술가의 경우 대개 전통적 관습, 동일자의 논리에 대항하거나 그것을 전복시키려는 시도 속에서 자발성이 발휘된다. 90년대 문학의 핵심적인 경향인 '억압된 것들의 귀환'을 주도한 작가 신경숙도 동일자에 의해 배제되었던 타자의 존재태, 작고 보잘것없는 존재, 소멸할 수밖에 없는 운명에 처한 존재 들을 복원시키려 함으로써 개성적인 문학세계를 개척했다.

자발성이 창조적 예술행위의 원천이 된다는 말은 작가가 창조한 인물이 자발성을 지닌다는 말과 일치하는 것은 아니다. 신경숙 소설의 인물들도 자발성과는 거리가 멀다. 자전적 소설 『외딴 방』의 주인공조차 무기력하고 수동적인 성격을 지녔기에 백낙청은, '노조와 관련된 이유 있는 다툼을 빼면 다들 너무도 온순하고 착한 모습'1)으로 묘사되었다는 점을 들어 『외딴 방』이 '산업역군의 풍속화'로서 완벽에 미달했다고 평가한 바 있다.2) 지난 시대의 정치적 사건이 주인공의 의식과 긴밀히 연관되지 못한 채 '삽화'로만 제시되었다든가3) 노동현실이나 노동운동에 대한 많은 이야기들이 '풍문'에 그치고 말아 총체성을 확보하지는 못했다는4) 평가 또한 주인공의 소극적인 태도와 무관하지 않다. 물론 『외딴 방』은 80년대의 노동현장을 새로운 시대의 감각으로 섬세하게 재현하고 있어 "가까운 한 시대를 총체적으로 형상화한 증언록"5)으로 평가되는 데는 무리가 없으나, 재현이나 묘사의 측면뿐 아니라 심층적 차원을 아우른 종합적 평가를 위해서는 주인공의 소극적 성격에 내포되어 있는 사회심리학적 의미를 좀더 면밀히 살펴볼 필요가 있다.

　이 글에서 주목하고 있는 점은 신경숙 소설의 인물들이 서로 다른 시대 배경에 놓여서도 성격 차이를 거의 보이지 않는다는 점이다. 신경숙 소설에서는 고독이나 불안으로 특징지어지는 인물의 정서를 환경적 억압의 소산으로 보기 어렵다. 가령 『외딴 방』의 화자가 느끼는 고독은 시대배경이 소거된 다른 소설의 주인공들이 경험하는 고독, 이를테면 「새야 새야」의 큰놈과 작은놈이 선천적 장애로 인해 겪은 고독, 『바이올렛』의 오산이와 서남애가 이씨 문중의 마을에서 겪은 소외 등과 동질적이다. 또한 80년대를 배경으로 하고 있는 소설 「멀리, 끝없는 길 위에」의 이숙, 『외딴 방』의 희재 언니의 성격은 조선 말을 배경으로 한 역사소설 『리진』의 주인공 리진의 성격과 유사하다. 이처럼 특정 시대의 특수성이 신경숙 소설의 인물 성격에 별다른 영향을 미치지 못한다면 소설에 나타난 인물들의 소극적이고 수동적인 성격은 작가의 개인적 경험이나 세계관에 의해 처음부터 결정된 것이라고 볼 수 있다. 이 글에서 특별히 80년대를 배경으로 하고 있는『외딴 방』을 분석의 텍스트로 삼은 이유는 그 시대의 특수성이 주인공의 성격 형성과정에 어떻게 개입했는가를 살피려는 것이 아니라 80년대의 명백한 억압에도 불구하고 그와 무관하게 고착되어 있는 주인공 성격의 패턴과 작가가 세계관을 표출하거나 은폐하는 데 이용하고 있는 문학적 장치를 확인하고자 하는 것이다. 구체적으로는 '자발성'이라는 행위자질을 중심으로 주인공이 비주체적인 성격을 지니게 된 원인을 추론하고 사회심리학적 메커니즘의 맥락에서 그러한 성격이 함의하고 있는 바를 분석하게 될 것이다. 객관성과 타당성을 고려하여, 논의 과정에서 80년대를 배경으로 하고 있는 다른 소설들「멀리, 끝없는 길 위에」, 「딸기밭」 등을 아울러 검토하고자 한다.

▌ 2. 의타성, 그 자발성 결여의 원인

『외딴 방』에서 과거의 '나'는 시골에서 고등학교에 진학하지 못한 채 '유신체제와 긴급조치 철폐를 요구하는 목소리들과는 전혀 다른 자리'에 놓여 있다가 서울로 상경하여 동남전기주식회사 종업원이 된다. 이 열 여섯 살 소녀가 처음으로 사회 경험을 하게 된 곳 동남전기주식회사에서는 당시의 여느 사업장과 다름없이 노동조합이 결성되고 노동환경 개선을 요구하는 단체행동이 전개되고 있었으므로 소녀도 더 이상 사회적, 역사적 사건과 무관한 자리에 놓여있을 수 없게 된다. 비상사태에 준하는 유신을 선포하였던 당시의 정부는 수출주도의 경제정책을 펼치는 과정에서 노동조합을 탄압하고 노조의 정치적인 역할 자체를 부정하는 배제적 억압(exclusionary oppression) 정책6)을 폈다. 『외딴 방』
에서도 노조가 결정되자 회사측에서는 노조가입자들에게 노조에서 손
을 떼기만 하면 원하는 것은 무엇이든 다 들어주겠다거나 지부장 유채
옥에게 지부장 자리만 내놓으면 생산계장으로 승진시켜 주겠다는 식의
회유로 노조의 힘을 약화시키는 데 열을 올리다 끝내 지부장 유채옥을
해고시키고 '나'와 외사촌을 비롯해 산업체 특별학급 학생으로 선발된
노조원들에게는 학교에 가고 싶으면 노조를 탈퇴하라고 압박하기에 이
른다. 이때 '나'는 학교 가지 못하게 될지도 모른다는 두려움 때문에 노
조에서 결의하여 실행에 옮기기로 한 잔업 거부에 동참하지 못하고 만
다. '나'가 고향친구 창에게 보내는 편지에는 이때의 심정이 고백적으로
진술되고 있다.

> 「노조에 가입했고, 안 했고 같은 건 아무래도 괜찮아. 탈퇴서 같은 것
> 은 아무래도 괜찮다구. 나는 남들이 잔업을 거부할 때 나도 거부할 수
> 있다면 그것으로 만족할 것 같아. 나에게 따뜻하게 대해줬던 노조지부
> 장을 마주 볼 수가 없어. 그가 저기에 서 있으면 외사촌과 나는 가던
> 걸음을 멈추거나 볼일을 못 보고 돌아서 오곤 한단다. 그의 자전거를 시
> 장에서 만나면 우리는 얼른 다른 길로 새버려. 점심시간에 식당에 올라
> 갔다가도 그가 차례를 기다리는 줄 속에 서 있는 게 눈에 띄면 외사촌
> 과 나는 밥먹기를 포기하고 식당에서 내려와.」
>
> (『외딴 방』, 106쪽)

잔업거부를 못한 '나'가 진정으로 원했던 자유는 잔업거부를 하거나
안 하거나 하는 것이다. 하는 것과 안 하는 것은 상반된 선택이라 할지
라도 자유 의지로 선택할 수 있는 행위라는 점에서 화자에게는 동질적
이다. 경험론자 로크가 인간의 자유는 자신의 의지에 따라 행위할 수

있느냐 없느냐에 달려있다고 본 것은[7] 자유가 정신적인 차원의 문제일 뿐만이 아니라 신체적 행위를 결정해야 하는 상황 속에서 그 본질이 더 분명히 드러나는 종류의 것임을 시사한다. 70년대 말에서 80년대로 이어지는 노사분규의 대부분이 저임금과 임금 체불로 인한 것이었음을 염두에 둔다면[8] ‘나’가 자기 행위를 주체적으로 결정하지 못하게 된 원인은 일단 신체의 자유를 구속하고 있는 노예적인 노동 환경 때문이라고 짐작해볼 수 있다. 그런데 문제는 신경숙 소설의 주인공들이 80년대의 노동 현장과는 전혀 다른 환경 속에서도 동일한 행동을 보이고 있다는 점에 있다. 예컨대 「딸기밭」의 화자 ‘나’를 보면, 이 인물이 지닌 의식의 지향은 그녀가 동경하는 인물 ‘유’를 통해 간접적으로 드러나는데, 작가는 ‘나’와 ‘유’를 대조시켜 다음과 같이 자유에 대한 가치관을 피력하고 있다.

> 사소한 일상에까지 스며있던 억압. 웃다가도 슬몃 이렇게 웃어도 될까? 좋은 것을 가지게 되어도 이런 것을 가져도 될까? 마음껏 행복할 수는 없는 감정들이 그때 젊은이들이 공유한 감각이지. 웃음을 거두는 것, 좋은 것을 갖게 되고 행복하면 외려 불안한 것. 유. 너는 다르다. 내게 남아있는 너의 이미지 속에 스며있는 너의 투명함은 풀리지 않는 수수께끼. 어떻게 너는 그때 젊은이들이 마시는 공기 속에까지 포함되어 있었던 억압을 피해 그렇게 자유로울 수가 있었나. 어떻게 너는 그렇게 화사한 웃음을 웃을 수가 있었나. 어떻게 너는 그렇게 매끈한 종아리를 최루탄 가스 속에 드러내놓을 수가 있었는가. 어떻게 너는, 어떻게 너는?
> (「딸기밭」, 51쪽)

「딸기밭」에서 ‘나’가 원하는 자유는 『외딴 방』의 ‘나’가 원하던 자유와 일치한다. 일상에 스며든 억압과 그로 인한 불안의식에 갇혀 있는

'나'가 선망의 눈으로 관찰하고 있는 '유'는 하고 싶거나 하고 싶지 않은 일을 자유롭게 선택하면서도 그 선택에 아무런 갈등이 없는 인물이다. '유'가 '그때'의 젊은이들과 뚜렷하게 구별되었던 이유는 예술적이라 할 완벽한 아름다움을 지녔기 때문만이 아니라, 탄압과 저항으로 점철되었던 시대의 상징인 '최루탄 가스' 속에 매끈한 종아리를 드러내놓을 수 있는 자유분방함이 있었기 때문이었다. '나'가 '범죄형 외모'의 남자 등에 업혀 명동성당 쪽에서 긴 대열을 이루며 내려오는 데모대 앞을 지날 때 다리를 흔들어본 것은 최루탄 가스 속에 다리를 드러내 놓았던 '유'의 자유분방함을 모방한 것이다. 이러한 '나'에게 데모 대열에서 자유로울 수 있는 자유는 데모 대열에 아무 갈등 없이 참여할 수 있는 자유와 질적으로 하등의 차이가 없다. 마치 『외딴 방』에서 '나'가 남들과 함께 행동하지 못한 것만을 불편해 했을 뿐 노조 가입서와 탈퇴서가 지닌 가치의 차이에 대해서는 무관심했던 것과 마찬가지이다. 이처럼 80년대를 배경으로 한 신경숙 소설은 억압의 성격이나 강도, 행위의 가치나 정당성 따위와는 관계없이 자발적으로 행동할 수 있느냐 없느냐의 문제만을 거론하고 있어서 상황에 대한 문제의식에 있어서도 80년대의 시대적 본질에는 육박하지 못하고 있다.

그렇다면 관점을 바꾸어 신경숙 소설의 주인공들이 자기 신체의 진정한 주인이 되지 못하는 심리적 원인을 생각해 볼 필요가 있다. 헤겔의 주인-노예의 변증법에 의하면 어떤 선택도 자발적으로 할 수 없는 상태는 노예의 상태이다. 라캉은 이 변증법을 인용해, 인정투쟁 속에서 노예는 자유와 삶 둘 중 하나를 선택해야 하는 기로에 놓이는데, 삶을 택하면 자유를 잃게 되고 자유를 택하면 삶을 잃게 되는 동시에 자유마저 잃게 되기 때문에 노예가 자유를 택하는 것은 불가능하다고 본다.[9] 노예나 주인이 적대시해야 할 타자를 상정하고 있는 개념이라는 점에서 볼 때, 『외딴 방』에서 헤겔식의 노예 개념이 적용될 수 있는 대상은 과거의 '나', 그것도 생산직 노동자라는 변별적 자질을 지닌 '나'에 국한될 뿐이다. 게다가 이 임금노동자 '나' 또한 관심이 전혀 다른 데(글쓰기)로 향해 있어 중층적인 성격을 보인다.

노예 개념을 확대할 경우, '가난'이라는 추상적 개념을 노예의식의 원천으로 생각해볼 수 있다. 미상불 신경숙의 소설에서 주인공들이 가난을 문제 삼고 있는 장면은 자주 목격된다. 『외딴 방』의 희재 언니는 마치 가난을 증거하는 물체들을 의인화한 인물처럼 묘사되고 있으며,[10] 「딸기밭」의 화자의 결핍은 부재하는 아버지로부터 비롯된 것이기도 하지만 노점과 도토리묵을 배경으로 하는, 물질적인 욕망에 매달리는 어머니에게서 비롯된 것이기도 하다. 「깊은 숨을 쉴 때마다」에서는 "지금까지 오빠를 사랑하지 않은 적이 한순간도 없다. 가난해서 데모도 못했던 청년. 나는 오빠의 가난에 보태진 혹."(293쪽)이라며 작가가 '가난'이라는 단어를 직접 언급하고 있기도 하다. 그런데 가난이 주인공들의 생의 태도와 성격을 결정한 것인지, 주인공들이 수동적 태도를 합리화하는 데 가난이 동원되고 있는지를 판별하기 쉽지 않다. 자세히 살펴보면, 주인공이 체감하고 있는 가난은 그리 압도적인 것이라고 보기 어렵다. 「딸기밭」의 어머니는 노점이나 도토리묵 장사를 해가며 당당한 부엌이 있는 집을 장만하게 되고, 집이 생기자 비누, 치약, 샴푸, 잠옷과 가운 따위로 타인의 삶의 양식을 모방함으로써 동질화를 꾀해 보지만, '나'는 누추한 삶이 어머니를 더욱 짓누르기를, 그래서 노점이나 도토리묵 장사를 하던 어머니가 다른 곳의 생을 엿볼 기회가 없기를 바랄 뿐이다. 『외딴 방』에서도 파란 대문집 마루에 앉아 오빠의 편지를 기다리다 발바닥을 쇠스랑으로 내리찍었던 '열여섯의 나'는 "그저 살고 있다가는 언젠가 다시 쇠스랑으로 또 발바닥을 찍어버리겠다고" 다짐할 만큼 강렬

한 탈출 욕구를 지니고 있었지만 그 탈출이 '가난'으로부터의 탈출을 의미한다고 볼 근거는 없다. 오히려 글을 쓰고 있는 '나'는 다음과 같이 유년기 고향의 모습이 "부유하다고 느낀 적은 없지만 가난하지도 않다"고 회상하고 있다.

> 어느 때나 나는 우리 가족이 가난하다고 생각하지 않고 있다. 부유하다고 느낀 적은 없지만 가난하지도 않다. 좁은 길을 따라가볼수록 나는 점점 더 가난하지 않다. 엄마는 명절 때면 늘 새옷을 장만해두었다가 꺼내주었고(명절 때 새옷을 입지 못하는 아이들이 많았다), 새 운동화를 사주었으며(고무신을 신고 다니는 아이들이 많았다), 나를 들판에 나오지 못하게 했으며(들판에서 얼굴을 그을러가며 일하는 아이들이 많았다), 어떻게든 우리 모두를 학교를 졸업할 때마다 다시 그 위의 상급학교에 보내려고 했다(초등학교만 다니고 있던 아이들도 많았다). 그래서 엄마는 다른 집 엄마들에게 터무니없이 손이 크다는 말을 듣기도 했다. 분수를 모른다는 말도. 그러나 어쨌든 그러한 것들을 해주려고 하는 것이 엄마의 행복의 조건이었으며 엄마는 어지간해서는 그걸 포기하지 않았다. 엄마를 절망시킨 건 언제나 나였다. (중략) 고민 끝에 나를 서울로 데려가야겠다고 말한다. 어차피 다른 동생들이 서울로 대학을 오면 일찍 터를 잡아두는 게 나으니 나와 살림을 살아야겠다고…… 큰오빠는 겨우 스물셋의 나이로 엄마의 행복의 조건들이 일찍 무산되지 않도록 하는 방법을 알아냈다.
>
> (『외딴 방』, 55쪽)

위의 인용에서 특별히 눈에 띄는 것은 자녀들이 학교를 졸업할 때마다 상급학교에 보내려고 했다는 '엄마의 행복의 조건'이다. 자기의식이라는 것이 타자의 인정에 의해 성립되는 것임을 염두에 둘 때, 큰오빠와 화자의 자기의식은 '엄마의 행복의 조건'에 부응하는 방식으로 형성되었다고 볼 수 있다. 이들에게 엄마는 대타자와 같은 존재이다. 대타자의 욕망인 '엄마의 행복의 조건'은 신경숙의 다른 작품들에서도 유사한 내용으로 반복해서 등장한다. 가령, 「새야 새야」에서 막 글을 배우게 된 작은놈에게 어머니는 "너는 이것을 가졌으니 슬퍼하지 말고 미래를 가져라"라고 말함으로써 작은놈이 문맹자가 되지 않기를 바랐고, 『리진』에서 어머니 같은 이미지를 지닌 왕비는 "다른 세상에 가서 여태의 족쇄를 풀어버리고 많은 것을 새로 배우고 익혀 새 삶을 가지거라"라는 위로와 명령의 말로 딸 같은 궁녀 리진에게 문명인이 되라고 했다. 「감자먹는 사람들」에서는 부모 없이 전쟁을 치른 뒤 말을 잘 안 하며 살아온 아버지의 소망이 화자의 입을 통해 "그래서 그렇게 우리들을 문자의 세계로 내보내는 일에 사력을 다하셨군요."(「감자먹는 사람들」, 52쪽)라고 표현되고 있기도 하다. 이로 미루어 보건대 노예의식의 표징으로 비추어진 주인공들의 수동적이고 비주체적인 태도는 사실상 의타적인 성장과정에서 기인한 우유부단함이라 할 수 있다. 이러한 의타적 성향의 주인공들이 대타자의 욕망을 욕망하는 과정에서 환기시킨 장애물이 가난이었던 것이다. 싸르트르는 바위가 장애물이 되는 것은 그 산책로를 택했기 때문이라는 비유를 들어, 인간존재는 자신의 자유 영역 안에서만 어떤 장애물을 만날 뿐이라고 말한 바 있는데,[11] 『외딴 방』의 '나'의 경우도 온전한 의미의 자유의지의 행사는 아니지만 자의 반 타의 반으로 작가가 되겠다는 소망을 갖게 되었고 그에 따라 희재 언니나 외딴 방이 상징하는 가난을 소망실현의 장애물로 여기게 된 것이다. 이와 같이 가난이 자유를 억압한 것이 아니라 자유를 실현하는 과정에서 만난 장애물이 가난이라면 이때의 가난은 자기합리화의 수단으로 이용되고 있는 셈이다. 결국 『외딴 방』에서 화자가 기억에서 삭제하고 싶어 했던 소녀시절은 당면한 문제를 회피했던 과거의 '나'를 합리화하기 위해, 그리고 꿈을 이룬 현재의 '나'를 이상화하기 위해 재생된 것이라 할 수 있다.

▋ 3. 자발적 이상과 내면화된 명령

　작가에게 글쓰기는 자신의 잠재력과 가능성을 자발적으로 실현하는
행위이다. 그렇다면 작가 신경숙과 동일한 행위 주체로 그려지고 있는
『외딴 방』의 화자에게도 글쓰기가 자발적인 활동일 수 있을까. 화자의
글쓰기를 단지 '일'의 일종으로 본다면 성공한 작가로 그려지고 있는 화
자의 모습은 자발적 이상이 행복하게 실현된 경우라 할 수 있다. 더욱
이 화자가 심리적으로 '엄마'로 대표되는 일차적 관계[12]에 깊이 의존해
왔음을 염두에 둔다면 어머니와의 일체성이 파기될 때 형성된 고립감
과 불안감을 글쓰기라는 생산적인 일로 승화시켰으므로 화자의 글쓰기
가 도구적 가치를 넘어서 있다고 볼 수 있다. 그러나 화자가 어머니와
떨어져 개체화되면서 가장 먼저 접촉하게 된 외부세계가 생산노동 현
장이었다는 사실을 고려한다면 사정이 크게 달라진다. 생산직 노동자로
서의 화자가 "글쓰기, 내가 이토록 글쓰기에 마음을 매고 있는 것은, 이
것으로만이, 나, 라는 존재가 아무것도 아니라는 소외에서 벗어날 수 있
다고 생각하기 때문은 아닌지."(20쪽)라고 회고할 때, 이 화자에게 글
쓰기는 자기목적성을 지닌 창조적 행위가 되지 못한다. '아무것도 아니'
라는 말은 인간의 근원적인 나약함을 의미하는 것으로 보일 수도 있지
만 현실적으로는 여공 신분에 대한 폄하로 읽힌다.[13] 화자의 글쓰기가
이처럼 자기 부정을 동기로 하거나 현실의 비루함으로부터 이탈하려는
욕망에서 추구된 것이라면 그것은 순수한 자발성의 발로라고 하기 어
렵다. 자발적 행위는 고립감이나 무력감에 의해 강박적으로 강요당한
행위가 아니라, 인간의 감정적, 감각적, 지적 경험과 의지 안에서 작용
할 수 있는 창의적인 활동이기 때문에[14] 도피적 심리와는 관계가 없다.
비교하자면, 노조지부장 유채옥은 생산노동을 '일'로서 대접하고 노동

자의 현실을 직시하며 자신의 자발성을 충분히 발휘한 인물이라고 볼 수 있다. 노조지부장 유채옥의 태도에 비추어볼 때 화자의 수동적 성격이 더욱 두드러져 보이는 이유는 그 때문이다.

> 노조지부장, 그가 한 말들을 기억한다. 나는 여러분들이 야근하는 시간에 이 세상 어딘가에서는 방에 딸린 욕실에서 따뜻한 물을 받아 목욕을 하는 사람들도 있다는 걸 깨닫게 하고 싶었습니다. 적어도 여러분들이 희생당하고 있다는 사실을 깨닫고 자신들을 귀히 여겨 권리를 찾아가기를 바랐습니다. 노조지부장, 그는 우리들의 침묵이 안타깝다. 권리를 주장할 줄 모르는 우리들. 낮은 임금이나 낮은 수당에 대해 투쟁하기를 겁내하는 우리들. 그보다는 잔업이나 특근이 없어져서 수당을 못 받게 될까 봐 그것이 걱정인 우리들. 우리는 스스로를 귀히 여길 줄을 모른다. 우리는 그의 말처럼 희생당하고 있는 사람들이 우리들이라는 생각을 하지 못한다.
>
> (『외딴 방』, 255쪽)

컨베이어벨트 앞에 앉아 작가가 되기를 꿈꿨던 화자의 태도는 분열적이다. 이 인물의 심리를 분석하기에 앞서, 권위주의적 사회에서 계급관계가 가학-피학증적으로 구조화되어 있다고 보았던 싸르트르와 에리히 프롬의 통찰을 상기해 볼 필요가 있다. 권위주의적 사회에서 사용자는 사디스트가 타자를 사물화 하듯 종업원을 사물화 되어야 하는 대상으로 파악할 뿐 아니라[15] 생존을 보장해주는 대가로 종업원의 자유를 무화시키고 자립적인 개인으로서의 저항을 무력화시킨다. 이때 종업원은 상대적으로 마조히즘적 감정에 사로잡혀 스스로를 무력하고 하찮은 존재로 느끼게 된다. 위의 인용에서 권리를 주장할 줄도, 스스로를 귀히 여길 줄도 모르는 '우리들'의 순종적인 모습은 개체로서의 자아의 독립을 포기하고 임금과 잔업 수당을 제공하는 강력한 권력에 굴복하여 안정감을 얻으려는 마조히즘적 전형들이다. 사디즘은 흔히 타인에 대한 선의와 배려의 결과로 은폐되는데[16] 이와 마찬가지로 『외딴 방』의 화자는 회사가 임금이나 수당을 제공해주고 학교까지 보내준다는 사실 때문에 자신의 노동이 착취당한다는 사실을 심각하게 받아들이지 못한다. 가학-피학의 관계가 유지되고 있는 한 회사의 압력이 강해질수록 임금노동자들의 성격은 순종적으로, 심하게는 복종적으로 바뀌게 될 뿐이라는 사실을 자각하지 못하고 있다. '권리를 주장할 줄 모르는 우리들'은 이미 복종의 태세를 갖추고 있으며 그 중에서도 화자는 주인에게 적대감을 갖고 저항하는 대신 의식의 지향을 다른 쪽으로 돌림으로써 주인의 불합리한 요구를 간접적으로 용인하는 방식으로 복종한다.

　이러한 복종적 태도는 자기합리화를 수반한다. 회사가 정당성을 주장하기 위해 '나는 너를 위해 많은 일을 했다. 그러니까 이번에는 내가 원하는 것을 너에게서 빼앗아도 된다'는 합리화의 언술을 활용하듯, 임금노동자는 회사에 대한 자신의 마조히즘적인 의존이 어쩔 수 없는 환경적 조건에서 비롯되었다고 합리화하게 된다. 학교에 가지 못하게 될까봐 노조원들과 함께 잔업 거부를 하지 못한 채 텅 빈 작업현장에서 컨베이어만 돌아가는 것을 보면서 외사촌이 "이런 게 바로 수치야"라고 한 말은 그러한 합리화의 심리를 단적으로 언표화한 것이다. 수치심은 타자라는 객체를 상정했을 때 경험하게 되는 반성적 태도로서[17] 화자나 외사촌으로 하여금 수치심을 느끼도록 자극한 타자는 노조원들이지만 수치심을 느껴야 했던 원인은 환경에 있으니 화자는 반성할 이유가 없다. 자신의 삶은 자신이 선택하고 책임져야 하는 것이 아니라 자신이 굴복한 권력, 즉 회사에 의해 결정되기 때문에 노조 '가입서'든 '탈퇴서'든 그 정치적 입장의 차이를 놓고 고민할 필요가 없었던 화자는 다만 동료를 배신하게 만든 환경만을 원망할 뿐이다. 화자가 '유신체제와 긴급조치 철폐를 요구하는 목소리들과는 전혀 다른 자리'에 있었던 세상 물정 모르는 시골 소녀였다거나, 혹은 '이미연'이라는 가명을 쓴 채 위장 취업할 수밖에 없었던 열여섯의 어린 나이였다는 것이 복종을 불가피하게 했다는 이유가 될 수도 있다. 그러나 글을 쓰고 있는 서른 두 살의 '나' 역시 의식의 변화는 보이지 않기 때문에 문제는 상황에 있는 것이 아니라 작가의 시대의식에 있다고 보아야 할 것이다. 운동권 학생이었던 셋째 오빠가 『외딴 방』의 배경이 되는 70년대 말, 80년대 초의 쿠데타, 광주 등의 현실을 외면해서는 안 된다고 충고하자 작가의 현재적 입장을 대변하고 있는 서른 두 살의 화자는 다음과 같이 말한다.

> ……몰라, 오빠. 나는 그런 것들보다 그때 연탄불은 잘 타고 있었는지, 가방을 챙겨들고 방을 나간 오빠가 어디 길바닥에서나 자지 않았는지, 그런 것들이 더 중요하게 느껴져. 그때 왜 그렇게 추웠는지 말야. 김치를 꺼내다가 잘라서 접시에 올려서 밥상 위에 얹으면 살얼음이 끼어 쭉 미끄러지곤 했어. 그릇이 깨지고 김치가 사방으로 흩어졌지. 오빠. 그때 내가 정말 싫었던 건 대통령의 얼굴이 아니라 무국을 끓이려고 사다놓은 무가 꽝꽝 얼어버려 가지고 칼이 들어가지 않은 것 그런 것들이었어. 눈이 내린 아침에 수돗물을 틀었을 때 말야. 물이 얼지 않고 시원스럽게 나와주면 너무 좋았고, 안 그러고 얼어서 나오지 않으면 너무 싫고 그랬어. 내가 문학을 하려고 했던 건 문학이 뭔가를 변화시켜주리라고 생각해서가 아니었어. 그냥 좋았어. 문학이 있다는 것만으로도 현실에선 불가능한 것, 금지된 것들을 꿈꿀 수가 있었지. 대체 그 꿈은 어디에서 흘러온 것일까. 나는 내가 사회의 일원이라고 생각해. 문학으로 인해 내가 꿈을 꿀 수 있다면 사회도 꿈을 꿀 수 있는 거 아니야?
>
> (『외딴 방』, 206쪽)

이러한 자기합리화는 글 쓰는 '나'가 열여섯 살에서 열아홉 살까지 4

년 동안의 소녀시절 풍경을 현재형 문체로 재현하기로 할 때 이미 예고되어 있었다고 할 수 있다. 과거를 현재형으로 서술한다는 것은 현재의 입장을 가지고 과거에 개입하지 않겠다는 의지를 내포한 것으로서, 한편으로 그것은 집필 태도에 있어서의 정직성과 충실성을 약속한 것일 수도 있지만 다른 한편으로 과거의 사건을 객관화함으로써 그것을 해석하고 평가해야 하는 부담에서 벗어나겠다는 뜻을 내포한 것이기도 하다. 하지만 다음의 인용에서 작가 스스로도 밝히고 있듯이 소설은 한 편의 내적 완결성을 지닌 이야기이므로 어떤 글쓰기 방식을 선택하든 구체적인 내용은 결국 작가의 의도에 따라 기획되고 구성되지 않을 수 없다.

> 정리는 역사가 하고 정의는 사회가 내린다. 정리할수록 그 단정함 속에 진실은 감춰진다. 대부분의 진실은 정의된 것 이면에 살고 있겠지. 문학은 정리와 정의 그 뒤쪽에서 흐르고 있다고 생각한다. 해결되지 않는 것들 속에. 뒤쪽의 약한 자, 머뭇거리는 자들을 위해, 정리되고 정의된 것을 헝클어서 새로이 흐르게 하기가 문학인지도 모른다, 생각해본다. 다시 엉망으로 만들어버리기 말이다. 결국 이것도 일종의 정리인 셈인가. 지금, 나, 내가 말한 뒤쪽을 봐야 하는가.
>
> (『외딴 방』, 73쪽)

위의 인용에서 글을 쓰고 있는 '나'가 '약한 자, 머뭇거리는 자'라고 표현한 것은 과거의 '나'를 포함한 공장의 노동자들로, 소설의 결미에 가서 그 실체는 "이름도 없이, 물질적인 풍요와는 아무런 연관도 없이, 그러나 열 손가락을 움직여 끊임없이 물질을 만들어내야 했던 그들"(419쪽)로 구체화된다. '그들' 속에 과거의 '나'가 포함되어 있음에도 불구하고 그 시절을 현재형 문체로 재현하겠다는 문체의 전략에 따라 과거의 '나'의 감정은 드러나지 않는다. 다만, 글을 쓰고 있는 현재의 '나'에 의해 삶의 구체성이 일거에 소거된 채 "오랫동안 그녀들을 생각하면 삶이란 아름다움이라고 말할 수 없는 고독을 느껴왔다."(422쪽)고 관조적으로 회고될 뿐이다. 이 관조적 태도는 물론 사회적 성공을 통해 얻은 안정감에서 비롯된 것이다. 요컨대 과거의 '나'가 공동의 선이나 공동체의 가치에 적대적인 태도를 보이지 않으면서 선택한 작가의 길은 현실적 욕망이 자발적 이상으로 위장된 길이라 할 수 있다.

▌4. 자발성의 상징, 감추어진 패배의식

『외딴 방』에서 화자가 글쓰기를 통해 이야기하고 있는 것은 행간을 통해 나타나고 있는 사실과 일치하지 않는다. 이를테면 화자가 삶과 희망을 이야기하더라도 행간에 숨어있는 의미는 죽음과 패배의식인 경우가 종종 있다. 화자는 "나는 글쓰기로 언니에게 도달해보려고 해"(197쪽)라고 말함으로써 죽은 희재 언니를 재생시키겠다는 의지를 밝힌 바 있었다. 그러나 화자는 여러 삽화들을 동원하여 희재 언니의 죽음에 대해 말해야 하는 순간을 유보시킴으로써 희재 언니의 죽음을 통해 말하고자 하는 바가 따로 있음을 암시한다. 문제의 사건에 근접했을 때 화자는 비로소 희재 언니가 '관계 맺기의 장애'였음을 고백하는데, 문맥상의 의미로 보면 '관계 맺기의 장애'는 화자가 본의 아니게 희재 언니의 자살을 돕게 된 일로 충격을 받아 세상과 불화하게 되었다는 뜻으로 읽는다. 그러나 조금만 더 주의 깊게 살펴보면 '열쇠를 채우기 전에 문을 한번 열어봤더라면 상황이 달라졌을까'(404쪽)라는 화자의 회의 속에서 희재 언니의 죽음을 이미 불가항력의 사태로 받아들이고 있는 비관적 태도를 발견할 수 있다. 희재 언니의 죽음이 이처럼 불가항력적인 것이거나 예고된 것으로 인식되고 있다는 것은 화자가 희재 언니의 죽음을 한 자연인의 죽음으로 이해한 것이 아니라 외딴 방으로 상징되는 불우한 처지의 숙명으로 바라보았음을 의미한다. 그러므로 관계 맺기의 장애는 사실상 희재 언니의 죽음이 초래한 것이 아니라 희재 언니의 죽음이 확인시킨 생에 대한 패배의식에서 비롯된 것이라 할 수 있다. 희재 언니를 죽음으로 몰아간 비루한 현실은 인간의 보편적 위기의식, 고독, 허무, 비극적 운명 따위를 말하기 위한 포석이었던 셈이다. 작가는 희재 언니의 죽음이 지니는 의미를 부여하기 위해 삼풍백화점 붕괴사고와 관련된 삽화를 소설 안에 배치한다. 소설 속에서 화자는 수많은 인명이 한꺼번에 희생된 참사를 바라보며 "애써 살아가야 하는 것의 의미를 함께 붕괴시킨 삶에 대한 깊은 패배의식. 무엇을 지키며 살아가야 할 것인가."(359쪽)라는 회의에 사로잡힌다. 생에 대한 실존적 위기의식을 환기시키고 있다는 점에서, 화자에게는 삼풍 사고 같은 불의의 재난과 희재 언니의 돌연한 죽음이 동형적인 것으로 인식되고 있는 것이다.

인간의 자유가 물리적 형태의 구속에 의해 제약을 받는다면 그것은 자유의지로 어느 정도 극복할 수 있으나, 그 구속이 운명과 같이 불가항력적인 것이라면 자유의지는 원천적으로 무능하고 무의미한 것이 될 수밖에 없다. 신경숙 소설의 주인공들이 자발적으로 행동하지 못하는 가장 근본적인 이유는 위에서 본 바와 같이 작가가 패배주의, 운명론적인 세계관을 지니고 있기 때문이다. 작가의 세계관은 각 작품이 고유하게 지니는 내적 논리를 초월한 채 유사한 방식으로 주인공의 자유를 구속하고 주인공의 운명을 지배하게 된다. 예컨대, 「멀리, 끝없는 길 위에」에서 잡지사 기자가 되어있는 '나'는 명동 거리에 서서 대학시절인 80년대를 공허와 무력감, 그리고 패배의식으로 회고한다. 80년대가 지니고 있는 시대적 의미와 특수성은 실패, 소모전 등의 단정적인 표현에 의해 간단히 실종되고 "한번도 가치의 기준을 정하지 못하고 이 현상과 저 현상에서 헤매기만 하던 나"(「멀리, 끝없는 길 위에서」, 264쪽)는 사회적 책무의식을 일찌감치 포기하고 만다.

> 해도해도 안 되는 일이 있는 것이다. 우리들의 희망은 소모전이었던 것이다. 어쩌면 한번쯤을 가질 수도 있었을 1963년생들의 가치 기준은 여지없이 무너져버린 것이었다. 그 아름다운 열기가 하나의 현상으로 지나가던 그 순간에.
>
> (「멀리, 끝없는 길 위에」, 265쪽)

「딸기밭」도 예외가 아닌데 이 작품에 나타나 있는 패배의식은 상징성에 의거하고 있어 이를 이해하기 위해서는 약간의 심리학적 설명이 필요하다. 소설에서 '유'의 완전무결함과 자유분방함을 동경했던 '나'는 작품의 결미에서 가학적 성행위를 연상시키는 행위를 통해 자신의 결함을 집요하게 환기시켰던 '유'의 육체를 훼손하려 한다. '유'의 육체를 훼손함으로써 '나'가 소유하고자 한 것은 '유'의 자유이다. 인물의 행동이 전반적으로 신경증적으로 묘사되어 있음을 감안하고 보면 '유'에 대한 '나'의 도발적 행위는 사회화를 통해 학습된 권위적 명령을 거역하는 행위라는 점에서 자발적 행위의 일종이라 할 수 있다. 그러나 '유'의 자유를 소유하려 했던 '나'의 시도는 실패하고 만다. 딸기밭에서 '나'가 붉은 딸기를 따는 데 정신이 팔려 있는 유의 흰 목덜미에 손을 얹으며 살의에 가까운 감정으로 유가 지닌 것들 훼손하고 싶어했을 때, 켁켁거리는 유의 아름답고 맑고 순한 눈에 간절함이 실렸기 때문이다. 비애도 고통도 결핍도 불가능도 없는 유의 눈은 유의 자유를 포획하려 하는 '나'의 의지를 '초월'하고 있었던 것이다. 가학증 환자는 타자에게 육체적 고통을 가함으로써 타자의 자유를 포획하려 하지만 결국은 타자의 눈 속에서 전혀 다른 곳으로 지향되어 있는 의식을 보게 되는 순간 타자를 굴복시키는 일이 불가능하다는 것을 깨닫게 된다.[18] 그러므로 '나'의 패배는 예정되어 있었던 것이다. 딸기밭에서 돌아온 후 '나'는 금지된 것들 근처에는 가지 않으며, 생의 불가능성을 받아들인다. 그리고 생에 대한 패배를 인정한 채 망각을 거쳐 스스로를 사물화한다.

『외딴 방』의 희재 언니는 신경숙 소설에 등장하는 모든 사물화된 인물들의 이미지를 종합해놓은 인물이다. 희재 언니의 자살은 그것이 고립감으로부터 해방되기 위한 처방이었다 해도 결국은 자유를 반납한 행위이며, 개인적 자아가 소멸된 상태에서는 해방이나 자유가 아무런 의미도 지니지 못한다. 화자가 '그녀 자신이 그 골목이다'라고 표현했던 희재 언니는 살아 있었어도 즉자존재나 다름없는 존재였지만, 인간은 의식이 있는 한 가능성이 있는 존재이며 그 가능성을 실현하기 위해 미래를 향해 투기하는 삶을 살아가게 마련이라는 점에서 사물화된 삶은 실제의 죽음과는 엄연히 차이가 있었다. 아래의 인용에서 화자가 '그 골목에서 간이숙박소 같은 삶을 살았다고 해도, 중요한 것은 살아 있다는 것'이라 한 것도 그러한 인식에서 나온 말이다.

> ……살아있다는 것. 우리가 그 골목에서 간이숙박소 같은 삶을 살았다고 해도, 중요한 것은 살아 있다는 것이야. 일상에 매여 일 년을 통화 한 번 못 한다고 해도 수첩 속에 오래된 전화번호를 가지고 있다는 것. 내 손을 뻗어 다른 손을 잡을 수 있다는 것. 설령 내가 언니가 이 세상에 존재했었다는 걸 기억하지 못한다고 해도 언니가 이 세상의 어느 공기 속에서 아침마다 눈을 뜨고 숨을 쉬며 악다구니를 쓰며 살아가고 있었다면…… 나는 내 열여섯에서 스물까지의 시간과 공간들을 피해오지 않았을 거야. 내가 기억한들, 언제까지나 기억한들…… 그런들……

그런 것이 무슨 소용이지? 기억으로 뭘 변화시켜 놓을 수 있어?

(『외딴 방』, 211쪽)

화자가 삼풍사고 현장에서 끝까지 살아남은 '지환'에게 '살아주어서 고맙다'고 말하는 것도 실존적 상황 속에서 끝까지 존엄성을 지키고 살 아야 함을 강조한 것이라 할 수 있다. 『외딴 방』의 결미 부분에 묘사되 고 있는, 영등포역에서 플랫폼을 향해 단련된 다리로 거침없이 달려 나 갔던 소년은 '지환'과 더불어 생의 허무의식을 견디게 하는 실존적 의지 의 한 은유인 셈이다. 『외딴 방』에서 화자가 글쓰기로 도달해야 할 도 저한 인간 실존의 궁극의 지점 '백로의 숲'도 빼놓을 수 없는 자발성의 상징이라 할 것이다. 그런데 이러한 상징들은 텍스트의 내적 필연성에 의해 만들어진 것이 아니라 작가의 의도에 의해 작위적으로 투입된 것 이기 때문에 진정성이 떨어진다. 자발성이 이처럼 상징성을 통해서만 제시된다는 것은 그것이 현실적으로는 실현되기 어렵다는 사실을 반어 적으로 말해주고 있는 셈이다. 결국 신경숙 소설에서 자발성에 관한 희 망적 기표는 사실은 절망적인 기의를 내포하고 있는 것이다.

▌ 5. 정리

80년대의 억압적인 노동환경을 배경으로 하고 있는 『외딴 방』의 화 자를 비롯해서 신경숙 소설의 주인공들은 대체로 억압의 성격이나 강 도, 행위의 가치나 정당성 따위와는 관계없이 자기 행위를 주체적으로 결정할 수 있느냐의 문제에만 관심을 집중시키고 있다. 신경숙 소설의 주인공들이 비주체적인 행동을 보이는 이유의 하나는 대타자의 욕망인

'엄마의 행복의 조건'을 내면화함으로써 갖게 된 의존적 성향 때문이라 할 수 있다. 이 의타적 성향의 주인공들이 대타자의 욕망을 욕망하는 과정에서 환기시킨 장애물 '가난'은 종종 주인공들에게 자기합리화의 수단으로 이용되었다.

일반적으로 작가에게 글쓰기는 자신의 잠재력과 가능성을 자발적으로 실현하는 일이지만 『외딴 방』의 화자에게는 글쓰기가 자발적인 활동이라고 보기 어렵다. 가학-피학증적으로 구조화되어 있는 권위주의적 사회의 계급 관계 속에서 사용자는 종업원의 생존을 보장해주는 대가로 종업원의 자유를 무화시키고 자립적인 개인으로서의 저항을 무력화시키며, 반대로 종업원은 마조히즘적 감정에 사로잡혀 스스로를 무력하고 하찮은 존재로 느끼게 된다. 이런 마조히즘적 심리 상태 속에서 화자는 주인에게 적대감을 갖고 저항하는 대신 의식의 지향을 글쓰기로 돌리고 있어 화자의 글쓰기는 자발적인 활동이라기보다 반사적, 또는 도피적 행동으로 볼 수 있으며, 현실의 명령을 내면화한 복종적 행위로도 볼 수 있다.

『외딴 방』에서 화자는 삼풍 사고 현장에서 살아남은 '지환', 영등포역에서 플랫폼을 향해 달려 나갔던 '소년', '백로의 숲' 등의 상징으로 인간으로서의 존엄성과 삶의 가치, 그리고 희망을 표현하고자 했다. 그러나 상징을 통해서만 제시되는 희망은 오히려 작가의 패배의식을 반증할 뿐이다. 작가의 패배주의적, 운명론적 세계관이 인물을 압도하고 있기 때문에 신경숙 소설의 주인공들은 자발성이 결여된 채 천형과 같은 고독, 천성과 같은 순종의 태도로 일관하고 있는 것이다.

1) 백낙청, 「『외딴 방』이 묻는 것과 이룬 것」, 『외딴 방』(문학동네, 1995) 해설, 452쪽.

2) 순종적인 태도는 여성학적 관점에서 볼 때도 문제가 된다. 여성문학이 여성적 경험의 복권으로서의 의의를 지니려면, 자발성에 입각하여 가부장적 명령을 위반하고 여성에게 요구되는 전통적 역할을 문제 삼을 수 있어야 한다. 여성적 경험으로서의 수동성이나 순종성은 결과적으로 남성들의 이분법적 논리의 틀에 의존하고 있는 것이다. 이와 같은 문제의식에서, 이상경은 '신경숙 소설에서 드러내는 여성적 경험이란 기존의 남성중심 문화 속에서 구성된 것'(이상경, 「말해질 수 없는 것들을 넘어서」, 『소설과 사상』, 1997. 봄 참조)이라 지적한 바 있다.

3) 황도경, 「집으로 가는 글쓰기」, 『문학과 사회』 1996. 봄, 355쪽 참조.

4) 하정일, 「개인과 가족의 기묘한 동거 : 신경숙론」, 『실천문학』, 2004. 겨울 참조.

5) 남진우, 「우물의 어둠에서 백로의 숲까지 : 신경숙의 「외딴 방」에 대한 몇 개의 단상」, 『외딴 방』제2권 해설, 1995, 292쪽. 한때 평단에서는 특정 에콜 소속 비평가들의 무비판적인 상찬을 문제 삼은 바 있는데(대표적으로 김명인의 「신화는 어떻게 만들어지는가 : 신경숙 소설비평의 현황과 문제」(『주례사비평을 넘어서』, 한국출판마케팅연구소, 2002 참조) 남진우와 백낙청이 각각 집필한 『외딴 방』해설도 그러한 의혹에서 벗어날 수 없다. 그러나 『외딴 방』의 노동소설로서의 가치와 성취에 대해서는 이후 많은 논자들에 의해 꾸준히 입증되었다.

6) 신광영, 「생산의 정치와 80년대 한국의 노동조합」, 『현대 한국의 노동문제와 도시정책』, 문학과 지성사, 1990, 21쪽.

7) 로크는 "자유란 마음의 지시에 따라 행하거나 행하지 않거나 하는 역능이다. 개개의 경우에 운동하거나 정지하거나 하게끔 작용하는 여러 가지 기능을 지시하는 역능이 우리가 의지라고 부르는 것이다."(『로크, 흄』, 한상범 외 2인 역, 「세계사상대전집 34집」, 대양서적, 1972, 128쪽)라고 말한다.

8) 신광영, 앞의 글, 28쪽. 당시의 정부는 수출 경쟁력을 높이기 위한 방법으로 저임금 정책을 개발경제의 기초로 삼고 노동조합 활동을 억제하면서 파업과 농성을 공권력을 동원하여 탄압하였고 기업은 기업대로 이윤을 극대화하는 데 몰두하였다.

9) 이종영, 『가학증, 타자성, 자유』, 백의, 1996, 37쪽 참조. 『세미나』11집에서 라캉은 돈과 삶 중에서 하나를 선택해야 하는 상황을 놓고 아무것도 선택할 수 없는 노예의 처지를 설명한다.

10) "그녀 자신이 그 골목이다. 그곳의 전신주이고 구토물이고 여관이다. 그녀

는 공장굴뚝이며 어두운 시장이며 재봉틀이다. 서른 일곱 개의 외딴 방들인 그녀, 생의 장소다.”(『외딴 방』, 332쪽)

11) 변광배, 싸르트르, 『존재와 무 : 자유를 향한 실존적 탐색』, 살림, 2005, 242쪽 참조.

12) ‘일차적 관계’란 에리히 프롬의 용어로, 개체화의 과정에 의해 한 개인이 완전하게 출현되기 이전에 존재하는, 안정감과 소속감을 주는 관계를 말한다.(에리히 프롬, 『자유로부터의 도피』, 홍신문화사, 2008, 27쪽 참조)

13) 김영찬(「글쓰기와 타자 : 신경숙의 외딴 방론」, 『한국문학이론과 비평』 제15집, 한국문학이론과 비평학회, 2002. 6, 183쪽)은 이 고백의 심층에 여공들이 실은 ‘아무것도 아닌’ 보잘것없는 존재라는 생각이 숨어 있다고 본다. 그런 의미에서 ‘나’에게 글쓰기에 대한 욕망은 스스로 그 보잘것없는 존재의 굴레에서 탈출하여 그들과 다른 존재가 되고자 하는 욕망과 다르지 않다는 것이다.

14) 에리히 프롬, 앞의 책, 154쪽, 215쪽 참조.

15) 이종영, 앞의 책, 77쪽.

16) 에리히 프롬에 의하면, 가학증자가 착취적인 성향을 은폐하기 위해, ‘나는 너에게 무엇이 최선인가 알고 있기 때문에 너를 지배한다. 너의 이익을 위해 너는 나를 따라야 한다’, ‘나는 이처럼 훌륭하고 뛰어난 인간이기 때문에, 타인이 나에게 의존할 것을 기대할 만한 권리를 가지고 있다’, ‘나는 너를 위해 많은 일을 했다. 그러니까 이번에는 내가 원하는 것을 너에게서 빼앗아도 된다’라는 합리화 방법을 자주 인용한다고 지적하였다.(에리히 프롬, 앞의 책, 123쪽)

17) 사르트르는 수치심을 통해 타자라고 하는 새로운 존재 유형을 파악하고 있다. “사람은 자기 혼자서 야비한 것이 아니다. 이처럼 타자는 단지 나에게 내가 있는 것을 열어 보여주었을 뿐만 아니라 타자는 새로운 자격들을 지니고 있어야 할 하나의 존재 유형에 따라서 나를 구성해 놓은 것이다. 이 존재는 타자의 출현 이전에 내 안에 잠재적으로 있었던 것이 아니다.”(『존재와 무』, 앞의 책, 180쪽에서 인용)

18) 이종영, 앞의 책, 52쪽 참조. 싸르트르는 가학증자의 행위에 대해 “나는 타자의 육체를 소유하고자 한다. 그러나 나는 타인의 의식이 타인의 그 육체와 동화된 한도에서 그 육체를 소유하고자 한다”고 설명한다. 여기에서 핵심이 되는 것은 ‘동화’라는 단어이다. 타자에게 육체적인 고통을 경험하게 함으로써, 즉 의식을 육체에 동화시킴으로써 육체와 의식을 동시에 소유하는 것이 가능해진다는 것이다.

제11장 소설 : 신경숙 『바이올렛』

익명의 존재
노바디의 열망과 자기파멸

▌1. 노바디와 섬바디

　인간이 근대인으로서 경험한 핵심적인 사건의 하나는 전통적 권위와 경제적 구속으로부터 해방된 개인이 되었다는 점이다. 개인의 발견은 노바디(nobody)로 존재하던 인간이 사회적 관계 속에서 독립적인 역할을 담당하게 됨으로써 섬바디(somebody)로 부각되기 시작했음을 의미하는 것이라 할 수 있다. 이때 노바디란 경제적 요소에 따라 서열화된 집단 내의 피지배 계층 또는 민중을 의미하지 않는다. 로버트 풀러에 의하면, 노바디는 단순히 지위가 낮다거나 주변인에 지나지 않는다거나 소모품일 뿐이라는 차원이 아니라 아예 정체성 자체가 주어지지 않은, 즉 '제로'와 다를 바 없는 인간을 의미한다.[1] 그러므로 섬바디가 되고자 하는 노바디의 열망은 계급적 관계가 포함된, 보다 보편적인 차원의 인간적 존엄성을 회복하고자 하는 것이라 할 수 있다. 그럼에도 불구하고 섬바디의 실현을 현실적이고도 구체적인 형태로 가능하게 하는 것이 신분이나 지위의 갱신이다 보니[2] 더 나은 신분과 지위에 대한 욕망은 종종 계급적 상승욕구와 혼동되곤 한다. 신경숙의 소설 가운데 예외적으로 신분의 갱신을 성공시킨 주인공이 등장하는 『외딴 방』의 경우 작가가 되고자 했던 주인공의 꿈은, 백낙청이 "'나'는 비교적 나은 가정배경 외에도, 일찍부터 작가가 되려는 열망을 품었고 더구나 그 열망을 실현하는 데 성공한다는 점에서 대다수 여공들과 구별되는 존재이다. 그러나 이러한 예외성이 '나'가 서술하는 경험의 전형성을 심각하게 훼손할 까닭은 없다."[3]고 긍정적으로 논평한 것을 제외하고는 대체로 많은 논자들에 의해 부정적으로 평가되었다. 예컨대 하정일[4]은 주인공을 "철저한 개인주의자"라고 단정하고 "작가가 되겠다는 화자의 꿈은 그녀를 다른 노동자들과 구별시킬 뿐더러 자신을 자신답게 해주는 유일한 근거"로서 거기에는 "자신을 노동 현실로부터 분리시키려는, 즉 동료 노동자들과의 연대 거부를 글쓰기로써 정당화하려는 완강한 자의식"이 내재해 있다고 비판하였으며, 김영찬[5]은 "하계숙과 희재 언니를 비롯한 연약한 타자에게 '인간으로서의 위엄을 부여'하는 일"은 작가가 "글쓰기 자체가 애초에 자신과 타자를 분리시키기 위한 기제였음을 스스로 객관화하여 근본적으로 반성"해야 가능한 일이라고 충고하기도 하였다. 물론 공동체의 일원이면서 노동현장에서 벌어지는 억압적인 현실을 외면하고 개인적인 꿈만을 추구한 주인공을 긍정적으로 보기는 어렵다. 그러나 한 개인이 품어볼 수 있는 섬바디로의 지향은 대개 상황과 처지를 초월한 것이라는 점도 이해할 필요는 있다. 신경숙 소설 전반을 놓고 볼 때 인물의 성격을 특징짓는 핵심적 자질은 전형적인 피지배계층이 아니라 섬바디가 되고자 욕망하는 노바디이다. 따라서 인물의 성격을 계급적 관계에 환원시켜 해석했을 경우 『외딴 방』의 화자처럼 리얼리즘의 기대에 부응하지 못하는 경우가 생긴다. 신경숙 소설은 대체로 노바디였던 섬바디의 이야기가 아니라 섬바디를 꿈꾸었던 노바디, 결과적으로는 노바디이기만 했던 익명의 존재에 대한 이야기에 집중되어 있다. 그런 점에서『외딴 방』의 화자와 마찬가지로 작가가 되고자 하는 열망을 품었으나 결국 실패하고 마는『바이올렛』의 오산이는 신경숙 소설의 서사적 전략을 가장 특징적으로 구현하고 있는 인물이라 할 수 있으며, 신경숙 소설 전반을 관통하는 노바디성을 가장 효과적으로 탐색하게 해주는 인물이라고도 할 수 있다. 이 글에서 신경숙의『바이올렛』을 주목하는 이유는 그 때문이다.『바이올렛』은 섬바디가 되고자 하는 열망, 열망의 좌절에 따른 인간적 고독, 그리고 그 고독으로부터의 도피과정 등의 철학적, 심리학적 맥락을 신경숙의 다른 작품들보다 뚜렷하게 보여주고 있다. '아무것도 아닌 두 여자애'(16쪽) 오산이와 서남애의 이미지를 환기시키고 있는 표제 '바이올렛'은 '어디에나 피어 있어 어찌 보면 꽃이 아니라 풀같이 여겨지는'(120쪽) 보잘것없는 꽃이다. 바이올렛은『외딴 방』의 희재언니,「멀리, 끝없는 길 위에」의 이숙 등을 비롯해 신경숙 소설에 수없이 등장했던 존재감 없는 인물들의 이미지를 함축하고 있다.

　지금까지 신경숙 문학에 대한 분석과 평가는 사라진 인물들이나 존재감이 뚜렷하지 않은 인물들의 개인적인 경험에 주목하였을 뿐 대인관계 속에서 상대성을 기초로 생성되고 소멸하는 욕망의 심리적 메커니즘을 분석하지는 못했다. 신승엽이 신경숙 문학의 특징을 '기억에 의한 묘사'[6]로 요약한 것에서 비롯해, 백낙청이「멀리, 끝없는 길 위에」를 '정직한 재현을 위한 저자의 고뇌'[7]라 한 것이나, 또 다른 글에서 언어가 가진 잠재력을 최대한 효과적으로 활용하고 있다는 측면에서 신경숙을 '시의 경지를 추구하는 작가'[8]라고 정의하고 그러한 노력의 성과

작으로『외딴 방』을 꼽은 것도 '기억', 또는 기억을 '재현'하거나 '묘사'
하는 측면을 주로 문제삼은 것이다.[9] 존재감이 없는 인물에 의해 기억
되는 비루한 삶의 경험이 바로 노바디성의 증거에 다름 아니나, 주목해
야 할 것은 인물이 지니고 있는 노바디성 자체가 아니라 그것에 내포되
어 있는 관계 지향성이다. 신경숙의 인물들이 지나치게 순종적이라는
점[10], '육친성의 세계'로 설명되는 제한적인 소통 외에는 거의 소통하지
않는 점[11] 또한 관계의 망 속에서 그 의미를 분석해 보아야 할 문제인
데 기왕의 논의에서는 그것이 단순히 신경숙 소설의 특징이나 한계로
지목되어 왔을 뿐이다. 신승엽이 '신경숙 문학의 주인공들이 지닌 소극
적 성격은 상황에 대한 판단을 유보한 채 기억에 의한 묘사에 집중하려
는 신경숙 특유의 형식과 상응하는 것'[12]이라 분석한 바 있지만, '육친
성의 세계'와도 관련되어 있을 것으로 보이는 순종적 태도의 심리적 메
커니즘에 대해서는 좀 더 세심한 관찰이 뒷받침 되어야 할 것으로 보인
다. 현실적으로 부당한 명령체계를 재생산할 수도 있는 순종은, 자유를
반환하는 행위, 에리히 프롬 식으로 말하면 자유로부터 도피하는 행위
가 될 수도 있다. 이 글은 이러한 행위의 심리적 기저에 노바디성이 자
리하고 있다고 보고『바이올렛』을 통해 그것의 작동방식과 작동방향을
분석함으로써 신경숙 소설의 주요 서사구성 원리를 발견하게 될 터인
바, 논의 과정에서 이 작품과 유사한 인물구성을 지니면서 다소 과장된
방식으로 인물의 심리상태를 묘사하고 있는「딸기밭」에서 여러 시사점
을 얻게 될 것이다.

▌ 2. 노바디 의식의 근원과 자기구제의 방도

인간이 개체화 과정을 거쳐 전통적 사회의 속박으로부터 벗어남으로써 얻게 되는 것은 자유만이 아니다. 전통적 사회를 '일차적 관계'라고 명명하고 있는 에리히 프롬의 통찰에 의하면, 인간은 일차적 관계로부터의 이탈로 고독, 불안, 무력감을 얻게 되며 이로부터 구원받기 위하여 다시 '이차적 관계'에 의한 속박을 구하게 된다는 것이다.13) 주지하는 바와 같이 프롬은 이를 '자유에서의 도피'라고 이른 바 있다. 『바이올렛』에서 오산이의 '일차적 관계'가 지니고 있는 성격과 그것으로부터의 개체화 과정을 우선적으로 살펴야 하는 이유는 거기에 그녀의 고독과 비극적 삶의 근원이 숨겨져 있기 때문이다. 오산이의 노바디로서의 태생적 조건은 이씨 성을 가진 사람들이 집성촌을 이루는 마을에서 오씨 성을 지니고 태어난다는 데 있다. 이 소설에서 이씨 성을 가진 아이들은 이씨라는 이유만으로 마을에서 기득권을 차지하는 동시에 이씨 문중에 포함되지 못하는 이들에 대해서는 우월감을 갖는다. '오산이', '서남애'라는 식의 호명 방식은 이씨 문중이 자신들을 주체로 구축하는 방식인 셈이다. 이씨 문중은 태생적으로 메이저리티이자 섬바디며 이씨가 아닌 성을 천형처럼 지니고 있는 오산이와 서남애는 태생적인 마이너리티이자 노바디인 것이다. 작가는 오산이의 어린 시절을 "산이라 지칭된 어린 그녀"(17쪽)라고 부름으로써 오산이의 삶이 이타적인 것임을 암시한다. 차별이 일상화되어 있는 고향마을에서 오산이와 서남애는 처음부터 권력화된 이씨 문중의 자기 규정과 자기 표상을 돕는 부수적 존재가 되어 있다. 통상적으로는 이러한 환경적 결함을 보완해주고 어린 자녀가 소속감과 안전감을 느낄 수 있도록 도와주는 존재가 부모인데, 오산이의 경우 아버지는 오토바이를 타고 J시로 가서 돌아오지 않아 오산이로 하여금 아버지 있는 아이들로부터 이중의 소외를 당하게 한다. 할머니와 어머니 역시 날마다 서로를 비방하며 싸움으로써 오산이의 고독과 불안을 더욱 가중시킬 따름이다. 이러한 오산이에게 유일하게 조화와 안전감을 느끼게 한 인물이 홀아비 밑에서 자라는 서남애였으므로 오산이에게 서남애는 그녀가 의탁할 수 있는 일차적 세계의 전부나 다름없는 존재였다.

소설에서 '남애'로 기호화된 '일차적 관계'는 오산이의 의지와는 무관하게 일방적으로 파기된다. 이는 형식적으로 오산이를 일차적 관계로부터 독립시키는 사건이 되지만 실질적으로 오산이의 '독립'은 자유나 해방과는 무관한 것이 되고 만다. 『외딴 방』의 화자가 열 여섯 살에 발바닥을 쇠스랑으로 찍어버리며 고향 떠날 각오를 했던 것과는 대조적으로 오산이는 개체성을 실현할 준비 없이 돌연히 의지처를 상실하게 되었을 뿐 아니라, 닭의 목을 치는 한이 있어도 남애와의 결속감만은 잃지 않으려 했음에도 불구하고 남애로부터 거부와 멸시를 당했기 때문에, 오산이에게 찾아온 독립은 감당할 수 없는 고독과 불안, 슬픔, 무기력증을 동반한 것이었다. 남애를 잃은 오산이의 심리상태는 「딸기밭」의 '나'가 아버지의 부재를 통해 갖게 된 존재론적 불안의식, 정신적 공황상태와 거의 일치한다고 볼 수 있다.

지난 여름, 그 무위 속에서도 비교적 선명하게 영상으로 떠올랐던 그것은 미나리밭이었다. (중략) 영상은 여기에서 끝난다. 영상이 끝난 자리엔 야생 미나리 군락지도 벗은 여아자이 둘의 몸도 없다. 그 자리엔 내 쓰라린 상처와 그애의 차가운 멸시가 남아 있다. 풀밭에 벗어놓은 옷을 입으면서 나는 생각했었다. 너를 나 자신보다 더 사랑할 거야. 하지만 그앤 나와 반대였나보았다. 그앤 다시는 나와 함께 그 미나리지에 가지 않았고 내가 부르거나 찾아가면, 소리를 쳐서 겁을 주었다.

(『바이올렛』, 207쪽)

　　생에 있어서 아버지의 부재는 내게 어떤 지평선을 연상시킨다. 끝간
데 없는 결핍의 지평선. 그 뒤에 뭔가 있을 거라 여기겠지만 거기엔 아
무것도 없다. 새로움도, 다른 경계선도, 뭔가 중심이 될 만한 이정표도.
햇빛이 비치는 공동 같은 것. 무슨 의미인가가 있을 것 같으나 분석이
불가능한 것. 그래서, 그럼에도 불구하고, 결핍을 안은 채 덧없음, 이라
고밖에 달리 표현될 수 없는 것.

(「딸기밭」, 43쪽)

　『바이올렛』의 오산이와 「딸기밭」의 '나'는 각각 '남애'와 '아버지'를
기표로 한 일차적 관계로부터 자신들의 의지와는 무관하게 떨어져 나
와 경계선도 이정표도 없는, 즉 의미와 방향이 모호한 삶으로 투기된다.
이러한 실존적 상황에서 고립감과 무력감을 견디려는 다양한 시도들을
극화한 것이 신경숙 소설의 핵심적인 서사구성의 원리인 셈이다.

　그런데 일차적 관계가 일방적으로 파기되었다 할지라도 독립된 개인
이 지적으로나 정서적으로 내면적인 힘과 생산성을 발전시킬 수 있다
면 새로운 삶에 대해서도 결속감과 안정감을 느낄 수 있다. 프롬은 외
부세계에 기투된 개인이 독립성과 성실성을 포기하지 않고 일과 사랑
을 통해서[14] 외부세계와 일체감을 느낀다면 자기구제가 가능할 것으로
보았다. 오산이의 경우 '일'을 통한 자기구제의 노력은, '본격적으로 글
을 쓰는 사람'이 되기 위해 우선 출판사의 오퍼레이터가 되려 하는 것
으로 구체화된다. 그러나 오산이의 꿈은 경제적 압박 때문에 금방 좌절
되고 만다. 오산이처럼 작가가 되고자 하는 열망을 품었던 『외딴 방』의
화자에게는 큰오빠라는 후원자가 있어 경제적 부담을 덜어주었으나, 혼

자인 오산이는 꿈을 선택하면 꿈과 삶을 모두 잃게 되는 '노예'의 처지에 있기 때문에 선택의 여지가 없다. 미용실 보조원으로 있으면서 모은 돈을 출판사 오퍼레이터가 되기 위해 학원비로 지출했던 오산이는 당장 방세를 인상해달라는 주인여자의 재촉에 시달려 적금통장을 해약하고 대출을 받아야 할 일에 골몰해 있을 따름이다. 신경숙은 "한낮에 에스컬레이터를 타고 있는 처녀, 이력서를 들고 빌딩과 빌딩 사이를 헤치고 묵묵히 걷고 있는 청년, 새벽 지하철 속에 앉아 있는 샐러리맨"(60쪽)의 슬프고 고독한 표정을 오산이의 표정에 오버랩시킴으로써, 오산이가 자본과 시장의 강력한 위협에 압도당해 무기력한 모습을 하고 살아가는 우리 시대 노바디 군상의 한 전형임을 암시한다.

일에 대한 기대를 상실한 오산이가 자기구제의 방책으로 새롭게 희망을 걸게 된 것은 '사랑'이다. 만일 오산이가 일을 통해 자신에게 내재되어 있는 잠재력을 실현하여 다른 지위로 이동할 수 있었다면 '남자'와의 관계도 다른 방식으로 구축될 수 있었을 것이다. 그러나 작가가 되려는 꿈을 버려야만 하는 현실 속에서 오산이가 새롭게 꿈꾸게 된 사랑은 간절한 자기구원의 소망을 내포하고 있는 것이기에 집착으로 변질되고 만다. 오산이에게 사랑의 실체는 자유가 아니라 구속에 가깝고 그 구속은 이미 상실해버린 일차적 관계의 대리자를 상대에게서 발견하고자 하는 심리에서 오산이가 자초한 것이다.

> 그 남자로부터 갑자기, 당신을 처음 보았을 때 내 가슴이 얼마나 뛰었는지 알아? 당신 내 카메라 바라보느라고 눈 내리깔고 있을 때, 아 이 세상에 저렇게 아름다운 눈썹도 있구나, 내내 생각했지, 내 마음 몰랐지요? 라는 말을 들었던 그 밤 이후로 그녀는 그 남자로부터 단 한순간도 자유로울 수가 없다.
> 갑자기 사랑이라니?

> 그날 이후, 아침에 눈을 뜨자마자 맨 먼저 그 남자의 환영이 보였던 그날 이후, 그녀는 그 남자와 함께 하루를 보내고 있는 중이다. 그 남자는 그녀의 환영 속에서 어제도 그제도 오늘도 그녀가 차를 마시면 함께 차를 마시고 밥을 먹으면 함께 밥을 먹곤 했다. 어떤 순간에도 그녀는 그 남자로부터 헤어나올 수가 없었다.
>
> (『바이올렛』, 199~200쪽)

오산이는 남자에게 마음을 빼앗긴 여름 동안, 버스를 기다리면서 정류장의 나무에 대고 타이핑하는 흉내를 내지도, 만년필 속의 잉크가 말라가도록 노트에 문장을 옮겨 적지도 않은 채 무기력한 시간을 견딘다. 글쓰기에 대한 열망마저 잊게 만든 그 감정에 '사랑'이라 이름붙이면서 오산이는 스스로 당혹스러워 한다. '갑자기 사랑이라니?'라는 물음은 자신에게 향해져 있다. 남자의 무심하고 무책임한 발언이 오산이의 마음에 파동을 일으키기는 했으나 사랑의 감정은 사실상 오산이의 내적 필요에 부응해서 생긴 것이라 할 수 있다. 싸르트르는 내가 타자를 사랑한다는 것은 사실상은 타자로부터 사랑을 받으려는 것이며 따라서 나의 사랑은 허구이자 기만이라는 것을 역설한 바 있다.[15] 남자를 사랑하게 된 오산이의 심리 또한 실제로는 남자의 사랑을 받고 싶은 것이며, 그것은 엄밀히 말해 타인으로부터 보호받음으로써 상실했던 일차적 관계를 회복하고 싶은 것이다. 오산이는 자신이 일방적으로 규정한 '사랑'이라는 감정에 일관성을 부여하기 위해 남자가 소름 돋은 오산이의 팔을 쓰다듬던 장면을 상상적으로 조작하여, '그날 현실 속의 그녀는 분명 자줏빛 실크 블라우스가 아니라 농원에서 일을 마치고 나온 터라 팔을 걷어 올린 흰색 셔츠 차림이었는데도 그녀는 한사코 자신이 그날 자줏빛 실크 블라우스를 입고 있었다고 기억하는 것'(211쪽)이다. 이러한 구애의 의식은 그녀의 어린 시절에까지 뿌리를 내려 그녀가 일차적 관계의 원형이라고 믿고 있는 남애와의 추억마저 상상적으로 미화한다.

> 아름다운 쪽은 그애다. 나는 그앨 사랑했으니까. 훗날엔 어땠을지라도 그 순간엔 그애도 나를 사랑했기를. 만약 그렇다면 내 지난 여름날처럼, 그애가 혹시 그 미나리지를 생각해낸다면, 그애의 영상 속에선 내가 더 아름다울 것이다. 사랑이란 그런 것이다.
>
> (『바이올렛』, 206쪽)

의미는 사후의 산물16)이므로, 비록 합리화에 불과하다 하더라도 뒤늦게 자각한 감정에 걸맞게 상황의 의미를 해석할 수는 있다. 문제는 오산이가 사실의 왜곡을 감행함으로써 얻고자 하는 것이 무엇인가 하는 점이다. 그것은 사랑을 성사시키는 일이 아니라 오산이 자신이 섬바디로 인식되도록 하는 일이다. 누군가에게 특별한 존재가 되려는 오산이의 소박한 소망은 '바이올렛'에 고스란히 투영되어 있다. 오산이는 남자가 근무하는 빌딩이 바라다 보이는 빈터를 일구고 그 자리에 바이올렛을 심기 시작하는데, 굳이 남자가 실망했던 보잘것없는 꽃 바이올렛을 그곳에 심게 된 것은 바이올렛이 오산이의 실존의식을 대변하는 객관적 상관물이나 다름없기 때문이다. 남자에게 의미있는 존재로 인정받고 싶은 오산이의 솔직한 속내가 다음 대목에 잘 나타나 있다.

> 이제 그녀는 그 남자를 향해 반듯이 얼굴을 들고 있다. 내가 여기 있다고 간절히 그 남자를 부르고 있다. 그렇게 그 남자를 부르고 나니 그 남자와 매우 친밀한 느낌이 들어 그녀는 수줍어진다. 그 남자를 행해 나예요, 라고 말할 수 있다면 참 행복할 것이다, 라는 소망이 움트기도 한다. 이렇게 단절된 채 혼잣소리가 아니라 저 남자를 향해 다정한 얼굴로 나예요, 라고 말할 수 있다면.
>
> (『바이올렛』, 209쪽)

요컨대 오산이의 사랑의 목표는 노바디에 불과한 자신의 지위를 섬 바디로 갱신함으로써 고립과 고독에서 벗어나 자기 구원에 이르도록 하는 데 있다. 비록 오산이가 모든 사람들에게 노바디로 취급되더라도 단 한 사람, 그 남자에게만이라도 섬바디로 인정받는다면 그녀는 살아 갈 힘을 얻을 수 있다. 노바디나 섬바디의 위상은 '상대적 지위'17)로서 규정되며 누구나 누군가에 대해서는 노바디가 될 수 있고, 또한 누구나 누군가에 대해서 섬바디가 될 수 있다. 단, 상대성은 타인과의 관계가 정상적으로 형성되었을 때만 의미를 지니는 것이다. 그런데 신경숙 소 설은 관계를 어긋나게 함으로써 주인공을 비극적인 삶으로 내몰아버린 다. 이것이 신경숙 소설이 보여주는 또 하나의 서사적 특징이다.『바이 올렛』의 수애 역시 삼촌과 사랑의 감정을 공유하지 못함으로써 삼촌의 목소리, 삼촌의 섬바디가 되고자 했던 욕망을 실현하지 못한다. 이처럼 신경숙 소설의 인물들은 관계성을 전제로 한 소통이 차단되었기 때문 에, 각자가 경험하는 사랑의 감정은 정신적인 수음에 그칠 뿐이며 상대 에게로 향한 정성과 충실성도 섬바디성으로 객관화되지 못한다.

▌3. 극단적 노바디성으로서의 마조히즘

『바이올렛』의 오산이는 실존적 상황을 견디기 위한 인간적 노력들에 실패함으로써 점차 자기파멸의 길로 접어들게 된다. 소설의 말미에서 오랜 시간 연모해오던 남자가 바로 눈앞에서 자신을 알아보지 못하자 오산이는 깊은 충격을 받는다. 이제 그녀에게 남은 과제는 자신의 제어 되지 못하는 충동과 대결하는 일뿐이다. 그런데 남자에게서 충격을 받 은 뒤에 정작 오산이가 취한 행동은 언제나 그녀만 보면 예뻐 죽겠다는

표정을 지으며 습관처럼 데이트를 청하곤 했던 최에게 전화를 건 일이
었다. 이는 물론 정상적인 자기구제의 노력과는 차원을 달리하는 행동
이다. 충동이 억압될 때 '억압된 충동의 대리표상이자 파생물'[18]로 나타
나는 것이 증상이라 할 때, 오산이의 돌발적인 행동은 그녀의 심리 상
태가 이미 병리적 단계로 접어들어 있음을 말해준다. 주지하는 바와 같
이 정상적인 사랑이 좌절되었을 때에는 상대의 자유를 소유하려는 왜
곡된 사랑의 형태로 피학증(masochisme)과 가학증(sadisme)이 나타
난다. 오산이가 보여주기 시작한 병적심리는 마조히스트적 성향으로 볼
수 있다. 마조히스트가 통상적으로 타인 속에서 '휴식'[19]하기 위해 자신
의 자유를 철회하고 자신을 즉자화하여 타자가 자기를 소유하기를 바
라듯이 오산이 역시 자신의 의식 활동을 중단하고 오직 모종의 '관계'
속에 귀속되기만을 바라여 최와 접촉하게 된 것이다. 그래서 최가 오산
이의 옷을 찢고 뺨을 때리며 "난 죄 없어. 네가 말 못 하는 걸 내가 알
아서 해주는 것뿐이야."(269쪽)라는 폭력적인 발언을 서슴지 않을 때
언표상으로 최의 말은 오산이의 욕망을 왜곡하고 능욕하고 위협하기
위해 악의적으로 선택된 것이 틀림없으나 심층적으로는 자신을 사물화
시킴으로써 자신이 감당하기 버거운 자유를 포기하려는 오산이의 병리
적 심리를 대변하고 있기도 하다.

　신경증적 차원의 비정상적인 예속을 자초해버린 오산이는 이제 자기
구제의 가능성을 완전히 상실하고 만다. 그녀가 최가 아니라 남자와 접
촉했다 해도 그녀의 마조히즘적인 예속은 그녀에게 결코 안정감을 줄
수 없다. 설사 그녀가 마조히즘적인 예속을 통해 휴식을 구했다 할지라
도 그 '휴식'은 스스로를 사물화, 즉자화시킨 대가로 주어지는 것이므로
만족감을 주지 못하는 것이다. 정상적인 사랑은 자기구원의 방도가 될
수 있지만 왜곡된 사랑은 자기파멸을 가져올 따름이다. 이와 같이 사랑

이 왜곡되었을 때 초래되는 파멸의 양상을 좀 더 구체적으로 보여주는 작품이 바로 「딸기밭」이다. 『바이올렛』의 '남자'는 「딸기밭」의 '유'에 대응되는데, 이 두 인물은 주인공 오산이와 '나'의 접근을 불허하는 금지의 대상이라는 점, 주인공이 지니고 있는 불안의식의 극점에 자기 파괴적 충동이 놓여 있음을 확인시키는 인물이라는 점에서 공통점을 지닌다. 「딸기밭」의 '나'가 지니고 있는 자기 파괴적 충동은 그녀가 '부재'를 '금지'와 동일시함으로써 증폭된 것이라 할 수 있다. '금지'는 불가능성에 대한 하나의 해석에 불과하고 위반은 그러한 불가능성을 금지라는 알리바이로 바꾸어 불가능한 것이 가능한 것처럼 보이도록 만드는 속임수이다.[20] 그러므로 '나'가 '금지'의 표시를 내포한 듯한 범죄형 외모의 남자를 '부재'하는 아버지의 대리자로 여기게 되었을 때, 그리고 '유'가 지닌 예술적 아름다움에도 범죄형 외모의 남자의 것과 동일한 '금지'의 표시가 내포되고 있음을 감지했을 때 '금지'된 '유'는 '부재'하는 아버지와 깊은 연관성을 지니게 된다. 마치 『바이올렛』에서 남자가 어릴 시절 오산이에게 접근금지를 명령했던 남애와 연관성을 지니게 되는 것과 같은 맥락이다.

> 그 남자를 마음에 품을 수 있었을 뿐 그에게 다가가지 못했던 건 그 남자가 그의 동료 말처럼 바람둥이여서도 아니고 그 남자가 그녀와는 다른 계층에 속하는 사람이어서도 아니었다는 걸 그녀는 깨닫는다. 어젯밤, 턱, 하니 오토바이에 올라타게 할 정도로 그녀를 방심하게 했던 마음의 가장 밑바닥엔 어린 시절 남애로부터 갑자기 내팽개쳐졌던 고독이 불타고 있었음을. 긴 세월 동안 그녀의 무의식 속에서 가지를 치고 자라난 그 고독은 타인에게 마음을 열고 다가가기 전에 먼저 그로부터 가버려, 가버리란 말야, 하는 외침을 듣게 했다.
>
> (『바이올렛』, 244쪽)

그 남자의 외모는 누구도 쉽게 수용할 수 없는, 어쩌면 공동체일수록 더욱 수용할 수 없는 접근 금지의 팻말을 내포하고 있었다. 인격보다 먼저 감지되는, 접근을 저지시키는 묘한 일그러짐. (중략) 하지만 지금 생각해보면 그 남자, 그 남자의 외모가 내포하고 있는 접근 금지의 표시는 유, 그녀를 돌이켜볼 때 그녀의 '예술적인'이라고밖에 표현할 수 없는 아름다움 속에도 내포되어 있었다는 생각을 지울 수 없다. 전혀 다른 그 둘의 외모가 지니고 있던 금지의 영역이 하나의 뜻을 지니고 있었다는 것을.

(「딸기밭」, 48쪽)

「딸기밭」에서 아버지의 '부재'는 화자의 결핍이 치유 불가능한 것임을 말해줄 뿐이지만 '유'의 '금지'는 위반만 하면 욕망의 충족이 가능할 것이라는 기대를 갖게 한다. 더욱이 위반의 논리는 금지하는 타자를 상정함으로써 '타자는 존재하지 않는다'는 불가능성을 '타자는 존재할 수 있다'는 것으로 바꾸는 것으로[21], '유'를 대상으로 한 도착적인 행위를 통해 '나'는 부재하는 아버지의 존재를 가상적으로 설정하게 되므로 일차적 관계의 재생 또한 기대할 수 있게 된다. 이러한 기대가 안도감을 주는 것은 물론이다. 『바이올렛』에서 오산이가 남자와의 사랑을 꿈꾸며 남애와의 사랑마저 회복시킬 수 있으리라는 기대를 갖게 되는 것도 이와 마찬가지의 경우이다. 그러나 「딸기밭」의 결미에서 보여주는 바와 같이, 딸기밭에서 실현한 위반의 행위가 정상적인 욕망을 넘어서서 사디즘적 성향으로 전개됨에 따라 '나'의 충족감은 지속될 수 없는 것이 되고 만다. '유'와 신체적으로 접촉하는 순간에 화자가 위반에 대한 보상으로 얻은 것은 죽음 충동을 내포한 희열, 즉 주이상스[22]였다. '나'는 자신이 '유'에게 접근한 이유가 '유'가 지닌 관능에 있는 것이 아니라 자신의 마음속에서 생성되어 있던 살의에 있었음을 깨닫게 되고, 이를 반성하는 순간 '나'는 마조히스트로 자세를 바꾸어[23] 모든 마조히스트들의 공식대로 '유'로 하여금 자신에게 명령을 내리도록 유도한다. 아버지의 욕망이 결여하는 곳에서, 마조히스트는 아버지의 대체물이 법을 제정하고 자신을 처벌해 주길 기대하는 것이다.[24] 「딸기밭」에서는 '나'의 충동이 고통과 죄의식을 동반한 것이기에 처벌(명령)이 속죄의 기회가 되고 위태롭게나마 두 사람의 연대감은 유지된다. 그러나 어느 한 쪽이 스스로 굴복하여 연대하려는 시도는 이성적인 행위가 아니라 신경증적 이상심리에 기초해 있기 때문에 근본적인 문제 해결에는 이르지 못한다. 신경숙 소설은 이와 같은 자기파멸의 서사를 통해 인간의 실존적 조건을 비극적으로 보여준다.

▌ 4. 탈주와 예속, 그 비극적 서사의 조건

바이올렛이 "붉은 피가 말라붙어 바랜 색깔"(155쪽)을 지녔다는 사실은 『바이올렛』의 결말이 비극으로 끝날 것을 암시하는 중요한 복선이다. 소설의 마지막 장면에서 오산이는 자해에 가까운 몸짓으로 포크레인에 부딪혀 피투성이가 된다. 이 장면은 어린 시절 어머니의 손에 쥐어져 있던 가위가 곧 할머니를 향해 날아갈 듯이 섬뜩했던 날, 오산이가 담벽에 이마를 대고 흔들어 피를 냈던 장면과 더불어 수미상관을 이루고 있다. 인간이 고립감이라는 무거운 짐으로부터 해방되기 위한 모든 노력이 실패했을 때 마지막으로 희망을 품어보는 것이 자살에 대한 공상이듯이,[25] 오산이가 포크레인 위로 올라간 것도 마지막 소망의 표현으로 볼 수 있다. 특히 포크레인 위로 올라간 오산이가 발을 땅에 묻어 자신을 매장하는 모습은 '내가 어떻게 해야 당신이 나를 기억할까'

라는 물음에 응답하는 행위임에 주목할 필요가 있다. 잘 알려진 바와 같이 신경숙 소설에서 무덤 이미지는 '기억하기' 또는 '글쓰기'의 환유로서 반복적으로 구사되어 왔다. 이를 염두에 둘 때, 『바이올렛』에서 오산이가 자신의 무덤을 만드는 행위는 기억되기를 소망하는 대상이 자신이라는 점에서 누군가의 섬바디가 되고 싶다는 열망을 끝까지 포기하지 않았음을 보여준다.

> 그녀는 후욱, 숨을 몰아쉬며 포크레인에 패어 핏방울이 맺혀 있는 두 발을 흙 속에 묻는다. 뭔가 안심이 된다는 표정이다. 자꾸만 흙을 퍼올려 자신의 무릎을 묻고 허벅지를 묻고 엉덩이를 묻던 그녀는 무슨 생각이 났는지 호오, 웃기까지 한다.
> 당신은 잊었지?
> 그날 밤 내 소매 없는 자줏빛 실크 블라우스 밑이 팔뚝에 돋아 있던 좁쌀만한 소름들, 그걸 쓰다듬어주었던 일을 당신은 잊었어. 내가 어떻게 해야 당신이 나를 기억할까.
>
> (『바이올렛』, 273쪽)

그러나 빈터에서 죽은 바이올렛이 예고한 바와 같이, 이 열망과 좌절의 서사를 통해 오산이가 얻은 것은 노바디성의 확인일 따름이다. 오산이가 남긴 것은 '아무것도 아닌 것들', 즉 "식충식물들, 말라죽은 허브 잎사귀들, 노트나 몇 권의 책, 가방 그리고 찻잔이나 만년필이나 머리핀들. 단색의 옷가지들, 굽 낮은 구두, 그리고 이 화원에 처음 채용되던 날 밤, 얼굴에 즐거운 빛이 퍼지며 탁자 대용으로 노트를 올려놓고 푸른 글씨를 꾹꾹 눌러쓰던 미니 냉장고. 그녀가 사라진 후 도착한 뜯지 않은 편지 한 통."(「바이올렛」, 279쪽)뿐이며 이것은 그녀 생의 노바디성을 증거한다.

　주목할 점은 오산이가 포크레인 위에서 떠올린 인물이 남애나 남자가 아니라 어머니라는 사실이다. 소설이 남애와 남자의 이야기에 많은 지면을 할애하여 온 터라 오산이의 소통 목표로 지목된 인물이 어머니라는 사실은 다소 돌발적인 느낌을 준다. 오산이는 포크레인 위에서 내려갈 수만 있다면 이제 어머니를 찾아갈 수 있으리라 생각한다. 그리고 어머니가 원하는 대로 해드리겠다고도 다짐한다. 어머니에 대한 이 이해와 순종의 맥락을 해명하는 것이 신경숙 소설의 중요한 특징으로 간주되어 온 '육친성'[26)의 맥락을 이해할 수 있는 길이 될 터이다. 소설 속에서 어머니의 모습은 거의 언급되지 않았으나 간헐적으로 드러나 있는 몇 가지 정보로 오산이의 어머니도 오산이와 유사한 내용의 좌절을 경험했음을 알 수 있다. "하이힐, 유리문을 젖히고 들어가게 되어 있는 빌딩 속의 식당, 엘리베이터, 반짝이는 진열장의 향수나 진주, 색색의 옷감들"(8쪽)이 상징하는 도시생활을 꿈꾸었던 어머니가 집을 나가 딴 살림을 차린 뒤에 얻은 것은 '이미례'라는 이름뿐이다. '이미례'는 어머니의 개체성을 상징하는 한편, 어머니가 맺고 있던 일체의 '관계'가 소거되었음을 암시한다. 「딸기밭」에서 집을 장만한 뒤 비누나 샴푸, 잠옷 따위의 욕망의 대체물들로 새 습관을 지니고 싶어 했으나 실패한 '나'의 어머니처럼, 오산이의 어머니 역시 '홀로 서보려는 노력'을 하지 못한 탓에 자아의 힘을 증대하는 일에 실패한 채 병든 몸이 되어버린 것이다.

　문제는 어머니가 신산한 삶의 최종적인 도피처로 찾고 있는 것이 오산이라는 점이다. 이는 오산이가 포크레인 위에서 어머니를 찾게 된 사정과 일치한다. 두 사람의 최종적인 도피처가 서로에게 향해 있다는 것은 남애라든가 남자라든가 하는 인물을 일거에 부수적인 인물로 전환시키는 반전을 가져온다. 오산이와 어머니는 '친밀감'이나 '육친성'을 넘어서는, 동격이나 다름없는 존재이므로 이들의 도피는 곧 자신의 내면으로 향하고 있는 셈이다. 신경숙은 소설 곳곳에 두 사람의 마음이 서로에게 향할 것임을 암시해놓기도 하였다. 가령, 오산이가 고향집을 찾았을 때 남애의 고모로부터 지난 봄에 어머니가 딸을 찾아 고향집에 왔었다는 말을 전해들으며 오산이는 이미 어머니의 마음을 확인한 바 있다. 또한 미나리지가 내려다보이는 둑에 엎드려 오산이가 귀로 들어보려 한 것은 자신을 쫓아낸 남애의 진심이 아니라, 자신이 태어나자마자 집을 떠나버린 아버지의 마음, 끊임없이 어머니를 헐뜯던 할머니의 마음, 날이 번득이는 가위를 쥐고 있던 어머니의 마음이었다.

그런데 이처럼 외부세계로부터 다시 돌아가야 할 원형적 장소가 딸이고 어머니이고 자신이어야 하는 이유를 소설은 설명하지 못하고 있다. 신경숙의 소설에서 '육친성의 세계'는 대안적 세계라기보다는 생에 대한 피로를 반어적으로 설명해주는 세계이다. 현실과의 대결에서 패배하여 돌아가는 도피처인 그곳은 자유와 개체성을 반납해야 하는 공간이기 때문에 돌아가서는 안 되는 금지의 공간이다. 그곳이 안도감을 줄 수는 있을지언정 그곳에서 자아를 실현할 수는 없다. 어머니, 또는 자신에게로의 퇴행이란 자아의 성장과 성인으로서의 정상적인 삶을 포기하는 것이어서 곧 '죽음'이나 다름없다. 그러므로 '남애', '아버지'로 상징되었던 금지의 표지는 곧 '죽음'에 대한 경고로 볼 수 있다. 신경숙 소설이 이러한 퇴행의 공간을 주인공이 도달하게 되는 최종적인 귀착지로 상정하고 있는 것은 자유에 대한 갈망과 포기, 구속으로부터의 탈주와 예속이라는 인간의 실존적 조건을 보다 극적으로 보여주기 위함이라 할 것이다. 단, 세계에 대한 비극적 인식으로의 전환이 납득될 만한 계기 없이 비약적으로 이루어지고 있다는 점은 신경숙 소설이 지닌 한계라 아니할 수 없다.

▌5. 정리

　신경숙 소설은 보편적 인간의 심리를 집요하게 관찰함으로써 존재론적 허무와 불안, 고독의 징후들을 섬세하게 포착해내고 있다. 특히 신경숙 소설은 노바디였던 섬바디의 이야기보다 섬바디를 꿈꾸었던 노바디, 결과적으로는 노바디이기만 했던 익명의 존재에 대한 이야기에 집중되어 있는데, 그 중에서도『바이올렛』은 섬바디가 되고자 하는 열망과 좌절, 그에 따른 인간적 고독과 그 고독으로부터의 도피과정 등을 뚜렷하게 보여주고 있어 주목된다.

　신경숙의 주인공이 보여주는 노바디성으로부터의 탈피는 정체성의 확립, 존재감의 확인, 외부세계와의 원만한 융화 등의 의미를 포괄한다. 『바이올렛』의 주인공 오산이도 '남애'로 기호화된 '일차적 관계'가 일방적으로 파기되자 일과 사랑을 통해서 고립과 고독으로부터 구원받고자 한다. 오산이에게 일과 사랑의 목표는 섬바디로의 지위 갱신에 있다고 할 수 있다.

　그런데 신경숙 소설은 실존적 상황에서 고립감과 무력감을 견디려는 주인공의 다양한 시도들을 좌절시킴으로써 주인공을 자기파멸에 이르게 한다. 섬바디의 위상은 '상대적 지위'를 의미하는 것으로 이때의 상대성은 관계의 형성을 전제로 하는 것인데, 신경숙 소설은 인물간의 관계를 어긋나게 함으로써 섬바디로의 실현을 원천적으로 불가능하게 하고 있는 것이다.

　『바이올렛』에서 오산이는 섬바디가 되려는 열망이 좌절되자 신경증적 차원의 비정상적인 예속관계를 선택하게 된다. 이는 스스로 자유를 철회하고 자신을 즉자화하는 것이기 때문에 정체성의 확립이라든가 존재감의 확보와는 무관한 행위이다. 오산이는 피투성이가 된 채 포크레인에 올라가 스스로 무덤을 만들면서 이러한 병리적 행위의 극점에 자기파괴적 충동이 도사리고 있었음을 보여주기도 한다. 그러나 오산이가 만드는 무덤에는 여전히 누군가에게 기억되려는 섬바디에의 열망이 내포되어 있다.

주목할 점은 자유로부터의 도피처, 즉 외부세계로부터 다시 돌아가야 할 원형적 장소가 어머니로 설정되어 있다는 점이다. 육친적 세계를 상징하는 어머니의 곁은 현실과의 대결에서 패배하여 돌아가는 도피처이자 자유와 주체성, 독립성을 반납해야 하는 공간이기 때문에 퇴행을 의미할 뿐 돌아가서는 안 되는 금지의 공간이다. 신경숙에게 이 '육친성의 세계'는 대안적 세계라기보다는 생에 대한 피로를 반어적으로 설명해주는 세계라 할 수 있다. 신경숙 소설이 이러한 퇴행의 공간을 최종적인 귀착지로 상정하는 이유는 자유에 대한 갈망과 포기, 구속으로부터의 탈주와 예속이라는 인간의 실존적 조건을 비극적으로 보여주기 위해서라 할 것이다. 다만 사회적 관계나 세계에 대한 인식이 비극적으로 전개되는 데 대한 근거나 계기가 설득력 있게 마련되지 못하고 있다는 점은 신경숙 소설이 지닌 한계라 할 것이다.

1) 로버트 풀러, 안종설 역,『신분의 종말』, 열대림, 2004, 126쪽. 로버트 풀러
   는 노바디가 인간에 대한 멸시 중 최고의 멸시라고 말한다.

2) 로버트 풀러(위의 책, 33쪽 참조)는 신분이나 지위가 인종이나 성별과 달리
   '가변성'을 지니고 있다고 보고, 오늘 노바디인 사람이 내일 섬바디가 될 수
   도 있고 집에서 노바디인 사람이 직장에서 섬바디일 수도 있다고 설명한다.

3) 백낙청, 「『외딴 방』이 묻는 것과 이룬 것」,『외딴 방』해설, 문학동네,
   1995, 437쪽 참조.

4) 하정일, 「개인과 가족의 기묘한 동거 : 신경숙론」,『실천문학』2004, 73쪽
   참조.

5) 김영찬, 「글쓰기와 타자 : 신경숙의 '외딴 방'론」,『한국문학이론과 비평』
   제15집, 한국문학이론과 비평학회, 2002, 183쪽 참조.

6) 신승엽, 「성찰의 깊이와 기억의 섬세함 : 김인숙과 신경숙」,『창작과 비평』
   1993, 98쪽. 신승엽은 신경숙이 주도한 90년대 문학의 새로운 경향을 '대서
   사에서 사소사(些少事)로의 전환'으로 파악한 바 있다.

7) 백낙청, 「지구시대의 민족문학」,『창작과 비평』1993, 113쪽.

8) 백낙청, 「『외딴 방』이 묻는 것과 이룬 것」, 앞의 글, 451쪽.

9) 신경숙 문학에 대한 논의는 무엇보다도 문체나 묘사의 문제에 집중되었는
   데, 예컨대 '시적'이라 일컬어지는 신경숙 특유의 화법은 독자의 말을 생산
   하는 '듣는 자, 혹은 말 건네는 자'(권명아, 「나는 당신의 속내 이야기를 들
   어주는 사람」『작가세계』2001, 138쪽)의 소통방식으로 평가되는가 하면,
   시적 함축성을 배가시키는 데 동원된 불확실한 기억, 불확실한 비유 등이
   오히려 대상과 그 대상을 둘러싼 연관들을 충실히 조명하지 못하여(신승
   엽, 「성찰의 깊이와 기억의 섬세함 : 김인숙과 신경숙」,『창작과 비평』,
   1993, 99~109쪽 참조) 작품을 신비화에 머물게 했다는 비판이 있었으며,
   기억에 의한 묘사가 심리적 퇴행으로 이어져 작가가 미문에 집착함으로써
   현실의 복잡성을 회피하고 있다(박철화, 「여성성의 글쓰기, 대화와 성숙으
   로 : 공지영, 은희경, 신경숙의 경우」,『작가세계』1999, 115쪽)는 비판이
   제기되기도 하였다.

10) 백낙청은 '산업역군의 풍속화'로서『외딴 방』이 완벽에 미달했다는 증거로
    '노조와 관련된 이유 있는 다툼을 빼면 다들 너무도 온순하고 착한 모습'
    (백낙청, 「『외딴 방』이 묻는 것과 이룬 것」, 앞의 글, 452쪽)이라는 점을
    들고 있다.

11) '육친적 세계'란 박혜경(「불가해한 삶의 심연 앞에서의 서성거림」,『제28

회 동인문학상 수상작품집 작품론』, 조선일보사, 1997, 519쪽)이 먼저 사용한 용어로, 인물의 관계망이 가족이나 이웃, 친구에 국한되어 있음을 의미한다. 하정일 (위의 글, 2004)은 이를 가부장제적 가족주의, 즉 근대 이전의 세계로의 퇴행으로 비판한 바 있다.

12) 신승엽, 앞의 글, 1993, 105쪽.

13) 에리히 프롬, 원창화 역, 『자유로부터의 도피』, 홍신문화사, 2008, 참조.

14) 에리히 프롬, 위의 책, 120쪽 참조.

15) 이종영, 『가학증, 타자성, 자유』, 백의, 1996, 47쪽.

16) 브루스 핑크, 맹정현 역, 「라캉과 정신의학」, 민음사, 2002, 83쪽.

17) 로버트 풀러, 앞의 책, 49쪽.

18) 프로이트, 황보석 역, 『억압, 증후 그리고 불안』, 열린책들, 1998, 233쪽.

19) 싸르트르, 『존재와 무』 2, 세계사상전집39, 삼성출판사, 1982, 114쪽.

20) 김상환·홍준기 편, 『라캉의 재탄생』, 창작과 비평사, 2002, 188쪽.

21) 김상환·홍준기 편, 위의 책, 188~189쪽.

22) 욕망은 상징계이 빈 곳, 다시 말해서 주체적 결여에 초점을 맞추고 있는 개념인 반면 향유는 충동, 육체, 실재, 정서를 강조하는 개념이다, (김상환, 홍준기 편, 위의 책, 2002, 103쪽)

23) 마조히즘적 성향과 사디즘적 성향을 본절적으로 성적 현상이라고 본 프로이트는 "마조히즘은 종종 환자 자신의 자아로 되돌아간 사디즘의 연장에 불과하며, 그렇게 해서 무엇보다도 먼저 성 대상을 대신하는 것으로 볼 수 있다."며 "사디스트는, 비록 성욕도착의 능동적 또는 수동적 관점 가운데 어느 하나가 더 많이 발달되어 그의 성행위에서 더 두드러지게 나타날 수는 있다고 하더라도, 동시에 마조히스트가 될 수 있다."고 말하고 있다. (프로이트, 김정일 역, 『성욕에 관한 세 편의 에세이』, 열린책들, 1998, 267~268쪽 참조)

24) 브루스 핑크, 앞의 책, 324쪽.

25) 에리히 프롬, 앞의 책, 130쪽.

26) 박혜경(앞의 글, 1997, 519쪽) 하정일(앞의글, 2004, 82쪽)은 신경숙의 가족이 '아버지를 정점으로 하고 남성이 헤게모니를 쥔 전통적 가족'이라는 점에서 근대 이전의 상태라고 평가하는데, 이는 정당한 평가로 보인다.

제12장 소설 : 신경숙 『리진』

도취된 말,
비판하는 침묵

■ 1. 역사소설과 창작소설

추모는 죽은 사실에 대한 추인이며 죽은 이에 대한 감정이입이다. 역사소설이 단순히 오래된 경험을 재구성하는 데 그치는 것이 아니라 현재의 원류인 과거, 보편의 암시인 특수를 환기시킬 목적으로 씌어진다면 작가의 태도는 추모에 머물러서는 안 된다. 역사소설의 작가는 사라진 것들의 회생을 집도하는 영매가 되어야 한다. 영성과 직관적 통찰력을 집중하여 빙의상태에 이르는 기분으로 역사적 기록의 틈새에서 배제되고 삭제된 타자의 흔적을 복원하여야 한다. 그런데 문제는 빙의상태의 공수가 사실의 진실성을 보장하지는 못한다는 데 있다. 역사소설과 창작소설의 경계를 놓고 논란이 빚어지는 이유는 이 때문이다. 신경숙의 장편소설 『리진』을 선뜻 역사소설이라 하기 어려운 이유 또한 이 때문이라 할 것이다.

리진은 실존인물이다. 그러나 그녀의 흔적이라고는, 백 년 전 조선의 궁중무희였으며 조선에 처음으로 파견된 프랑스 외교관을 따라 파리로 건너갔다는 것으로 요약되는 몇 줄의 기록이 전부이다. 사료 부족을 거의 문학적 상상력으로 보충한 『리진』은 역사소설의 규범을 상당히 벗어나 있다. 작가 역시 『리진』이 역사소설이냐는 질문을 예상한 듯 작품 후기에 미리 답변을 마련해두었다. 작가는 『리진』을 역사소설이라 생각하지 않는다는 것이다. 객관적 거리를 유지하며 '현대소설'로 읽히기를 바란다는 것이다. 질문의 초점이 시간성에 있는 것이 아니라 사료의 가공 정도에 있을 것임을 작가가 모를 리 없으므로 작가가 '역사'의 상대어로 선택한 '현대'란 사실상 역사적 질료를 활용한 '창작'이라는 뜻으로 풀이될 수 있을 것이다. 그렇다면 『리진』은 역사소설이 아닌가. 이 작품의 또 다른 주인공 명성황후를 염두에 둔다면 대답은 명료해진다. 틀림없이 『리진』은 명성황후를 둘러싼 여러 의미 해석들의 충돌에 가담하고 있는 역사소설이다.

역사소설이 아니라 역사서술이라 할지라도 사실의 파편들은 임의적으로 나열되지 않는다. 서술자는 사료들 사이의 비약을 추리와 해석으로 보충하여 질서를 생성시킨다. 이때 추리와 해석에 활용되는 것이 문학적 상상력이다. 그렇지만 문학적 상상력은 무균질의 진공상태에 보존되어 있는 어떤 순정한 것이 아니다. 그것은 현실과 접촉해 있어서 첨예한 정치논리에 이용되곤 한다. 역사 해석은 궁극적으로 진실성을 확보하기 위한 행위로서 의미 부여와 가치 평가를 동반하게 마련인데, 해석의 주체는 언제나 현재적이고 당파적인 위치에서 과거를 재단하려 하기 때문에 역사에 대한 평가가 좀처럼 고정되지 않는 것이다.

『리진』은, 그러나 역사적 진실의 규명을 목적으로 하고 있지 않다. 작가 역시 이 소설은 다만 인간의 이야기를 다룬 것이라고 술회하고 있

다. 역사가 요구하는 시간의 역행성, 사실의 확실성, 판단의 정치성 등
의 규준을 해제하고 나면 리진과 명성황후가 어느덧 비슷한 얼굴을 하
고 있음을 발견하게 된다. 또한 리진과 명성황후의 고유성을 소거하고
나면 이들이 지녔던 타자성이 강연이라는 상상적 인물의 이미지에 모
아진다는 점 또한 깨닫게 된다. 강연은 신경숙의 단편 「새야 새야」에
나오는 큰놈과 작은놈의 형상과도 겹쳐지니 리진, 명성황후, 강연, 큰
놈, 작은놈이 실존인물인지 아닌지는 작가에게 그리 중요한 문제가 되
지 않은 듯하다. 회억과 추모가 이들에게 아무런 위로가 되지 못하기
때문에 작가는 「새야 새야」나 『리진』에서 영매가 되어서라도 불우한
생을 살다 간 어느 무수한 영혼들을 회생시키려 하는 것이다.

▌ 2. 보내지지 않는 편지

　『리진』에서 우리는 리진이라는 인물의 개성을 관찰하는 동시에 이
인물을 투과하고 있는 한 시대의 흐름을 목격한다. 작품에는 백화점, 박
물관, 도서관 등의 근대식 공간을 비롯해 카메라, 만년필, 오보에와 같
은 소품에 이르기까지 다양한 근대 체험의 흔적이 펼쳐져 있다. 그 눈
부신 물질세계의 변화에 아울러 '나는 누구인가'라는 화두가 열병처럼,
혹은 질병처럼 동시대인들의 의식을 장악했을 터인 바, 백 년 전에 쏟
아져 나온 에세이나 자서전, 기행문 따위는 글쓴이의 욕망과 현실 사이
의 활발한 교섭을 증언한다. 『리진』에서 작가는 근대성에 막 눈뜨기 시
작한 여성 리진의 내면 풍경을 종종 편지글 형식으로 소개하고 있으되,
편지야말로 근대의 유산을 증언할 가장 생생한 기억의 비망록임은 물
론이다.

리진이 쓰는 편지의 수신자는 거의 명성황후이다. 왕비는 리진에게 최초로 넌 누구냐고 묻는 존재였으며, 그럼으로써 리진에게 최초로 타자임을 자각하게 한 사람이다.

> 자신에게 최초로 넌 누구냐고 묻는 존재를 진이는 올려다보았다. 왕비는 눈만 있는 사람 같았다. 윤기가 흐르는 흰 얼굴은 조용한데 눈동자에서 유난히 광채가 흘렀다. 기쁨이나 슬픔 같은 뚜렷한 감정이 아닌 마음 안의 미묘한 말을 가득 담고 있는 눈이었다.
>
> (『리진 1』, 47쪽)

어머니처럼 다정하게 배즙을 긁어 먹이던 왕비는 그러나 절대 권력의 중심에 서 있다. 자비와 위엄을 한 몸에 지닌 왕비는 고아, 여성, 가난이라는 부정적 자질만을 지닌 소녀 리진 앞에 나타나는 순간 단번에 소녀가 아는 세계의 중심이 되고 만다. 시간이 흘러 그 중심을 허문 것은 철든 리진이 아니라 왕비이다. 리진이 프랑스어와의 인연으로 프랑스 공사 콜랭의 눈에 들게 되었을 때 리진의 판단과 선택에 앞서 왕비는 자신을 중심으로 한 동일자의 세계에서 리진을 추방한다. "다른 세상에 가서 여태의 족쇄를 풀어버리고 많은 것을 새로 배우고 익혀 새 삶을 가지거라"라는 위로와 명령의 말로 리진이 의탁하고 있는 절대적 중심을 제거해 준 것이다. 이 대목은 「새야 새야」에서 어머니가 막 글을 배우게 된 작은놈에게 "너는 이것을 가졌으니 슬퍼하지 말고 미래를 가져라"라고 말하고 세상을 떠나는 장면과 고스란히 겹쳐진다. 왕비의 애틋한 심정이 작은놈 어머니의 심정과 조금도 다르지 않듯이 리진의 내면 심리는 「새야 새야」의 작은놈의 심리에 고스란히 대입된다. 「새야 새야」에 등장하는 세 인물, 어머니, 큰놈, 작은놈은 모두 청각장애인이다. 어머니는 글씨를 쓰고 읽을 줄 알게 되었으니 미래를 가지라 했지만, 글을 알게 되면서 글을 모르는 어머니와 글을 읽을 줄만 아는 큰놈과 읽고 쓸 줄 아는 자신 사이에 벌어진 틈 때문에 작은놈은 외로워진다. 리진 역시 프랑스어를 배워 남보다 먼저 개화된 세상으로 나가게 되지만 자신의 거점이 서구적인 것과 조선적인 것 사이의 이질적이고 적대적인 의미항들이 교류하는 경계인의 그것에 불과하다는 사실을 깨닫고 극심한 외로움을 겪게 된다. 경계인은 어떤 집단에도 온전하게 포섭되지 못하고, 어떤 집단과도 자유롭게 교섭할 수 없다. 경계를 넘나드는 경험을 지속할 뿐이다. 끊임없이 안정을 유보시키는 혼돈의 상태, 양쪽으로부터 환영받기보다는 양쪽으로부터 배척받아 분열을 초래하는 상황에 리진이 놓여 있었던 것이다. 리진의 이러한 처지를 말해주는 상징적 표지가 그녀가 입고 다니는 서양식 드레스이다. 군중 속에 묻혀있는 상태가 가장 안정적인 상태임을 고려할 때 양식 머리에 양식 드레스를 차려입고 조선땅을 걸어다니는 리진의 모습은 기호적으로 불안정한 이방인이다. 파리에 가서도 리진은 중심이 소멸된 완전한 다양성의 세계를 만날 수가 없어 늘 외로웠다. 결국 위로와 명령이라는 왕비의 양가적 허여는 리진에게 엄청난 자유와 동시에 충격적인 시련을 가져다 준 것이다.

이 경계인으로서의 체험을 리진은 편지에 기록한다. 편지의 수신자는 왕비이지만 보내지지 않을 편지이므로 진짜 수신자는 리진 자신이다. 상대를 의식하되 상대의 반응까지를 고려하지 않아도 된다는 점, 그래서 질서와 논리로부터 자유롭다는 점, 그리고 어떤 목적을 위해 씌어지는 것이 아니라 글 쓰는 자신을 완성해가는 글이라는 점에서 리진에게 편지는 실질적으로 일기의 기능을 수행한다

중궁 마마,

아침에 제가 꼭 하는 일은 신문을 보는 일입니다. (중략) 대혁명을 통과하면서 "사상과 의견의 자유로운 의사소통은 인간의 귀중한 권리들 가운데 하나이며, 모든 시민은 자유롭게 말하고 글을 쓰고 인쇄할 수 있다"는 선언서가 생겼다 합니다. 만약 조선 궁궐에서 일어나는 모든 일들을 투명하게 알 수 있는 신문이 조선에서 만들어진다면 어떻게 될까? 상상을 해보았습니다. 어쩌면 그것이 조선을 이롭게 하지 않을까요? 세상 사람들이 다 알게 된다면 일본이나 청국도 행동을 매우 조심스럽게 할 것입니다. 그리고 임오군란과 같은 일은 어떻게 기록될까? 하지만 우선 마마께서 그리 되길 원하질 않으시겠지요?

1892년 7월 4일 파리에서 리진

(『리진 2』, 68쪽)

오늘 아침 신문에서, 영국의 식민지 뉴질랜드에서 세계 최초로 여성에게 선거권을 주는 법안이 통과되었다는 소식을 읽었습니다. 이번 법안은 뉴질랜드 여성들의 끈질긴 탄원에 의회가 굴복한 것이라 합니다... 그만 쓰렵니다. 이와 같은 이야기가 중궁 마마께 무슨 도움이 되겠습니까. 하여 중궁 마마께 보내지 못한 서찰들이 쌓여만 갑니다.

오늘이 며칠인지도 모르겠습니다. 파리에서 리진

(『리진 2』, 154쪽)

리진이 '소인'이 아니라 '나'로 존재했다는 사실 하나만으로도 파리 생활은 리진에게 있어 성장의 절정기였다 할 수 있다. 나에 대한 타인의 규정들이 해체되는 순간의 고통은 성장통과 같은 것이다. 동시에 그것은 '나'라는 근대적 자아, '나'라는 여성 주체를 창조하는 데 따르는 산통(産痛)이기도 하다. 리진은 콜랭에게 보내는 편지에 자신이 '소인'이 아니라 '나'로 살 수 있었던 심정을 "나를 겹겹으로 에워싸고 있는 것들을 깨뜨리고 나를 느끼는 일은 설레지만 두렵고 심장이 뜨거워질 만큼 고통이 따르는 일이었습니다"라고 고백한다. 그리고 이어서 "당신을 사랑하는지 아닌지 알 수 없으면서도 당신을 떠날 수가 없었습니다. 왜냐면 그땐 내가 '소인'이었기 때문입니다"라고 고백하기도 한다.

리진이 이와 같이 자기정체성을 획득해가는 과정은 그녀가 '리진'이라는 이름의 주인이 되는 과정과 일치한다. 이름은 자기 존재를 추상적 기표로 나타낸 것이다. 작가의 말대로 "이름을 통해야 비로소 그 존재를 들여다볼 수 있다"(『리진 1』, 26쪽). 「새야 새야」의 작은놈이 처음 쓴 글씨도 '이 작은놈'이라는 자신의 이름이다. 타인이 정해준 이름을 자신이 승인하고 자기 존재를 스스로 확정할 때 비로소 나와 타인 사이에 소통의 통로가 마련되는 것이다. 리진을 부르는 이름은 여럿이었다. 춤을 출 때는 서여령으로, 자수를 놓을 때는 서나인으로, 소아에게는 진진으로, 강연에게는 은방울로 불렸고, 왕에게서 하사받은 이름은 리진이었다. 어떤 이름도 "넌 누구냐"에 대한 온전한 대답이 될 수 없었음은 물론이다. 이름은 대체로 타인이 부여해준 정체성이기 때문에 부르는 대로 불리는 이름들은 오히려 존재의 부박함을 반증하는 것이다. 그런 점에서, 프랑스에서 쓴 편지 끝에 리진이 '파리에서 리진'이라는 서명을 붙인 것은 자기 존재를 정박시키고 싶은 욕망의 표현이었다 할 수 있다.

리진에게 있어 자기정체성의 인정욕망은 프랑스가 아니라 왕비에게서 비롯되었다. 자유와 평등, 박애 정신의 산실 프랑스에서의 체험은, 리진에게는 단지 바리데기의 구약여정처럼 조선의 궁으로 다시 돌아오기 위한 관문에 불과한 것이었다. 오구대왕과 길대부인으로부터 버림받은 바리데기가 구약여정에서 혹독한 시련으로 효심을 시험받듯이 리진은 궁을 떠난 순간부터 왕비에 대한 사랑을 시험받는 처지가 되었다. 처음 공사관으로 보내졌을 때 리진은 돌아오라는 명을 내리지 않는 왕비에게 밤을 새워 서찰을 썼었다. 하소연을 써보기도 하고 원망을 써보기도 했으나 모두 구겨버리고 단 두 마디만 적어 보냈다. 첫째는 왕비

의 명을 따라 법국 공사를 모시겠다는 것, 두 번째는 방 동무 소아가
임오년의 일을 적어놓은 서책이 있는 위치를 알고 있으니 가져다 왕비
께서 보관하시는 게 좋겠다는 것. 중요한 것은 왕비가 그 편지에서 리
진이 숨긴 하소연과 원망을 읽었다는 사실이다. 임오유월일기를 읽으면
서는 리진이 왕비의 마음이 흔들리기를, 그리하여 자신을 궁으로 부르
기를 소망했을 것임도 짐작한다. 왕비와 리진 사이에 이루어진 이 특별
한 교신방식은 두 사람의 관계의 깊이를 말해준다. 홍종우의 표현을 빌
리면, 두 사람은 이미 거리가 허물어진 사랑의 관계를 맺고 있다. 홍종
우가 초벌 번역한 책 「다시 꽃핀 마른 나무」의 서문에 "사랑하는 사람
들에게는 거리라는 것이 존재하지 않는다"는 글귀가 씌어있는데 과감
한 생략과 침묵으로도 충분히 소통할 수 있었던 리진과 왕비의 관계가
바로 거리가 존재하지 않는 관계였던 것이다.

▌ 3. 침묵의 위력

명령어가 지배하는 현실의 한계를 의식하여 리진은 편지를 써놓고
보내지 않는다. 차라리 침묵함으로써 동일자의 언어로부터 자기 고유의
언어를 보존한다. 왕비가 시해되는 순간 리진은 자신이 왕비를 어머니
라 여겼음을 깨달았다고 술회하고 있으나, 프랑스 공사관에서, 그리고
파리에서 왕비를 향해 사랑에 도취된 말을 쏟아놓을 때 이미 리진에게
왕비는 어머니였다. 오히려 어머니라 여긴 이의 실상이 왕비라는 사실
의 자각 때문에 리진의 말은 침묵 속에 갇히고 만다. 리진의 침묵은 복
종적인 것인 동시에 자발적인 것이다. 리진을 향한 왕비의 말에 명령과
위로가 착종되어 있었듯이 왕비를 향한 리진의 침묵에도 복종과, 그리

고 위로가 착종되어 있다. 이는 두 사람이 비록 신분상으로는 상반된
역할을 수행해야 하는 대극의 위치에 놓였을지라도 정서적으로는 서로
위로할 수밖에 없는 대등의 관계에 있음을 암시하고 있다.

　여성적 자질과 남성적 자질을 함께 지닌 왕비는 그 성격의 복잡성만
큼이나 미묘한 화법을 구사한다. 왕비로서의 화법은 정치적이고 전략적
이다. 작가는 왕비에 대해 이렇게 설명한다. "누구 앞에서든 속마음을
보이지 않았던 왕비였다. 입장이 정해지지 않았을 땐 말을 아꼈다. 말을
하는 것보다 상대로 하여금 말을 하게 했다. 그 말의 허점이나 장점을
취해 조리있게 논리를 펴던 왕비였다."(『리진 2』, 224쪽) 왕비는 무희
의 매혹에 빠진 왕을 단속하기 위하여 왕이 직접 콜랭에게 무희를 양보
하도록 유도하는가 하면, 리진으로 하여금 스스로 공사관에 남겠다는
결정을 하도록 한다. 왕비는 불필요한 언쟁 없이 자기 목적을 관철시키
며 강제하지 않고도 상대를 굴복시키는 지략을 지녔다. 왕비에게는 침
묵도 그러한 정치적 화술의 일환으로 구사된다. 가령, 각국 공사와 영사
가 초청된 연회에서 왕과 프랑스 공사 콜랭, 악공 강연, 이 세 남자의
시선이 춘앵무를 추는 리진에게 집중되었을 때 왕비는 침묵함으로써
당당하게 남성적 욕망의 긴장 속으로 뛰어든다.

　　질투를 전혀 느끼지 않은 채 아름다움에 탄복하는 사람은 없다.
　　앵삼이 몸을 다 가리고 있어도 노래하는 새와 같이 생동감이 넘쳐흐
　르는 무희, 리진을 왕비는 그윽이 바라보았다. 아름답구나, 마음으로 탄
　복했다. 고개를 숙이고 있어도 여름나무같은, 배꽃 같은, 비단 같은 리
　진을 바라보며 왕비는 잠시 침묵했다.
　　왕비의 침묵은 연회장에 긴장감을 몰고 왔다.
　　　　　　　　　　　　　　　　　　　　　　　　　　　(『리진 1』, 156쪽)

침묵이 힘을 발휘할 때는 침묵하고 있는 동안이 아니라 스스로 그 침묵을 깨는 순간이다. 리진을 은애하게 되었다는 콜랭의 말에 왕비는 침묵을 깨고 "무희는 도자기가 아닙니다"라고 비수 같은 말을 던진다. 이 말은 왕의 여자를 탐한 콜랭의 방자함을 질책하는 것이자 약소국의 유물을 훼손한 강대국의 만행을 비판하는 것이며, 여성을 소유물로 취급하지 말라고 경고하는 것이기도 하다. 무엇보다도 이 말에는 리진에 대한 콜랭의 진심을 확인해야겠다는, 친정어미의 걱정 같은 것이 담겨있다. 남성적 언술을 구사하는 듯하지만 그 속에 여성이자 보호자로서의 배려가 담겨있는 것이다. 그런데 공적 공간에서 이루어진 이 말은 어디까지나 치밀하게 구상된 공적 언술일 따름이지 왕비 고유의 말은 아니다. 왕비는 파리에서 돌아온 리진을 침전으로 불러, 자는 리진을 독대하고서야 비로소 오랫동안 침묵 속에 가둬둔 말의 정체를 푸념처럼 풀어놓는다.

　　……육 년 만에 왕자를 낳았으나 닷새 만에 잃었다. 마음먹었다. 내가 나를 지켜야겠다고 말이다. 그렇지 않으면 내가 부서지고 말 것 같았구나. 내가 나서지 않았을 땐 다들 나를 칭송했더니라. 하나 칭송만으로는 살길이 없었다. 다시 겨우 얻은 왕자 척을 왕세자로 봉하는 게 나의 살길이라 여겼느니. 시작은 그것이었구나. 어떤 명분을 내세워도 나 자신밖에 믿을 수 없었다. 내가 살아야겠기에 시작된 일이었어. 점차로 나에게 덕이 있다 했던 이들이 나를 음모가라 하고, 현명하다 하던 이들은 나를 두고 교만하다고들 했지. 아버님의 것을 물려받지 않고 빼앗았다고도 한다. 왕이 아닌 왕비가 나서서 나라꼴이 이리 되었다고도 한다. 물려줄 분이었느냐? 그럴 분이었어? 하나 그게 무슨 대수라더냐. 내 소망은 내가 살아날 길이 곧 백성들이 살아날 길이기를 바랐다. 허망하고 부질없는 꿈이었을까? 어이 된 일인지 내가 살길을 찾는 길은 늘 백성들을 고통에 빠지게 하질 않았느냐. 임오년의 일도 갑신년의 일도 민란

　도 말이다.

(『리진 2』, 230~231쪽)

　왕비가 토로하고자 하는 것은 말을 갖게 된 이의 고통이다. 위의 인
용에서 왕비는, 말을 하게 되자 자신에 대한 칭송이 음모로, 교만으로,
강탈로 뒤바뀌었던 현실을 개탄스러워 하고 있다. 가부장적 담론의 횡
포를 비판하고 있는 이 말은, 그러나 독백이다. 수신자가 있으나 보내지
지 않은 편지처럼 대상을 향해 있으되 전달되지 않을 말을 왕비가 하고
있는 것이다. 리진의 편지가 '소인'에서 '나'가 되는 경험을 말했다면 왕
비의 이 혼잣말은 '과인'에서 '나'가 되는 경험을 말하는 것이다. 또한
이 말은 온전한 '나'로 자신을 드러낼 수 없는 현실을 비판하는 것이기
도 하다. 이것이 왕비가 감추어둔 자기 말의 실체이며, 침묵하거나 분열
될 수밖에 없는 '타자의 말'의 실체이다.

　강연 역시 리진이 파리에 가 있는 동안 리진을 향해 보내지지 않을 편
지를 쓴다. 반촌의 벽장에 쌓아둔 강연의 서찰 중 마지막 서찰에는 "너
를 사랑하는 마음을 어디에다 견주려 하나 그래볼수록 세상이 좁아 마땅
히 견줄 수 있는 것을 찾아내지 못했다"(2권 298쪽)는 구절이 씌어있는
데, 빛이나 향기, 소리와도 같은 풍요로운 감정을 어떤 언어로도 재단할
수 없어 선택한 것이 음악이니 강연의 침묵은 음악으로 승화된 셈이다.

　그러나 리진이 들었다는 자신의 목소리를 강연은 들을 수가 없었다.
　말을 할 줄 안다면 이 여인에게 무슨 말을 할까. 강연은 이 생각이
들 때마다 어디서나 대금을 불었다. 양금이나 아쟁을 켜보기도 했고 향
피리를 불어보기도 했다. 자신의 목소리 대신 악기 소리를 들었다. 때론
한나절을 때론 밤을 새워.

(『리진 1』, 228쪽)

　강연의 악기 소리는 '모난 것을 둥글게 만드는' 동양적 어법을 닮았다. 시적이고 여성적이다. 「새야 새야」에서는 큰놈과 작은놈의 대화로 이러한 시적 화법의 압권을 선보인다. 소설에서 들을 수도 없고 쓸 줄도 모르는 벙어리 큰놈은 들을 수 있는 작은놈에게 '물은?' 하고 묻는다. 들을 수 있고 쓸 줄도 아는 작은놈은 큰놈에게 글로 물소리를 설명한다. '헤어지는 소리'. 때까치는? '대문 여는 소리'. 바람은? '잠 깨우는 소리'. 이렇게 작은놈이 사물의 이미지로 소리를 설명하였듯이 강연은 리진의 맑은 이미지를 떠올려 은방울이라는 이름을 지어준다. 강연 자신은 연못 근처에서 살았기 때문에 연(淵)이라고도 불리고 소백산맥 근처 마을에서 살았기 때문에 소백이라고도 불린다. 작가가 "모든 이름 속에는 그 이름을 지닌 존재의 성품이 숨어살고 있다"(『리진 1』, 32쪽)고 하였듯이 자신이 놓인 자리가 이름이 되었던 강연은 천성이 순종적인 인물이다. 자신이 놓였던 자리가 이름이 되곤 했기에 강연은 '여기 살아'라는 리진의 말에 이름 하나를 새로 얻은 듯 반촌을 배경으로 자기 존재의 뿌리를 내리고자 한다. 리진이 파리에서 '리진'이라는 이름에 정착하고자 한 것처럼 강연 또한 리진 곁에 있는 '강연'에 정착하고 싶어한 것이다.

　강연의 대척점에 있는 인물이 홍종우인데, 강연의 성정은 그와의 대비 속에서 더욱 뚜렷하게 부각된다. 상기된 민족주의로 무장한 자, 사랑을 쟁취하려는 자 홍종우는 단정적이고 확신에 찬 어법을 구사한다. 그가 왕에게 올린 상소는 법도에 어긋남이 없어 연적인 콜랭과 강연을 궁지에 몰아넣는 위력을 발휘하기도 한다. 강연의 침묵은 음악처럼 모난 것을 둥글게 만드는 능동적 에너지를 지녔기에 모든 것을 다 잃고도 죽을 때까지 가슴 속에 묻어 둔 사랑만은 잃지 않지만 홍종우는 모든 것을 다 얻고도 끝내 리진의 마음만은 얻지 못한다.

▌4. 타자들의 공생을 위한 글쓰기

「새야새야」에서 작은놈은 궁금해 한다. 어머니가 말한 미래가 무엇일까, 오는 것일까, 찾아가는 것일까. 글을 배웠으니 펜팔 편지를 써서 미래와의 교신을 시도해보지만, 결국 깨달은 것은 미래는 자기 손이 닿지 않는 것, 다른 차원의 세계에 속해 있는 것이라는 사실뿐이다. 리진 역시, 자아를 일깨워 '새 삶'이라든가 '미래'라든가 하는 의미 있는 삶에 대한 욕망을 품어보지만 그러면 그럴수록 선명해지는 것은 희망이 고문처럼 느껴지는 현실뿐이다. 작은놈과 리진에게 있어 자아의 각성은 자신이 지닌 타자성의 자각과 일치한다. 파리에서 조선으로 돌아가고 싶어 몽유병에 걸린 리진을 보면서 콜랭은 복종과 억압을 요구하는 나라 조선을 그리워하는 리진의 마음을 이해하지 못한다. 그는 리진에게서 절망이 아니라 노예근성을 보았는지도 모른다. 리진이 정말 가고 싶어 한 곳이 조선이 아니라 반촌이라는 사실을, 조선과 반촌의 간극을 그는 잘 몰랐던 것이다. 리진이 강연에게 기대어 "반촌에서 살던 때로 돌아가고 싶어"(『리진 1』, 227쪽)라고 말할 때부터 리진의 미래는 과거에 있었다.

미래로 가는 통로가 막혀있거나 미래와는 다른 차원에 사는 사람들이 할 수 있는 최후의 선택은 자살이다. 「새야 새야」의 큰놈은 바람난 아내더러 멀리 가라 해놓고 자신은 아내와 함께 살던 집을 불태워버린 뒤 철길을 베고 누워 자살한다. 리진도 명성황후가 외국 자객들에 의해 무참히 피살되자 금종이를 먹고 자살하고 만다. 그리고 리진 때문에 손가락이 잘린 악공 강연은 리진의 무덤 앞에 와서 얼어 죽는다.

주인공들의 비극적 종말은 허무하다. 그러나 작가 신경숙은 불행한 죽음, 실패한 역사, 허무한 일생을 이야기하면서도 결코 적당히 마침표를 찍는 법이 없다. 오히려 소설의 결말에 와서 미래 없는 삶을 살고 희망 없는 사랑을 한, 그래서 종당엔 죽을 수밖에 없는 타자를 죽이지 않으려는 고투를 시작한다. 가령 「새야 새야」의 결말부분에서 작은놈은 형과 어머니와 함께 살던 집 대신 어머니 계신 무덤을 찾아간다. 힘겹게 사랑한 백치여인을 끌어안고 들어가는 무덤은 작은놈에게 죽음을 넘어선 곳, 즉 과거이자 미래인 곳이다. 『리진』의 결말부분에서 리진도 죽음의 장소로 왕비가 살해된 궁궐을 선택하는데, 리진이 반촌 대신 찾은 궁궐 또한 그녀에게는 과거이자 미래인 곳이다. 이러한 결말은 콜랭이 조선 땅을 처음 밟았을 때 조선 산야에 널려있는 묘지를 주시하던 대목과 수미상응을 이룬다. 콜랭은 "죽은 사람의 집을 저렇게 둥글고 아담하고 푸르게 만들어놓다니. 죽은 자와 산 자가 산야에 함께 섞여 살고 있는 이 나라에서의 앞으로의 생활이 어떠할지 기대와 긴장이 생겼다"(『리진 1』, 105쪽)고 감회를 밝힌 바 있다. 결국 작가는 소설의 결미에 가서 산 자와 죽은 자를, 이승과 저승을, 현재와 과거 또는 현재와 미래를 엮어놓는 매듭과 같은 무덤 속에다 장차 어떤 나무로 자라게 될지 모를 소중한 타자의 씨앗을 놓아둔 셈이다.

타자에 대한 작가의 배려는 거기서 끝나지 않는다. 작가는 타자성을 전복시켜 살아서의 슬픔까지 위로하려 한다. 서양식 드레스가 리진의 경계인으로서의 상징적 표지라고 이미 말했거니와, 드레스에 집착한 사람은 리진이 아니라 작가였다. 작가가 리진으로 하여금 왕비의 시해사건을 목격하고도 생존할 수 있도록 드레스라는 장치를 배설했다. 드레스가 기호화한 경계성 때문에 왕비의 시해사건이 있던 날 리진은 궁의 여인들과 함께 있었어도 그들 속에서 유일하게 살아남는다. 생존자 리진은 오로지 왕비의 죽음을 사실대로 증언하기 위해 왕비가 시해당한 날 밤의 정황을 상세히 기록하여 콜랭에게 남긴다. 그러나 콜랭은 리진의 마지막 편지에 자신을 향한 말이 한 마디도 남아있지 않은 것을 보고 크게 실망하게 된다. 그 절망감 때문에 콜랭은 편지를 아무에게도 보여주지 않고 찢어버린다. 리진의 사진도 태워버린다. 약자의 존재와 상황을 입증할 증거가 강자의 손에 의해 인멸된 것이다. 여기서 특별히 주목되는 점은 욕망하는 주체였던 콜랭이 리진의 타자로 바뀜으로써 작가의 전복적 욕망이 관철되고 있다는 사실이다. 이 타자성의 역전이 리진의 절망에 다소의 보상이 되었음은 물론이다.

신경숙의 글쓰기는 완결을 지향하지 않는다. 작품 하나하나는 어떤 궁극의 이상을 향한 하나의 양상이고 한 과정일 따름이다. 개별 작품에서 작가는 고립된 개인의 내면을 발견하는 데 집중하는 듯하면서도 타자들로 하여금 일체감을 갖도록 유도하고 그 일체감으로 공동의 이상을 추구하게 한다. 인물들의 구체적 행각으로 미루어 보건대, 작가가 염두에 두고 있는 이상세계는 타자들이 평등하고 평화롭게 공생하는 세계이다. 그것을 말하기 위해 강연은 리진이 파리로 떠났을 때 짐승이든 사람이든 눈에 띄는 상처 입은 것들에게 대금을 불어주었고, 리진 또한 버려진 아이를 거두어 양육하는 존재가 되고자 하였다. 이들의 미래는 큰놈이네 집이나 반촌의 고아원 같은 곳에 있다. 이들이 간절히 원한 것은 다양성이 존중되는 곳에서 서로 억압하지도 희생하지도 않으면서 다정하게 어울려 살아보는 것이었으니, 작가의 글쓰기는 결국 '무수한 타자들의 공생을 희원하는 글쓰기'로 요약할 수 있겠다.

여성의 자기서사 자기표현

참고문헌

제1장 ■■■■■

김진영·홍태한, 『바리공주전집 1,2』, 민속원, 1997.

김태곤, 『황천무가연구』, 창우사, 1996.

김혜순, 『여성이 글을 쓴다는 것은』, 문학동네, 2002.

조혜정, 『한국의 여성과 남성』, 문학과 지성사, 1990.

황도경, 『한국여성시학』, 깊은샘, 1997.

모르스 블랑쇼, 『문학의 공간』, 책세상, 1990.

빅터 터너, 이기우·김익두 역, 『제의에서 연극으로』, 현대미학사, 1996.

질 들뢰즈·펠릭스 가타리, 김재인 역, 『천개의 고원』, 새물결, 2001.

강은해, 「바리데기 형성의 신화 심리학적 두 원리」, 『계명어문학』 1집, 계명어
　　　　문학회, 1984.

_____, 「한국신화와 여성주의 문학론」, 『한국학논집』 17집, 계명대학교,
　　　　1990.

김성례, 「여성의 자기 진술의 양식과 문체의 발견을 위하여」, 『여자로 말하기,
　　　　몸으로 글쓰기』, 『또 하나의 문화』 제9호, 1992.

김열규, 「바리데기」, 『비교문학』 1집, 한국비교문학회, 1977.

김정경, 「「바리데기」의 텍스트성 연구」, 『한국고전연구』 7집, 한국고전연구학
　　　　회, 2001.

김혜순, 「탄생, 김선우본 바리데기」(서평), 『바리데기』, 열림원, 2003.

서대석, 「바리공주연구」, 『한국무가의 연구』, 문학사상사, 1980.

서지문, 「19세기 영국 여성 작가들의 자전적 소설」, 『여자로 말하기 몸으로
　　　　글쓰기』, 『또 하나의 문화』 9호, 1992.

오세정, 「무속신앙의 희생양과 희생제의」, 『한국고전연구』 7집, 한국고전연구
　　　　학회, 2001.

이경하, 「바리공주에 나타난 여성의식의 특징에 관한 비교 고찰」, 서울대 석
　　　　사, 학위논문, 1997.

로지 브라이도티, 「새로운 노마디즘을 위하여 : 페미니즘의 들뢰즈적 궤적 혹
　　　　은 형이상학과 신진대사」, 『문화과학』 15호, 1999. 가을.

엘리아데, 「현대의 신화」, 김병욱 외 역, 『문학과 신화』, 예림, 1990.

제2장 ■■■■

김경일, 『여성의 근대, 근대의 여성』, 푸른역사, 2004.

서정자 편, 『정월 라혜석 전집』, 나혜석기념사업회 간행, 국학자료원, 2001.

윤범모, 『화가 나혜석』, 현암사, 2005.

이상경, 『인간으로 살고 싶다』, 한길사, 2000.

한국여성연구회 여성사분과 편, 『한국여성사』(근대편), 풀빛, 1992.

구명숙, 「『여자계』를 통해 본 신여성 담론과 시」, 『여성문학연구』 4집, 한국
여성문학회, 2000.

김홍희, 「나혜석의 양면성-페미니스트 나혜석과 화가 나혜석」, 『한국근현대
미술사학』 7집, 한극근현대미술사학회, 1999.

_____, 「나혜석 미술 작품에 나타난 양식의 변화 - 일본식 관학파 인상주의에
서 프랑스 야수파풍의 인상주의로」, 『현대미술사연구』 11집, 현대미술
사학회, 2000.

노영희, 「일본 신여성들과 비교해본 나혜석의 신여성관과 그 한계」,
『일어일문학연구』 32집, 한국일어일문학회, 1998.

미즈사아 쓰토무, 「신체를 둘러싼 상상력의 변용 : 일본미술의 '근대성'에 관한
하나의 시점」, 『미술사논단』 21집, 한국미술연구소, 2005.

박죽심, 「근대 여성 작가의 자기 표현 방식 : 김일엽, 김명순, 김일엽을 중심으
로」, 『어문론집』 제32집, 중앙어문학회, 2004.

유진월, 「김일엽의 『신여자』 출간과 그 의의」, 『비교문화연구』 5집, 경희대
비교문화연구소, 2002.

이노우에 가즈에, 「나혜석 연구 : 나혜석의 여성해방론의 특색과 역사적 의의」,
『여성문학연구』 1집, 한국여성문학회, 1999.

정환국, 「대한제국기 계몽지식인들의 '구국주체'인식의 궤적」, 진재교 외,『충
돌과 착종의 동아시아를 넘어서』, 성균관대 출판부, 2007.

최혜실, 「여성 고백체의 근대적 의미 - 나혜석의 「고백」에 나타난 '모성'과
'성욕'」, 『현대소설학회』 10집, 한국현대소설학회, 1999.

제3장 ■■■■

백 철, 『문학자서전』(후편), 박영사, 1976.

이애순, 『최승희 무용예술연구』, 국학자료원, 2002.

이철주, 『북의 예술인』, 계몽사, 1966.

정병호, 『춤추는 최승희 - 세계를 휘어잡은 조선여자』, 뿌리깊은 나무, 1995.

최승일, 『나의 자서전』, 이문당, 1937.

최승희, 『무용극대본집』, 평양 : 조선예술출판사, 1958.

야나기 무네요시, 이길진 역, 『조선과 그 예술』, 신구, 1994.

조지 모스, 서강여성문학연구회 역, 『내셔널리즘과 섹슈얼리티』, 소명, 2004.

김기진, 「문예시평」, 『조선지광』 1927. 4.

김병구, 「고전부흥의 기획과 '조선적인 것'의 형성」, 『민족문학사연구』 31, 민족 문학사학회, 2006.

김영훈, 「경계의 미학 - 최승희의 삶과 근대체험」, 『비교문화연구』 11집 2호, 서 울대 비교문화연구소, 2005.

백현미, 「민족적 전통과 동양적 전통 - 1930년대 후반 경성과 동경에서의 「춘 향전」 공연을 중심으로」, 『현대문학이론연구』, 23집, 2004.

성기숙, 「최승희의 월북과 그 이후의 무용행적 재조명」, 『무용예술학연구』 제10 집, 2002.

안막(추백), 「창작방법문제의 재토의를 위하여」, 『동아일보』 1933. 11. 29~12. 6.

이양숙, 「야나기무네요시의 '조선예술론'에 대한 고찰」, 민족문학사연구 31, 2006.

최남선, 「조선국민문학으로의 시조」, 『조선문단』 16호, 1926. 5.

최승희, 「조선무용동작과 그 기법의 우수성 및 민족적 특성」, 『문학신문』 1966. 3. 22, 3. 25, 3. 29, 4. 1.

한설야, 「무용 사절 최승희에게 보내는 서」, 『사해공론』 1938. 7.

제4장 ▪

『낮은 목소리2』 제작자료집, 보임, 1997.

『낮은 목소리1』 제작자료집, 보임, 1998.

『숨결』 제작자료집, 보임, 2000.

고미숙, 『한국의 근대성, 그 기원을 찾아서 : 민족·섹슈얼리티·병리학』, 책 세상, 2001.

베네딕트 앤더슨, 윤형숙 역, 『상상의 공동체 :민족주의의 기원과 전파에 대한 성찰』, 나남, 2002.

우에노 치즈코, 이선이 역, 『내셔널리즘과 젠더』, 박종철출판사, 1999.

유지나 외, 『페미니즘/영화/여성』, 여성사, 1995.

일레인 김·최정무 편저, 박은미 역, 『위험한 여성』, 삼인, 2001.

일본군 성노예 전범 여성국제법정 한국위원회 증언팀, 『기억으로 다시 쓰는 역사』 풀빛, 2001.
한국여성연구소 여성사연구실, 『우리 여성의 역사』, 청년사, 2002.
한국정신대문제대책협의회 한국정신대연구회 엮음, 『강제로 끌려간 조선인 군
　　　　위안부들』, 한울, 2000.
권명아, 「수난사 이야기로 다시 만들어진 민족 이야기」, 『문학 속의 파시즘』,
　　　　김철, 신형기 외 지음, 삼인, 2001.
김양선, 「식민시대 민족의 자기 구성방식과 여성」, 『한국근대문학연구』 8호,
　　　　한국근대문학연구회, 2003.
김은실, 「민족주의 담론과 여성 : 문화, 권력, 주체에 관한 비판적 읽기를 위하
　　　　여」, 『한국여성학』 10집, 1994.
정현백, 「페미니즘의 시각에서 본 과거청산 문제」, 『민족과 페미니즘』, 당대,
　　　　2003.

제5장 ■■
김정란, 『거품 아래로 깊이』, 생각의 나무, 1998.
＿＿＿, 『말의 귀환』, 개마고원, 2001.
김혜순, 『여성의 글을 쓴다는 것은』, 문학동네, 2002.
가스통 바슐라르, 김현 역, 『몽상의 시학』, 기린원, 1989.
뤼스 아리가라이, 이은민 역, 『하나아지 않은 성』, 동문선, 2000.
루르스 핑스, 맹정현 역, 『라캉과 정신의학』, 민음사, 2002.
콜린 고든 편, 『권력과 지식 - 미셸 푸코와의 대담』, 나남, 1991.
토릴 모이, 임옥희·이명호·정경심 공역, 『성과 텍스트의 정치학』, 한신문화
　　　　사, 1994.
프로이트, 김정일 역, 『성욕에 관한 세 편의 에세이』, 열린책들, 1996.
＿＿＿＿, 임홍빈·홍혜경 역, 『새로운 정신분석 강의』, 열린책들, 1996.
강금숙, 「불과 눈으로 빚는 글쓰기 - 겨울의 환에 대한 여성적 독서」, 『여성
　　　　의 글 여성의 삶』, 국학자료원, 1999.

제6장 ■■
공선옥, 『상수리나무집 사람들』, 창작과 비평사, 2005.
＿＿＿, 『수수밭으로 오세요』, 여성신문사, 2001.
＿＿＿, 『자운영 꽃밭에서 나는 울었네』, 창작과 비평사 2000.
이우봉, 「새로운 환경관」, 『인문학과 생태학』, 백의, 2001.

문순홍, 「생태 패러다임, 생태담론, 그리고 생태비평의 전략」, 『생태학의 담론』, 솔, 1999.

제7장 ■

김선우, 『바리공주』, 열림원, 2003.

_____, 『물 밑에 달이 열릴 때』, 창작과 비평사, 2002.

_____, 『내 혀가 입 속에 갇혀 있길 거부한다면』, 창작과 비평사, 2000.

김용민, 『생태문학 : 대안사회를 위한 꿈』, 책세상, 2003.

김욱동, 『생태학적 상상력』, 나무를 심는 사람, 2003.

마리아 미스 외, 손덕 수 외 역, 『에코페미니즘』, 창작과 비평사, 2000.

미와 교코·진중권 공저, 『성의 미학』, 세종서적, 2005.

김욱동, 「에코페미니즘의 철학적 기초」, 『영미문학페미니즘』 제4집, 한국 영미문학페미니즘학회, 1997.

김춘식, 「날개 상한 벌이 백일홍 꽃잎 속으로 들어가듯이」, 『내 혀가 입 속에 갇혀 있길 거부한다면』, 창작과 비평사, 2000.

문순홍, 「에코페미니즘이란 무엇인가」, 『여성과 사회』 6집, 한국여성연구소, 1995.

박준건, 「생태적 세계관, 생명의 철학」, 경상대학교 인문학연구소 편, 『인문학과 생태학』, 백의, 2001

이우봉, 「새로운 환경관」, 경상대학교 인문학연구소 편, 『인문학과 생태학』, 백의, 2001.

장우주, 「에코페미니즘의 논리와 과제」, 『환경과 생명』 제12호, 환경과 생명, 1997. 3.

제8장 ■

공선옥, 「우리 생애의 꽃」, 『피어라 수선화』, 창작과 비평 1994.

박완서, 「엄마의 말뚝1」, 『그 가을의 사흘동안』, 나남, 1985.

_____, 「지렁이 울음소리」, 『나목, 도둑맞은 가난』, 민음사, 1981.

_____, 「꿈꾸는 인큐베이터」, 『93현대문학상 수상소설집』, 현대문학사, 1993.

최 윤, 「회색 눈사람」, 『동인문학상 수상작품집』, 조선일보사, 1992.

신경숙, 「풍금이 있던 자리」, 『풍금이 있던 자리』, 문학과 지성사, 1993.

_____, 「베드민턴 치는 여자」, 『풍금이 있던 자리』, 문학과 지성사, 1993.

오정희, 「야회」, 『우리시대의 우리 작가11』, 동아출판사, 1987.

_____, 「옛우물」,『불꽃놀이』, 문학과 지성사, 1995.

권오룡,『존재의 변명』, 문학과 지성사, 1989.

김경수,『문학의 편견』, 세계사, 1994.

_____ 외,『페미니즘과 문학비평』, 고려원, 1994.

김미현,『한국 여성소설과 페미니즘』, 신구문화사, 1996.

김열규 외,『페미니즘과 문학』, 문예출판사, 1990.

페터 지마, 허창운·김태환 역,『이데올로기와 이론』, 문학과 지성사, 1996.

김화영,『소설의 꽃과 뿌리』, 문학동네, 1998.

리타 펠스키, 김영찬·신진경 역,『근대성과 페미니즘』, 거름, 1998.

박혜경,『상처와 응시』, 문학과 지성사, 1997.

팸 모리스, 강희원 역,『문학과 페미니즘』, 문예출판사, 1997.

한국문학연구회,『페미니즘은 휴머니즘이다』, 한길사, 2000.

황종연,『비루한 것의 카니발』, 문학동네, 2001.

김영희, 「근대체험과 여성 : 박완서, 김인숙, 공선옥의 소설」,『창작과 비평』 1995. 가을.

제9장 ▪

공선옥,『수수밭으로 오세요』, 여성신문사, 2001.

_____,『멋진 한세상』, 창작과 비평사, 2002.

_____,『명랑한 밤길』, 창작과 비평사, 2007.

김영희, 「근대체험과 여성 : 박완서, 김인숙, 공선옥의 소설」,『창작과 비평』, 1998. 가을.

한기욱, 「우리 시대의 사랑, 성, 환경 이야기 : 신경숙과 공선옥」,『창작과 비평』, 2003. 봄.

임규찬, 「공선옥 문학은 어느만큼 와 있는가」,『창작과 비평』, 2004. 여름.

제10장~제12장 ▪

신경숙,『외딴 방』(장편), 문학동네, 1995.

_____,『바이올렛』(장편), 문학동네, 2001.

_____,『리진1·2』(장편), 문학동네, 2007.

_____, 「딸기밭」,『딸기밭』(작품집), 문학과 지성사, 2000.

_____, 「멀리, 끝없는 길 위에」,『풍금이 있던 자리』(작품집) 문학과 지성사,

　　　　　　1993.

김상환, 홍준기 편, 『라캉의 재탄생』, 창작과 비평사, 2002.

변광배, 『싸르트르 존재와 무 : 자유를 향한 실존적 탐색』, 살림, 2005.

로버트 풀러, 안종설 역, 『신분의 종말』, 열대림, 2004.

브루스 핑크, 맹정현 역, 『라캉과 정신의학』, 민음사, 2002.

싸르트르, 『존재와 무』 2, 세계사상전집 39, 삼성출판사, 1982.

로크, 『로크, 흄』, 한상범 외 2인 역, 「세계사상대전집 34집」, 대양서적, 1972.

에리히 프롬, 원창화 역, 『자유로부터의 도피』, 홍신문화사, 2008.

이종영, 『가학증, 타자성, 자유』, 백의, 1996.

프로이트, 황보석 역, 『억압, 증후 그리고 불안』, 열린책들, 1998.

_____, 김정일 역, 『성욕에 관한 세 편의 에세이』, 열린책들, 1998.

권명아, 「나는 당신의 속내 이야기를 들어주는 사람」 『작가세계』, 2001. 가을.

김명인, 「신화는 어떻게 만들어지는가 : 신경숙 소설비평의 현황과 문제」,
　　　　　　『주례사비평을 넘어서』, 한국출판마케팅연구소, 2002.

김병익, 「존재의 괴리, 그 슬픈 아름다움」, 『딸기밭』 해설, 문학과 지성사,
　　　　　　2000.

김영찬, 「글쓰기와 타자 : 신경숙의 『외딴 방』론」, 『한국문학이론과 비평』 제
　　　　　　15집, 한국문학이론과 비평학회, 2002. 6.

남진우, 「우물의 어둠에서 백로의 숲까지 : 신경숙의 『외딴 방』에 대한 몇 개
　　　　　　의 단상」, 『외딴 방』 제2권 해설, 1995.

박철화, 「여성성의 글쓰기, 대화와 성숙으로 : 공지영, 은희경, 신경숙의 경우」,
　　　　　　『작가세계』, 1999. 가을.

박현이, 「기억과 연대를 생성하는 고백적 글쓰기」, 『어문연구』 48집, 어문연
　　　　　　구학회, 2005.

박혜경, 「불가해한 삶의 심연 앞에서의 서성거림」, 『제28회 동인문학상 수상
　　　　　　작품집 작품론』, 조선일보사, 1997.

백낙청, 「지구시대의 민족문학」, 『창작과 비평』 1993. 가을.

_____, 「『외딴 방』이 묻는 것과 이룬 것」, 『외딴 방』(문학동네, 1995) 해설.

신광영, 「생산의 정치와 80년대 한국의 노동조합」, 『현대 한국의 노동문제와
　　　　　　도시정책』, 문학과 지성사, 1990.

신수정, 「다시, 씌어지는 이야기」, 『바이올렛』 해설, 문학동네, 2001.

신승엽, 「성찰의 깊이와 기억의 섬세함 : 김인숙과 신경숙」, 『창작과 비평』
　　　　　　1993 겨울.

이상경, 「말해질 수 없는 것들을 넘어서」, 『소설과 사상』 1997. 봄.
하정일, 「개인과 가족의 기묘한 동거 : 신경숙론」, 『실천문학』 2004. 겨울.
한기욱, 「우리 시대의 사랑, 성, 환경 이야기」, 『창작과 비평』 2003. 봄.
황도경, 「집으로 가는 글쓰기」, 『문학과 사회』 1996. 봄.

찾아보기

여성의 자기서사 자기표현

저자 약력

이주미
동덕여대 국문과, 동대학원 졸업 / 문학박사
현재 동덕여자대학교 교양학부 전임강사

저서
『한국리얼리즘소설의 지평』
『북한문학예술의 실제』
『시대진단과 문학적 대응』

공저
『성과 사랑의 시대』『여성과 문화』『한국문학과 시대정신』

창작소설
「엿보기」「풍장」「귓속의 감옥」「라후족 여자」「똑딱이 가발」외

여성의 자기서사 자기표현

초판인쇄   2009년 4월 24일
초판발행   2009년 5월 1일

저자   이주미
발행   제이앤씨
등록   제7-220호

주소   서울시 도봉구 창동 624-1 현대홈시티 102-1206
전화   (02) 992-3253(대)
팩스   (02) 991-1285
전자우편   jncbook@hanmail.net
홈페이지   http://www.jncbook.co.kr
책임편집   이혜영

ISBN 978-89-5668-720-9 93810
정가 18,000원